Mia Antiere

A princesa e o impostor

Da mesma autora de O Príncipe Coreano

Saranghae
Books

Editora Chefe: Waldineia Oliveira Gomes
Revisão: The Books Revisões
Capa e Diagramação: Cris Spezzaferro

Dados Internacionais de Catalogação na Publicação (CIP)

Antiere, Mia
    Princesa e o impostor, a / Mia Antiere - 1ed. - Unaí, MG: The Books, 2020.
    ISBN: 978-65-00-04613-7
    1. Literatura. 2. Ficção brasileira. I. Título

CDD: B869-3
CDU: 82-3

Grupo EditorialThe Books Editora
Rua Três 572 – 38610–000 Santa Luzia
Unaí/MG
Site: www.thebookseditora.com

Dedico a todos os apaixonados

por doramas e k-pop.

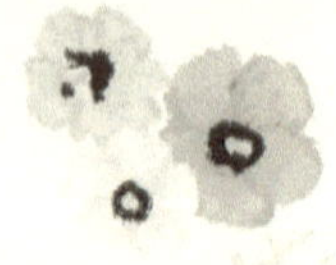

Só uma vez, eu vou dizer isso apenas uma vez;
eu gosto de você.
Se você é um homem ou um alienígena,
eu não me importo mais.
Coffee Prince

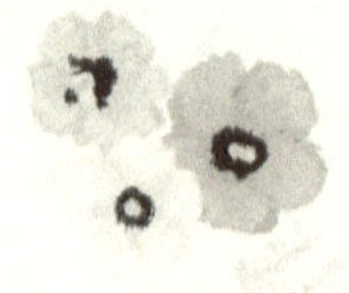

O nascimento de uma princesa

Mun-Hee segurou Kim Woong com firmeza em seus braços. Estava apavorada com os últimos acontecimentos. Não esperava a traição de sua irmã, Yun-Hee. Jamais imaginou que ela revelaria as suas artimanhas para continuar casada com o rei Kim Gi-Gook.

Fazia dias que ele não aparecia no castelo. Mun-Hee sabia onde ele estava.

Agora que o marido descobriu que o menino que amava não era seu filho, ele se sentia livre para ir atrás do verdadeiro amor, a mulher que amava desde a infância e que teve que abandonar para cumprir as exigências da coroa.

Ansiosa, Mun-Hee chamou a babá e ordenou:

— Leve Woong para o quarto – olhar para o filho a fazia pensar na irmã traidora. Não podia matar a infeliz porque seria muito suspeito, mas tinha planos para fazê-la pagar pela sua traição.

Enquanto pensava em sua vingança, ela se distraiu e não viu a chegada de Kim Gi-Gook, até que ele a chamou.

Ela olhou em sua direção e viu que ao lado dele estava Hwa-Young, a mulher que mais odiava no mundo.

Hwa-Young sabia o que estava acontecendo e tinha certa pena da outra, apesar de tudo.

— Suba e guarde as suas coisas, por favor – Kim Gi-Gook pediu insinuando que queria um momento a sós para conversar com a futura ex-mulher.

Hwa-Young obedeceu e subiu sem falar nada. Esperaria ele resolver os próprios assuntos antes de tentar descobrir como seria a sua convivência no castelo. Ainda sentia ímpetos de desistir e voltar para o interior onde se sentia segura, apenas o vazio em seu coração a impedia. Saber que, se desistisse, dormiria abraçada ao travesseiro depois de chorar enquanto imaginava o seu amor com outra mulher era o que a mantinha de cabeça erguida mesmo se sentindo estranha em tirar o lugar dessa outra mulher, seja qual fosse o motivo.

Kim Gi-Gook se aproximou do sofá onde Mun-Hee estava e se sentou ao seu lado.

— Você foi mais rápido do que eu imaginava em trazê-la para dentro da nossa casa – Mun-Hee disse com raiva.

— Eu fui fiel a você durante dez anos. Com todos os nossos problemas e sufocando os sentimentos dentro de mim, eu fui fiel – imaginar que ela o traia colocava a prova a sua disposição de mantê-la no castelo. Tinha ímpetos de expulsá-la e ficar só com o garoto.

— Isso tudo é uma mentira! Woong é seu filho. Yun-Hee inventou tudo isso por inveja. Talvez tenha se unido com essa mulher para acabar com o nosso casamento – seus argumentos eram desesperados.

— As suas palavras me ofendem. Eu já desconfiava que o garoto não fosse meu. Ele tem os olhos azuis como os do motorista que se demitiu pouco antes de você anunciar a gravidez – ela o encarou com uma expressão de surpresa e raiva, e ele continuou — É, eu me lembro dele.

— Podemos fazer outro exame de paternidade – não queria desistir. — Aquele foi forjado.

Enquanto falava, ela lembrava de como Yun-Hee, dias atrás, chegou diante de Kim Gi-Gook e entregou um exame de DNA que provava que Kim Woong não era filho dele.

Yun-Hee não aceitava a ambição da irmã mais nova e sempre ameaçava interferir, porém Mun-Hee nunca acreditou, a achava covarde. Esse foi o seu erro.

— Vamos apenas parar por aqui antes que haja mais confusão – Kim Gi-Gook declarou se levantando.

— Você vai fazer o que? Vai nos expulsar como cães? – ela não aguentava mais o mistério sobre como seria o seu futuro.

— Não. Não quero que o meu pai tenha esse desgosto em seus últimos momentos. Eu refleti bastante sobre a nossa situação e conversei com Hwa-Young. Decidi que o nosso divórcio será amigável e jamais revelaremos que Woong não é meu filho. Se quiser pode ficar no castelo. Ele é grande o bastante para que eu nem te veja. Também podemos providenciar uma casa. O importante é que, para todos, esse casamento terminou amigavelmente.

Ela abriu a boca para questionar, mas mudou de ideia. Tinha pensado em usar a fragilidade do pai para chantageá-lo, mas conhecia Kim Gi-Gook e sabia que ele era correto o bastante para revelar tudo diante de ameaças ou chantagens. Era mais fácil estar perto e pensar em outra maneira de voltar a ser a rainha.

— Tudo bem! Só te peço uma coisa: não trate mal o meu filho. Ele não tem culpa dos nossos erros.

— Isso nunca vai acontecer. Não vou deixar de amar o garoto por algo que ele nem sabe. No meu coração, ele continuará sendo meu filho.

— Obrigada!

— Não há o que agradecer – resolveu finalizar a conversa por enquanto. — Hwa-Young está se mudando para o castelo hoje. Vocês decidem como será o relacionamento de vocês, mas adianto que se fizer qualquer coisa contra ela, você sairá do castelo imediatamente.

Mun-Hee apenas balançou a cabeça dizendo, com o gesto, que entendeu. Kim Gi-Gook não esperou mais, teriam tempo para conversar em outros dias. Tudo que ele queria naquele momento era compensar os dez anos que perdeu distante do seu verdadeiro amor. Sem olhar para trás, seguiu em direção ao quarto principal onde sua amada o aguardava.

Foi um escândalo quando o rei anunciou o divórcio e o segundo casamento. Porém as críticas não duraram muito quando souberam que ele continuava amigo da ex-rainha e que viviam como uma grande família no castelo.

Claro que era apenas uma fachada e claro que os radicais continuaram criticando. Havia um grupo de pessoas que não aceitavam, em pleno século vinte e um, terem reis e rainhas. Mesmo que fossem apenas influenciadores e não interferissem no governo. Para eles, a perfeição da família real era uma fachada que escondia acordos com o governo prejudiciais ao povo. Era um grupo pequeno que focava em difamar as poucas famílias reais através das redes sociais, usando de meias verdades e em fazer ameaças abertamente. Muitas vezes alguns dos membros eram pegos tentando invadir o castelo do rei Kim Gi-Gook, mas ele os deixava ir, pois nunca chegaram a ser realmente violentos. O rei achava que mostrar clemência ajudaria a mostrar que estavam errados.

Para esse grupo, o divórcio do rei foi um "prato cheio". O que não impediu Kim Gi-Gook de seguir as suas decisões à risca.

O segundo casamento do rei Kim Gi-Gook foi um evento grandioso. Ele e a nova rainha viajaram em lua de mel para as praias da Tailândia como sempre sonharam.

Foi após a partida deles que o secretário Hyun-Shik procurou a antiga rainha.

Ela estava trancada no quarto, então ele ousou bater na porta.

Ela abriu e questionou em uma atitude raivosa:

— O que quer?

Hyun-Shik não se abalou com a recepção, se curvou em uma reverência exagerada e respondeu:

— Senhora, desejo informar que não importa a situação, estarei ao seu lado.

Mun-Hee já havia percebido o jeito como ele a olhava desde o primeiro dia em que entrou no castelo e a sua oferta deixou tudo mais claro. Hyun-Shik estava nas mãos dela. Faria tudo que ordenasse só para vê-la feliz.

— Estou me sentindo uma intrusa nessa casa – disse enquanto indicava que ele poderia entrar.

Ela deixou de lado a atitude ofensiva para se fazer de vítima.

— Para esse servo a senhora sempre será a única rainha – ele passou por ela e parou no meio do quarto. Não era a primeira vez que entrava ali, a diferença é que nas outras vezes entrou furtivamente quando o lugar estava vazio. Era os momentos em que não resistia, em que precisava pelo menos tocar algo dela, sentir o seu cheiro através das suas coisas.

Mun-Hee torceu as mãos um pouco nervosa. Era difícil para ela incluir outra pessoa em seus planos depois da traição da irmã, porém precisava de ajuda.

Olhando para Hyun-Shik, ela percebeu que precisava de alguém como ele. Alguém disposto a ser seu escravo. Se necessário até prometeria amor, se ele a entregasse tudo que considerava seu.

— Eu gostaria que descobrisse tudo sobre essa mulher que tomou o meu lugar – fez uma pequena pausa. — Pode fazer isso por mim?

— Como quiser, minha rainha.

A primeira ordem foi como um pedido, o que aos poucos foi mudando e, em poucos dias, ela o tratava como seu *capanga*. E ele estava satisfeito em somente agradá-la.

Dois meses depois do casamento, veio a notícia de que o rei teria um novo herdeiro. Mun-Hee continuava fingindo que estava tudo bem. Não se aproximava demais de Hwa-Young para não parecer suspeita, simplesmente agia como uma reclusa que só tinha olhos para o filho. Filho que se sentia cada vez mais próximo da nova "tia".

Ao saber da gravidez, ela teve um ataque de fúria, mas de portas fechadas para não prejudicar o seu papel. Quebrou e rasgou coisas em busca de extravasar a sua raiva.

O relacionamento dela com Hwa-Young não ia muito longe se continuasse parada. Ela pensou em usar a gravidez para mudar isso. Se fosse fazer algo contra a mulher, precisava ficar longe de suspeitas. Se tornar a melhor amiga seria o disfarce ideal.

A oportunidade veio quando ela passou pelo jardim e encontrou Hwa-Young sentada, lendo uma revista sobre maternidade.

— Posso atrapalhar a sua leitura um pouco? – forçou um sorriso.

— Sim. Sente-se – Hwa-Young a olhou surpresa com a aproximação da mulher que a evitava completamente desde que chegou no castelo.

Ela se sentou e começou a falar:

— Eu queria te pedir um favor – fez uma pausa esperando uma reação. Como não houve, continuou — Sei que você tem uma relação legal com o meu filho e gostaria de saber se podemos estreitar um pouco mais a nossa relação para que as crianças possam ter uma vida melhor.

— Está mesmo disposta? – Hwa-Young não confiava totalmente na ex do seu marido. Algo no olhar da mulher a deixava desconfiada de que ela só estava esperando uma oportunidade para voltar ao posto, ainda que essa oportunidade envolvesse prejudicar pessoas.

Mun-Hee percebeu a dúvida no olhar da outra e decidiu se aproveitar do seu erro para ganhar a confiança que precisava.

— Vou te contar um segredo, peço que não conte para o rei, mas se contar também não vou te culpar. O meu casamento foi por causa da minha família, como você já deve saber. E sabemos que Kim Gi-Gook também não me amava. Não foi uma atitude bonita eu trai-lo, mas eu amava aquele homem. Pensei em acabar com tudo e ir viver com ele, mas ele desapareceu. Fico me perguntando se não foi obra dos meus pais. Muitas vezes desejei ser uma pessoa comum para poder amar quem escolher – ela limpou uma lágrima imaginaria. Culpar as regras da família era sua melhor cartada. Inventar que amava uma pessoa que não significou nada em sua vida seria o jeito de se colocar no papel de vítima da sociedade. — Só queria que soubesse que não me ressinto do seu casamento. Não o invejo, nem nada disso. Só temo que o Kim Woong sofra com comentários de pessoas más. Tenho tanto medo de que ele sofra bullying que tenho vontade de mantê-lo em casa até se tornar adulto – ela riu fingindo nervosismo. — Aula em casa, coisas assim.

— Eu te entendo. Minha filha é só uma sementinha e já me desespero pensando em como o mundo vai tratá-la – Hwa-Young se sentiu feliz por Mun-Hee confiar esse segredo. Sabia como era doloroso ser afastada do amor, por experiencia própria. — Eu prometo para você que não vou contar nada para Gi-Gook e vou me esforçar para sermos melhores amigas.

Hwa-Young até pensou em ajudar a encontrar o amor dela, se ela quisesse. Seria maravilhoso se as duas pudessem ter um *felizes para sempre.*

— Para selar o nosso pacto que tal comprar coisas de crianças no shopping? – Mun-Hee sugeriu.

Hwa-Young sorriu. Gostou da ideia. Tudo que via para bebês queria comprar.

Chamaram o motorista e seguiram para as compras. Esse foi o início de uma grande amizade. Pelo menos era o que Hwa-Young achava.

Alguns meses depois nasceu Kim An-ri, a verdadeira herdeira da família Kim. Seu avô, que tinha passado o trono ao filho devido sua frágil saúde, até passou a se sentir melhor com a chegada da neta. Era como se o sangue o deixasse mais próximo da menina, como nunca conseguiu estar do menino que levava o seu nome.

Woong logo se apaixonou pela *irmãzinha.* Sempre queria estar com ela e a todos que chegavam no castelo, ele falava sobre ela.

De acordo com o que cresciam, eles brincavam juntos de príncipe e princesa guerreiros. Os dois tinham que ser guerreiros porque An-ri não aceitava ser a mocinha em perigo.

— Fui ferido! – ele disse fingindo uma queda teatral enquanto brincavam no jardim.

— Oh! Não se mexa. Vamos tratar desse ferimento. – An-ri pegou uma maleta colorida e tirou um estetoscópio cor de rosa de dentro.

Estavam brincando de proteger o castelo. Hwa-Young e o Kim Gi-Gook estavam sentados próximos, conversando e observando a brincadeira deles enquanto Mun-Hee estava fazendo compras. Ela costumava deixar o filho com a babá, mas ele sempre fugia para ficar com a *irmã*.

Com uma expressão séria, An-ri o examinou e declarou:

— É grave. Precisa de injeção.

— Vou morrer, doutora?

Hwa-Young cobriu a boca para rir da cena. Achou engraçado como a filha passou de princesa guerreira a doutora em tão pouco tempo.

— Eu vou te salvar! – seu rosto se mantinha sério, completamente compenetrada no personagem.

Depois de colocar alguns curativos com imagens de ursinhos, ela declarou:

— Pronto. Vai sobreviver!

Woong se sentou sorrindo para a *irmã*. Nessa hora Kim Gi-Gook os chamou.

— Está quase na hora do jantar. Vamos entrar.

An-ri segurou a mão do *irmão* e seguiram os adultos para dentro do castelo.

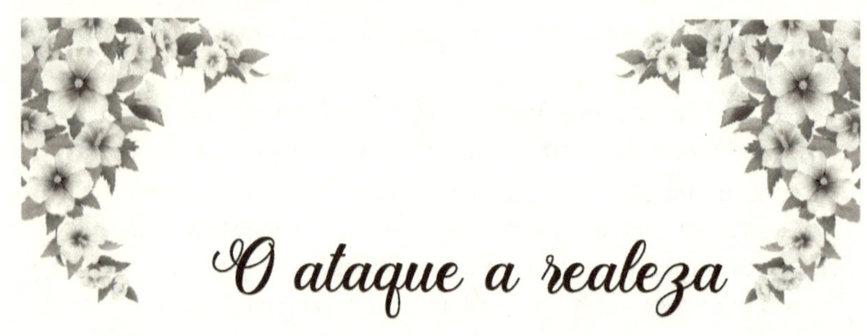

O ataque a realeza

Desde quando se descobriu grávida, Hwa-Young passou a contar histórias para a criança em sua barriga. Todas começavam com *"era uma vez"* e terminavam com viveram felizes para sempre. Depois que descobriu se tratar de uma menina, escolhia histórias que envolviam príncipes e princesas, mas sempre fazia algumas alterações onde a princesa se tornava a heroína que salvava a família e os amigos e o príncipe era a sua dupla. Eles se salvavam sempre.

Por causa dessas histórias e dos títulos que recebiam, a menina passou a chamar o *irmão* de *príncipe* e ele a chamava de *pequena princesa*, por ela ser mais nova e pequenina.

Em um domingo chuvoso, quase todos no castelo acordaram em festa. Era o aniversário de seis anos de An-ri. Teriam uma festa a fantasia à tarde para todos os amiguinhos dela. As crianças eram as mais animadas.

Woong foi até o quarto da *irmã* com uma caixa de presente que Kim Gi-Gook o ajudou a comprar.

An-ri estava com um vestido cor de rosa que a mãe acabou de colocar nela enquanto Woong usava com terno, coisa que ele detestava, mas Mun-Hee fazia questão de o obrigar a usar em qualquer ocasião em que pudesse ter olhos sobre ele, queria que ele se destacasse e mostrasse superioridade.

Hwa-Young o viu na porta, através do espelho da penteadeira da filha, e disse:

— Se aproxime.

Ao vê-lo, An-ri escorregou da cadeira e foi ao seu encontro toda sorridente. Woong estendeu a caixa dizendo:

— Feliz aniversário!

Ela aceitou o presente e o abriu ansiosa para saber o que era.

— Que linda! – exclamou ao ver a coroa delicada com pedras cor de rosa decorando.

Ela colocou a coroa na cabeça e deu uma volta em torno de si para mostrar a todos o seu presente.

— Não vou tirar nunca mais! – declarou.

Kim Gi-Gook riu e Hwa-Young também.

— Tem que tirar para lavar a cabeça – Woong brincou.

— Só para lavar a cabeça – ela não conseguia parar de mexer no objeto.

Segurou a mão do *irmão* e aproximaram do espelho.

Hwa-Young sorriu. O reflexo deles parecia a imagem dos noivinhos de bolo de casamento.

Como que ilustrando o seu pensamento, An-ri declarou:

— Quando eu crescer, vou me casar com você.

— Por que? – Woong se virou para ela, surpreso.

— Os meus pais me chamam de princesa e a tia diz que você é o verdadeiro príncipe – ela disse brincando com a coroa. — O certo é sermos um casal.

Hwa-Young se surpreendeu com a ousadia da filha, mas não interferiu. Se divertia.

— Só que somos irmãos. Irmãos não se casam.

— Irmãos de coração – insistiu. — Podemos nos casar. Só se você não quiser.

— Está certo. Quando crescermos vamos nos casar e morar na casa de campo – ele revirou os olhos e declarou despreocupadamente.

An-ri sorriu e estendeu a mão para selarem o pacto.

Foi o momento em que Hwa-Young decidiu se aproximar.

— Vamos crianças! Ainda falta muito para terem idade para casamento. Agora é hora de festejar a infância.

Segurando um por cada mão, ela seguiu em busca da responsável pela organização da festa. Kim Gi-Gook seguiu atrás com um sorriso bobo no rosto. Sorriso de alguém pleno em felicidade.

Todos estavam em festa no castelo. Melhor, quase todos. Mun-Hee estava ansiosa, pois usaria a oportunidade para se livrar dos seus dois problemas: Hwa-Young e An-ri.

Chamou Hyun-Shik no escritório.

Ele entrou e a cumprimentou se curvando.

— Essa é a oportunidade perfeita – ela começou a falar. — As duas vão sair em trinta minutos para buscar as crianças do orfanato – seu tom era de nojo. — Acabe com isso de uma vez!

— Sim, senhora. Já está tudo definido – ele havia planejado tudo nos mínimos detalhes. Não ganharia nada em troca, nada além da felicidade de Mun-Hee. Se contentava com isso. Só o fato dela precisar dele já o alimentava.

Me livrarei dessas coisas insignificantes – Mun-Hee sorriu diante do pensamento.

Estava certa de que em breve teria a sua posição de volta e, dessa vez, se manteria em alerta para ninguém a tirar dela.

O céu estava coberto de nuvens pesadas quando uma limousine especial entrou no castelo. Ela era cor de rosa e imensa, chamava a atenção por onde passava.

Ninguém se importava com a chuva que se aproximava. O local onde as crianças ficariam estava coberto e pronto para recebê-las.

An-ri viu o veículo e ficou encantada. Queria mostrar a Woong, mas não o encontrou.

Hwa-Young teve trabalho em convencê-la a entrar no carro para buscarem as crianças do orfanato. Teve que prometer que o veículo estaria disponível até ela poder mostrar ao *irmão*.

Para dar mais veracidade ao que inventariam, Hyun-Shik seguiu com as duas na limousine. O que eles não perceberam foi o garoto com uma máscara do *Homem-Aranha* se escondendo em um dos últimos bancos. Mun-Hee havia proibido Woong de acompanhar An-ri, mas ele achou que poderia se disfarçar e fugir. Estava certo, pois ninguém o notou entrando sorrateiramente no veículo.

O motorista dirigiu usando uma rota que passava por alguns prédios em construção e galpões abandonados. Quando estavam em uma área bem isolada ele começou a diminuir a velocidade e reclamar do veículo até que parou.

Hyun-Shik abriu a porta para Hwa-Young descer, enquanto dizia:

— O carro parou e o motorista está analisando a situação. Se a senhora quiser descer.

— Vamos descer, mamãe! – An-ri se agitou no veículo.

A mulher já sabia que haveria muita insistência, então fez logo o desejo da filha. Não tinha nada de mau em andar um pouco.

— Não saia do meu campo de visão – avisou ao descer do veículo e perceber que logo a chuva as alcançaria.

Ela ficou olhando a menina correr distraída entre as coisas velhas que foram abandonadas e os materiais de construção.

Dentro do carro Woong não se decidia se devia sair e levar uma bronca ou esperar até chegarem ao orfanato onde a tia estaria ocupada demais para brigar.

De repente, começou a chover. Hwa-Young voltou para o carro e de lá gritou para a filha voltar.

An-ri queria ficar na chuva e ficou correndo para todo lado. Ela só parou de correr quando viu a mãe caída no chão. Hwa-Young tinha sido atingida na cabeça por um bastão de ferro. Sua cabeça sangrava e ela estava inconsciente. Sua vida por um fio.

Woong, assustado com o que viu de dentro do carro, se encolheu. Ficou o mais escondido que pode, até ver a irmã correndo de volta para a mãe sem se importar com o perigo.

Ela se ajoelhou chamando pela mãe, implorando que acordasse. Foi quando foi agarrada pelos cabelos pelo motorista e arrastada para perto da entrada de um galpão.

— Não temos tempo para isso! – Hyun-Shik avisou. Tinha conhecimento dos costumes sádicos do homem. — Se não fizermos isso direito estamos acabados.

— Achei que esse trabalho ia ser divertido – o homem resmungou.

— Cala a boca e acaba logo com essa menina! – Hyun-Shik começou a andar em direção a um canto. — Preciso tirar a *água do joelho*. Não aguento mais esperar.

Mesmo a contragosto, o motorista pegou uma faca dentro do agasalho e golpeou, mas a menina levantou o braço e o corte só pegou nele.

Ela gritou de dor e medo. Jorrou sangue para todo lado manchando o vestido de princesa.

Ele ia golpear novamente, mas algo o impediu. Um menino usando uma máscara do *Homem-Aranha* apareceu do nada golpeando-o com o bastão de ferro que foi usado em Hwa-Young e gritando:

— Fuja, An-ri! Fuja!

Ninguém o tinha visto sair do carro e pegar o bastão que foi largado no chão. Ele não parava de golpear e de gritar para a garotinha fugir.

An-ri pegou a sua coroa caída no chão e começou a correr, mas viu que o homem começou a golpear o menino com socos e pontapés e parou em dúvida se fugia ou voltava para ajudá-lo.

Kim Woong, enquanto apanhava, continuava gritando: corra!

Até que desmaiou.

Hyun-Shik vai acabar com a minha raça – o motorista pensou olhando o elemento a mais no chão e depois olhando o lugar onde o secretário sumiu para cuidar do chamado da natureza.

Ele notou a menina imóvel na chuva segurando possessivamente uma coroa e riu. Pegou o bastão indo atrás dela lentamente. Enquanto andava, balançava o bastão como se estivesse pronto para uma partida de baseball.

An-ri voltou a correr e ele riu ainda mais.

— Não corra do papai!

Ofegante, An-ri correu para dentro de um galpão. Enquanto corria, ela chorava chamando por sua mãe, por seu pai e seu *irmão*.

— Appa?! Omma?![1] – gritava e soluçava entre lágrimas. — Oppa?![2] – chamava como se eles fossem aparecer como mágica levando-a para a segurança de sua casa.

O motorista a seguia sem presa e rindo. Sabia o quanto isso assustava as suas vítimas e gostava de vê-las tremendo de pavor.

Apesar de tudo parecer perdido, o destino decidiu que ainda não era a hora da pequena princesa ser vítima fatal daquelas pessoas monstruosas.

Havia uma mulher naquele mesmo galpão. Ela estava com um punhal, pronta para acabar com a própria vida por causa da morte recente do marido e das dívidas que ele deixou.

---

1. Mamãe, papai
2. É um termo usado para chamar um garoto mais velho que você, seu namorado ou seu irmão mais velho.

Quando encostou a lâmina em um dos pulsos, ela viu a menina correndo e se escondendo atrás de uma caixa.

Curiosa sobre o que via, ela deixou a faca de lado e olhou por uma janela quebrada se dando conta da situação lá fora.

Havia dois corpos caídos no chão e um homem de pé perto deles.

Hyun-Shik? – se perguntou forçando os olhos para tentar confirmar a identidade do que parecia ser o agressor.

A chuva dificultava as coisas.

De repente, um barulho de algo caindo a fez recordar da garotinha e, esquecendo completamente dos próprios problemas, se esgueirou até ela.

Ao ver de quem se tratava e que a criança sangrava, a mulher se apavorou.

— Shhhh! Não faça barulho! – pediu inutilmente. A menina estava tão apavorada que não emitia mais nenhum som. – Vai ficar tudo bem. Olhe para mim. Sou eu, a tia Yun-Hee.

An-ri a olhou por alguns instantes, porém não deu nenhuma dica de que a reconhecia.

Sem perda de tempo, Yun-Hee a pegou no colo e a levou para os fundos do lugar, se escondendo atrás das caixas até encontrar o lugar por onde entrou. Era um buraco que alguns adolescentes tinham feito para usar o lugar como refúgio quando faltassem aula escondido dos pais. Em nenhum momento, An-ri soltou a coroa, a qual segurava possessivamente.

Enquanto o motorista procurava, An-ri já estava longe com a irmã da mulher que encomendou a sua morte.

Hyun-Shik voltou abotoando a calça. Não viu sinal do motorista.

— Aquele imbecil não resistiu – resmungou enquanto se abaixava para confirmar que a rainha estava morta.

Sua mão nem chegou a tocá-la. Um relâmpago tirou a sua atenção, foi quando ele notou o outro corpo no chão.

Era uma criança, mas não era An-ri.

Ele se aproximou devagar. Seu subconsciente gritava, mas ele não entendia. Resmungava sobre o motorista ser um idiota. E foi resmungando que ele se abaixou e sentiu que o menino mascarado ainda estava vivo.

Aquilo era um problema. Precisava se livrar das testemunhas.

Olhou para todos os lados tentando localizar o motorista para obrigá-lo a terminar o serviço porco que ele começou. Nem sinal dele.

— Pedófilo incompetente! – resmungou e levou a mão enluvada ao pescoço do garoto disposto a enforcá-lo.

Antes de mata-lo, ele sentiu uma necessidade estranha de ver quem estava atrás da máscara. E ao invés de apertar o pescoço, ele puxou o tecido encharcado.

O desespero tomou conta paralisando-o por alguns instantes, ao tirar a máscara do menino e descobrir que era o filho de Mun-Hee.

— Agora realmente estamos todos ferrados! – passou a mão no rosto várias vezes como se o gesto fosse apagar o garoto do chão.

Calma! Você precisa se acalmar e resolver isso – pensava enquanto o seu corpo insistia em ficar imóvel.

Quando finalmente conseguiu o controle do corpo, ele foi até a limousine e pichou "abaixo a realeza", antes que chegasse alguém para deixar aquela situação ainda mais complicada

Depois disso, pegou o celular descartável e discou o número do motorista.

— Acabe com isso e volte agora! – falou e desligou. Nem queria saber o que o fez se afastar do programado. Imaginava que o homem estava se divertindo com a menina do seu jeito sádico.

Enquanto esperava, ele se virou para o corpo imóvel de Woong.

— Desculpe garoto, mas preciso que aguente um pouco ai senão tudo será em vão.

Poucos instantes depois, o motorista apareceu gritando:

— A garota fugiu!

— Mas que droga! Mais um problema – quando o motorista chegou perto o bastante, ele questionou. — E o garoto?

— Não sei quem é. Esse merdinha saiu do nada e me atacou. Tive que dar um jeito nele.

— Ele é o filho da mulher que te contratou, sua mula!

— Puta que pariu! E agora? – olhava dos corpos para o homem nervoso a sua frente.

— Seguimos o plano. Vamos terminar aqui e coloco alguém na cola da menina. Agora me bata logo.

O plano era simular que eles foram atacados por pessoas que eram contra os privilégios da realeza.

Certo de que o garoto estava morto e tudo voltaria aos eixos, o motorista bateu em Hyun-Shik e o Hyun-Shik bateu nele. O que o motorista sádico não esperava era que o plano não havia sido explicado totalmente e que seria uma vítima fatal.

Quando ele caiu com o soco, Hyun-Shik sacou a arma e atirou em sua cabeça sem dar tempo para qualquer reação.

— Você merece, pedófilo do inferno!

Com a cena pronta, ele ligou para algumas pessoas procurarem a garota, ligou para a polícia, para a ambulância e para o rei Kim Gi-Gook.

— Fomos atacados! – anunciou ao telefone. Sua voz demonstrava pavor, porém se pudessem vê-lo saberiam que era atuação. Havia um sorriso sinistro em seu rosto.

O resultado de uma armadilha

— **O que aconteceu** com o meu filho? – Mun-Hee entrou fazendo um escândalo no hospital.

Kim Gi-Gook a abraçou chorando. Ele foi um dos primeiros avisados e ainda não acreditava no que estava acontecendo. O medo de perder a maioria das pessoas que amava o deixava aturdido.

— Está em cirurgia – respondeu. — Aqueles monstros o machucaram muito.

— Por que ele estava com aquela mulher? Eu o proibi de sair – ela não conseguia controlar a raiva e a dor.

— Hwa-Young está em coma e nossa menina desaparecida. Por favor, não a culpe.

— Ele corre risco de morrer? – o comentário fez Mun-Hee sentir mais raiva ainda. Além do seu filho se machucar ainda não tinha se livrado das duas.

Ela olhou para Hyun-Shik que estava parado em um canto com um curativo na testa.

Por um instante, ela perdeu completamente o controle e avançou sobre o secretário.

— Você estava com eles. Por que não fez nada? Por que? Se o meu filho morrer, eu te mato, infeliz!

Ela batia nele e chorava ao mesmo tempo. Estava pronta para colocar um fim na vida dele sem sequer se importar com as testemunhas.

— Sinto muito, senhora! Não pude fazer nada – Hyun-Shik não se defendia dos golpes dela. — Se eu pudesse trocaria de lugar com ele.

Com a ajuda de um médico que passava, Kim Gi-Gook conseguiu afastá-la do secretário e a medicaram para que se acalmasse.

Levaram ela para um quarto e Kim Gi-Gook ficou ao seu lado por alguns instantes. Segurava a mão da ex-mulher e dizia palavras de conforto.

— O médico vai fazer o possível para salvá-lo. Vai dar tudo certo! – repetia como se tentasse se convencer.

Era difícil porque o seu coração não acreditava em nenhuma daquelas palavras. Se sentia impotente ao ver a sua família destruída.

A polícia estava procurando An-ri, os médicos diziam não ter nenhuma noção de quando Hwa-Young iria acordar, Woong estava em cirurgia à beira da morte da morte por causa das múltiplas fraturas e Mun-Hee parecia derrotada naquela cama.

Uma lágrima escapou apesar do seu esforço em não chorar mais. Foi nessa hora que Hyun-Shik entrou no quarto e se aproximou.

— Senhor, há algo que eu possa fazer?

O rei o olhou por alguns segundos antes de dizer:

— Faça a imprensa saber o que aconteceu. Eu quero aqueles desgraçados atrás das grades, quero que até as suas famílias os odeiem.

— Sim, senhor.

Hyun-Shik fez o que o rei ordenou. No dia seguinte, em todos os meios de comunicação, só se falava do ataque e da busca pela princesa perdida. As pessoas passaram a repudiar o movimento contra a realeza e exigir que devolvessem a criança.

Os líderes dos movimentos até tentaram argumentar, mas ninguém acreditava em suas palavras. A tragédia fez com que perdessem quase todos os seguidores.

No dia seguinte ao ocorrido, Mun-Hee ainda estava no hospital. Ela chamou o secretário Hyun-Shik assim que acordou.

O homem entrou cabisbaixo, já esperava uma explosão.

— Aproxime-se, Hyun-Shik – ordenou.

Ele se aproximou da poltrona onde ela estava sentada e ela se levantou e o esbofeteou nos dois lados da face.

— Me diga a verdade, seu miserável! Quando foi que ordenei que atentassem contra o meu filho? – sua voz era um rosnado baixo, pois apesar da raiva ela tinha consciência de que se gritasse com ele as pessoas poderiam escutar fora do quarto.

— Ele deve ter ido escondido no veículo. Estava com uma máscara e atacou o imbecil do motorista. Só soubemos que era ele quando retirei a máscara – explicou sem dar maiores detalhes para não a irritar ainda mais.

— Você é um incompetente! Se o meu filho morrer vou mandar matar cada um da sua família na sua frente e depois vou matar você com minhas próprias mãos.

— Isso não irá se repetir – ele simplesmente abaixou a cabeça. Durante a execução do plano, tinha imaginado que poderia usar o sucesso para se aproximar mais de Mun-Hee e se sentia um derrotado por saber que o que aconteceu com o filho dela os afastaria mais. Na verdade, o colocava em dívida com ela porque tinha ferido a única pessoa que ela amava.

Alheio aos seus pensamentos, Mun-Hee declarou:

— Claro que não! Seria uma façanha muito grande você, duas vezes, deixar o meu filho ser espancado, perder uma criança e não se certificar da morte da mãe.

— A senhora vai continuar confiando em mim? – precisava saber. Sentia que ficaria louco se ela o excluísse definidamente de sua vida.

— Nesse momento, eu não sei de nada. Só quero que o meu filho se recupere.

— Não se preocupe, minha rainha. Cuidarei para que a menina seja localizada e completarei o serviço. E quanto a mãe, posso dar um fim sem problemas.

— Não seja burro! Ela está sendo vigiada por policiais e por câmeras. Ninguém entra no quarto sem permissão. Deixe aquele vegetal como está, por enquanto.

Ele não disse nada.

Naquele momento, até o seu silêncio a incomodava.

— Saia! – ordenou. Não conseguia olhar para ele sem pensar no filho.

O homem saiu em silêncio, jurando a si mesmo que resolveria tudo. No caminho, ele se encontrou com Kim Gi-Gook que ia ao quarto de Mun-Hee dizer que Woong estava fora de perigo.

Era a primeira notícia boa desde que aconteceu a tragédia.

Depois que saíram do perigo. Yun-Hee levou An-ri para a sua casa na favela *Sky*, onde morava desde o suicídio do marido.

Ela cuidou da ferida no braço da menina e usou uma bacia para dar banho nela antes de emprestar uma das suas blusas como roupa para ela.

O tempo todo An-ri permaneceu muda e com um olhar distante.

Yun-Hee também não falava muito. Estava preocupada com a presença do secretário Hyun-Shik naquela cena.

Será que o ataque foi planejado pela minha irmã? – se perguntava em pensamento enquanto sua mente vagava pelo dia do funeral do marido, quando a irmã foi até ela confessar que fez com que eles perdessem tudo e que esse foi o motivo para o homem que ela amava se matasse; ele estava prestes a ser preso. Aquela era a sua vingança por ter revelado que ela traia o rei.

— Você vai lembrar de mim quando estiver prestes a ficar como ele – foram as últimas palavras de Mun-Hee durante um abraço falso.

As pessoas admiravam como as duas eram unidas. Só Yun-Hee sabia o quanto estavam enganados.

An-ri tossiu tirando-a das lembranças dolorosas.

— Durma um pouco – Yun-Hee a fez se deitar no colchão no chão e a cobriu com uma manta. – Amanhã vamos pensar em como resolver a sua situação.

An-ri se encolheu toda para tentar se aquecer naquela noite fria e fechou os olhos com força tentando afastar as imagens dos últimos acontecimentos.

Demorou um pouco, mas dormiu. Um sono sem sonhos ou pesadelos.

Quando acordou estava sozinha na barraca.

Ela olhou tudo sem reconhecer o lugar. Estava confusa. Sua cabeça parecia um recipiente vazio. Ela pensou em chamar por alguém, mas nenhum nome veio a sua mente; nem mesmo o seu.

Nessa hora, Yun-Hee entrou no lugar.

— Finalmente acordou! – disse sorrindo. — Eu trouxe café da manhã. Venha! – apontou uma mesa de madeira com duas cadeiras.

— Quem é você? Onde estou?

— Como assim? Não me reconhece? – ela se aproximou da menina. A atitude dela a preocupava, pois já haviam se encontrado várias vezes no castelo.

Deve ser o trauma – pensou.

— Não, senhora – An-ri tocou a cabeça e fez uma careta. – A senhora sabe quem eu sou? Pode me dizer?

Suas palavras fizeram Yun-Hee ficar paralisada. Precisava pensar rápido. A notícia sobre o suposto ataque a realeza já havia chegado até a favela.

Se eu a levar de volta, o que vai acontecer? Ela pode reconhecer o secretário Hyun-Shik como seu agressor e ele pode querer calá-la. Meu Deus, o que fazer? – pensava em desespero enquanto encarava a menina confusa que também queria uma resposta.

— O seu nome é Tae-Yang. Eu sou sua tia In-Na – se ouviu mentindo e usando o nome falso que usava desde que chegou na favela. Um plano se formava em sua mente. —. Nós fugimos de pessoas más que tentaram machucar você e sua mãe.

A menina olhou o braço enfaixado e perguntou:

— Onde está a minha mãe?

— Infelizmente faleceu.

An-ri sentiu o coração apertado. Uma imagem borrada de um garoto lhe veio à mente e ela perguntou:

— E o menino?

Yun-Hee pensou em dizer que não havia nenhum menino, que era coisa da sua imaginação, porém achou que quanto mais verdades colocasse na mentira seria melhor caso a memória dela voltasse com o tempo.

— Era seu irmão, sinto muito, ele também faleceu.

An-ri entendeu que o irmão também tinha ido morar no céu. Sentiu como se aquilo não fosse algo tão ruim. As lembranças haviam sumido, porém tudo que sua mãe a ensinou parecia enraizado em sua mente.

— Essas pessoas más vão me pegar também? – os seus olhos pequenos estavam marejados de lágrimas que não demoraram para se derramar por seu rosto.

Yun-Hee não resistiu, se ajoelhou e a abraçou com força.

— Não, querida. Eu vou cuidar de você. Seremos uma família e não vou deixar ninguém te fazer mal.

Enquanto a abraçava, Yun-Hee amaldiçoava a irmã e fazia planos de esconder An-ri do mundo. Pelo menos até descobrir se era seguro para ela voltar ao castelo. Tinha que dar um jeito de ninguém a reconhecer e uma ideia já se fixava em sua cabeça.

A princesa vira um plebeu

Nos primeiros dias, Yun-Hee manteve An-ri presa dentro da casa para que ninguém na favela a visse. E alguns dias depois, disfarçada, ela andou pelo hospital onde Woong estava se recuperando e descobriu tudo o que aconteceu naquele dia, soube que a rainha estava em coma e o menino já estava fora de perigo, porém não recordava o rosto dos agressores ou nada de útil do ataque e a polícia estava em busca de An-ri, assim como detetives particulares contratados pelo rei e por Hyun-Shik. Isso só significava uma coisa: An-ri era uma ponta solta que eles fariam de tudo para fazer desaparecer em definitivo.

Foi essa descoberta que fez com que Yun-Hee decidisse manter a menina escondida e esperar a rainha despertar.

Enquanto isso, não podiam se estabelecer em empregos ou escolas. Viviam como indigentes. Yun-Hee a criou como menino para chamar menos a atenção das pessoas, pois a aparência dela não negava as suas origens. Tiveram que se livrar dos cabelos longos logo nos primeiros dias.

— O mundo é muito machista, criança. E alguns homens são capazes de coisas terríveis – dizia enquanto cortava o seu cabelo. — Por isso, você nunca deve dizer que é uma menina. Se te perguntarem, você responde que você é meu sobrinho e que o seu nome é Tae Yang.

— Não entendo.

— Não precisa entender. Apenas faça o que estou mandando – falou um pouco ríspida. — Agora repita comigo: meu nome é Tae Yang e sou sobrinho da tia In-Na.

Ela fungou, chateada, mas repetiu:

— Meu nome é Tae Yang e sou sobrinho da tia In-Na.

— E nunca fale com estranhos. Existem muitas pessoas cruéis.

Além disso, existe uma bruxa má que deseja a sua morte – pensou. O seu coração doía por ter que fazer aquilo com a menina.

Resignada ao ver quase todo o seu cabelo no chão, An-ri simplesmente perguntou:

— O que significa machista? – apesar de saber que não tinha como colocar os cabelos de volta, ela não conseguia evitar as lágrimas que desciam.

— É um idiota que acha que os homens são "superiores" às mulheres. Alguns desses idiotas podem ser violentos em suas atitudes – ela foi evasiva. Pretendia conversar com a menina quando estivesse um pouco mais velha.

— Todo homem é monstro machista? – ela insistiu.

— Eu sou um homem. Velho, mas homem. Então responda você – Min-Kyung respondeu por ela.

Ele era um senhor de quase setenta anos que vivia sozinho em *Sky*. Foi a pessoa que as ajudou a se instalar naquele lugar. Cuidava da menina sempre que podia e levava a tia para catar recicláveis com ele desde quando se conheceram, nos primeiros dias dela naquele lugar, antes do incidente que levou An-ri a viver entre eles. Yun-Hee confiava nele a ponto de não esconder nada.

— O senhor é um homem bom. Não é machista – ela respondeu passando a mão pequena no rosto para enxugar as lágrimas.

— Certa resposta! – Min-Kyung sorriu.

— Não se engane achando que só os homens podem ser monstros. Existem mulheres que são capazes de coisas horríveis, então trate de aprender a reconhecer as pessoas que são boas das que estão fingindo para te usar ou te machucar – enquanto falava, Yun-Hee via perfeitamente o rosto da irmã em sua mente.

— Sim, tia.

O senhor Min-Kyung, percebendo que o ensinamento poderia impedir a menina de se envolver emocionalmente com as pessoas, completou:

— Haverá outro homem bom além de mim que a protegerá até com a própria vida se for necessário.

— Quem? – a menina o encarou com os olhos transbordando expectativa.

— Ainda não sabemos, mas garanto que você o reconhecerá.

Logo An-ri vagou se imaginando como uma princesa salva por um príncipe em um cavalo branco como os príncipes dos livros velhos que encontrou na casa.

Yun-Hee, imaginando que ela poderia sofrer se fosse por esse caminho, retrucou:

— Não ensine essas bobagens! Cada um deve ter a força para se proteger e deve cuidar dos próprios interesses – ela lembrava dos próprios erros, de como perdeu tudo por ousar ir contra a irmã e revelar a verdade sobre a paternidade de Woong.

— As princesas podem ser fortes, tia. Serei uma princesa que luta contra os machistas – An-ri declarou arrancando outro sorriso de Min-Kyung.

— Eu queria tanto que você pudesse crescer como uma criança normal. Desculpe por ser uma tia tão incompetente – Yun-Hee disse tristemente enquanto explicava que o motivo para ela não poder fazer certas coisas, era a possibilidade de serem encontradas por pessoas más.

A menina a abraçou com força dizendo que estava tudo bem, que estava feliz mesmo sem os seus cabelos e seu vestido.

An-ri cresceu como Tae-Yang, um sobrinho que veio morar com ela depois que os pais morreram. Ela estava proibida de contar que era menina e de falar a verdade sobre como foram atacadas.

Yun-Hee guardava o vestido e a coroa em uma caixa que ela foi proibida de abrir. Uma proibição inútil, pois sempre que se sentia triste, An-ri tirava as coisas de lá e ficava olhando e tentando lembrar o rosto da sua verdadeira mãe e do irmão.

Os anos passaram e, depois que completou dezesseis anos, An-ri começou a trabalhar e Yun-Hee começou a beber. Ela encontrava na bebida o esquecimento das suas perdas, principalmente do seu marido a quem amava com todas as forças e do filho que perdeu por desgosto. Lembrar do suicídio do marido era doloroso, mais ainda quando a imagem da irmã rindo da sua perda se fazia presente tão claramente em sua mente. Ela se sentia culpada pela morte do marido. Queria poder gritar para todo mundo que aquilo foi uma vingança da irmã; um marido pelo outro.

An-ri via a sua tia definhando e se sentia impotente. Por mais que tentasse convencê-la a se cuidar, ao completar dezessete anos, ela finalmente viu a tia sucumbir e morrer ao beber demais e cair no córrego da favela.

O corpo dela foi encontrado ao amanhecer e levado para ser enterrado como indigente, pois por mais que fossem questionados, nenhum morador da *Sky* dava informações sobre outros quando se tratava da polícia. Muitos ali possuíam pendências legais e, mesmo sem ninguém combinar, se protegiam.

A herança que ficou para An-ri foi a barraca onde moravam e uma carta que ela não fez questão de abrir. A carta estava com o senhor Min-Kyung que foi orientado, por Yun-Hee, a entregar se ela morresse antes de a verdade aparecer.

Min-Kyung ao entregar a carta a An-ri não ousou falar sobre o seu conteúdo e a garota, achando que se tratava de um desabafo de uma pessoa moribunda, não fez questão sequer de abrir. Disse ao amigo para ficar com a carta que talvez um dia, iria atrás dela. Naquele momento estava com muita raiva por ter sido deixada de lado e trocada por bebidas.

O tempo passava e a mágoa diminuía, mas a carta era uma lembrança distante diante de todas as preocupações que a assolava. Sentindo-se sozinha, An-ri pensou em se revoltar e mostrar a todos quem era de verdade, mas pensou em todo o trabalho que tiveram e acabou desistindo. Sua tia iria querer que ela continuasse com o plano de juntar dinheiro para viver tranquila em alguma cidade do interior.

Durante anos, aos poucos, ela ia se acostumando, a princesa se apagava atrás do plebeu em que ela se transformou.

Lembranças em forma de pesadelos

Um grito estridente. Era sempre assim que os pesadelos começavam. An-ri se remexeu na cama. No pesadelo ouvia a voz do menino gritando: Fuja! Fuja!

Tudo que ela via era um homem com um rosto que parecia uma máscara de demônio espancando um garotinho com máscara de *Homem-Aranha*, perto deles um corpo de mulher caído e outro homem sem rosto parado como se estivesse assistindo. A chuva caia sem parar e os sons de trovões tornava tudo mais assustador.

O menino parou de gritar e o homem olhou em sua direção. Seus olhos vermelhos brilhavam e ele sorria. Um grito se formou na garganta de An-ri, porém um trovão o silenciou assim que saiu.

An-ri acordou assustada com o som de um trovão. A chuva fazia barulho na estrutura da casa.

Era sempre assim em noites de chuva, acordava suando depois desse pesadelo onde via um menino com máscara de *Homem-Aranha* apanhando de pessoas com rostos deformados na chuva.

Ainda tremendo, ela pegou a coroa no chão e a apertou contra o peito. Tinha aquela coroa desde que podia lembrar. De alguma forma, o objeto a acalmava, por isso sempre o deixava por perto ao dormir.

— Será que aquelas pessoas ainda querem me matar? – perguntou para o teto enquanto apertava a coroa cada vez mais forte.

Depois de alguns minutos em posição fetal abraçando o objeto, ela olhou o relógio amarelo sobre o móvel de madeira. Era um relógio quadrado que Yun-Hee tinha encontrado no lixo que coletava.

— Cinco da manhã – resmungou e se levantou. Nunca conseguia dormir novamente depois desse pesadelo.

Depois de um banho de balde em um canto, separado por uma cortina, que chamava de banheiro, ela se vestiu com uma calça jeans confortável, camisa e agasalho pretos e se olhou no pedaço de espelho encostado na parede de latão.

— Hora de ser um rapaz trabalhador! – sorriu para a imagem e saiu cantarolando um rep antigo e tentando escapar da chuva, que já não estava mais tão forte.

Ao passar pela porta do seu melhor amigo, Min-Kyung, sentiu um cheiro delicioso de comida e se convidou para entrar.

— Bom dia, ahjussi!

— Bom dia, criança. Acordou cedo. Teve aquele pesadelo novamente?

— Como sempre. Espero que essa chuva passe logo. Eles se tornam constantes nesse clima.

O velho senhor era um dos seus melhores amigos desde a infância. Ele sabia tudo sobre ela e, como era amigo confidente de Yun-Hee, sabia bem mais que ela. Foi graças a ele que An-ri aprendeu a ler e escrever. Ele vivia de uma aposentadoria que não dava para quase nada, mas por causa de um problema na perna, não podia trabalhar e passava muito tempo dentro do seu barraco.

An-ri passou grande parte da infância na casa dele ouvindo suas histórias e aprendendo tudo que ele sabia. A outra parte do seu tempo era dedicada a acompanhar sua tia em seu trabalho como catadora de recicláveis.

— Está fazendo aquilo que a sua tia ensinou? – o senhor questionou se referindo ao uso de fones de ouvidos com música para mascarar o barulho da chuva no latão. An-ri sempre fingiu que dava certo, mas ainda tinha medo porque o barulho era intenso por causa do material da casa e ultrapassava as músicas.

— Estou, mas sempre me mexo demais durante o sono e os fones acabam saindo do lugar – explicou fazendo uma cara de despreocupada para deixá-lo tranquilo.

— Vamos ter paciência. O clima logo vai mudar – entregou uma vasilha de plástico verde com arroz frito e kimchi. – Coma e vá trabalhar. Aproveite o pesadelo para ser uma das primeiras pessoas a chegar. Isso faz a diferença quando o negócio é emprego.

Ela comeu rapidamente e saiu gritando da porta:

— Até mais, ahjussi!

Ele apenas sorriu. Amava a garota como se fosse uma neta que nunca teve.

Correndo pelos becos da *Sky,* An-ri foi em direção aos arranha-
-céus que contrastavam com o lugar onde cresceu.

A van que levava os trabalhadores para a "cidade", estava saindo, mas as pessoas começaram a gritar com o motorista quando a viram correndo para alcançá-los.

— Partindo sem mim, ahjussi? – brincou enquanto subia no veículo.

— Estamos cheios. Ia levá-los e voltar. E você, garoto, caiu da cama?

— Literalmente! – brincou e se sentou na única cadeira vazia, a ao lado do motorista. Isso depois de pagar pelo transporte.

O homem deu partida e, depois alguns minutos, estavam nas movimentadas ruas de Seul.

Depois de desembarcar, ela foi direto conversar com um conhecido que arranjava empregos provisórios. Seu último emprego foi entregando um jornal local, mas o negócio faliu. Precisava de outro.

Entrou no escritório cumprimentando os rapazes pelo caminho.

— E ai, Tae Yang! – o homem a cumprimentou com o aperto de mão forte com o qual ela já havia se acostumado. — Em busca de trampo[3]?

— Isso. Tem algo para mim?

Ele a analisou por alguns segundos.

— Acho que não. Os trabalhos que tenho para indicar são pesados. Você pode ter disposição, mas não tem físico para eles.

— Eu posso fazer qualquer coisa. Diz ai o que tem – desafiou.

— Carregador em um depósito de mármore. Se for bem pode até passar de provisório a permanente.

— Está ótimo! Vou te mostrar quem é fraco aqui – brincou fazendo algumas poses de lutador.

— Calma, Hulk! – o homem riu estendendo um pedaço de papel com o endereço na direção dela. — O trabalho é seu, só não me faz passar vergonha.

____
3. Trabalho

— Quando isso aconteceu? – An-ri estava acostumada com as brincadeiras referentes ao seu físico. Constantemente tinha que *sair na mão* com alguém para mostrar que não era fraca.

Ela pegou o endereço e seguiu para o local pensando no quanto seria bom poder ter uma vida normal, usar vestidos, deixar os cabelos crescerem, ter um emprego com cobranças e benefícios legais, estudar em uma escola de verdade. Mas a chance havia passado. Sua tia nunca a deixou sair em busca de coisas assim. Seus documentos eram falsos e muito mal feitos, por não terem condições financeiras favoráveis. Foi feito por um fugitivo que se escondeu na favela por alguns meses antes de ser encontrado pela polícia.

A história que sua tia repetia desde que An-ri era criança era que eles fugiram de pessoas cruéis. Ela dizia que sua mãe morreu nas mãos dessas pessoas, assim como o seu irmão. Por sua única lembrança, antes de irem morar na *Sky*, ser elas correndo de um galpão na chuva e por causa dos sonhos constantes com o garoto sendo espancado, ela acreditava.

Um dia comum

O sábado amanheceu com um lindo sol e poucas nuvens. An-ri podia ver através do plástico transparente que cobria um buraco no teto de sua casa.

Ela espreguiçou preguiçosamente. Os dias de folga eram raros porque ela sempre buscava trabalhos alternativos. Estava juntando dinheiro em um compartimento segredo no chão embaixo da cama. O dinheiro era para ter um novo documento com uma identidade feminina e comprar uma casa melhor, bem longe, onde ela pretendia morar com os seus amigos e talvez conhecer alguém especial para amar.

— Eu também tenho direito de viver um romance – resmungou e sorriu ao se imaginar de mãos dadas com um rapaz.

Ela desceu da cama e a primeira coisa que fez foi olhar o quanto já tinha e sonhar um pouco mais sobre o seu futuro. Depois disso, ela procurou alguns ingredientes para fazer um café da manhã especial com o seu amigo Min-Kyung.

Com tudo pronto, An-ri abriu a porta para sair, mas a primeira coisa que viu foi um rato comendo um pedaço de pão tranquilamente em sua porta. Ela deu dois passos para trás.

— Sai! – jogou um copo de plástico no bicho. O copo caiu longe dele. E o ratinho continuou comendo tranquilamente.

Ela resmungou:

— Que droga! Esse monstro é capaz de ficar ai o dia todo só para me contrariar.

Desde criança, ela tinha medo de rato. Sabia que era um medo bobo, mas não conseguia evitar.

Depois de alguns segundos olhando fixamente como se quisesse espantar o rato com o olhar ou como se tivesse medo de piscar e ele aparecer em seus pés, ela criou coragem e pegou uma vassoura.

A coragem só ia até aí, não sobrava para se aproximar do animalzinho.

De repente, o rato correu e uma sombra sorridente apareceu com um sorvete.

— Ei, esquisito, não trabalha mais não?

Ela deixou a vassoura de lado e suspirou aliviada.

— Tenho direito a uma folga na vida. E você, por que está tomando sorvete tão cedo?

— Hoje é dia de sorvete.

Dia de pagamento – An-ri deduziu em pensamento.

De certa forma ela gostava do jeito que a mãe de Choi In Ha a criava, só não curtia o sorvete na hora do café da manhã. A mulher sempre deixava a filha viver de sobremesa no dia do pagamento.

— Obrigado por cuidar desse monstrinho! Já estava pensando em não sair de casa hoje – agradeceu por a garota ter espantado o rato.

— A minha mãe disse que você é uma pessoa esnobe porque mora na favela e tem medo de ratos e baratas – a menina comentou ainda na porta.

— Você não devia ter contado para ela sobre isso. Se os imbecis machistas descobrirem meus pontos fracos, estou ferrada – a repreendeu.

— Não minto para a minha mãe, Deus não gosta – ela sorriu antes de completar: — Além do mais, não é nenhum segredo. O pessoal é que ainda não viu a sua cara de cachorro assustado quando vê um ratinho.

Ao ouvir a menina comentar que não mente para a mãe, An-ri suspeitou de algo.

— Você contou para ela que sou mulher, não contou? – já sabia a resposta antes mesmo de ouvir.

— Faz um tempão! – Choi In Ha comentou dando de ombros. — Ela disse que isso é normal hoje em dia. Que alguns homens nascem com alma de mulher e algumas mulheres com alma de homem.

An-ri riu.

— Agora entendi porque muitos implicam comigo – imaginou a mãe da menina contando para o pessoal da favela que ela era homossexual.

Antes achava que eles notaram alguma atitude feminina, mas agora já tinha a confirmação que se tratava de um boato baseado em uma verdade.

— Vá pirralha! Preciso preparar um café da manhã – passou pela porta com as coisas e a trancou usando uma corrente e um cadeado.

— Eu vou com você. Me deve uma por ter espantado o rato.

— Vamos lá! Vamos passar na sua mãe e avisar.

Enquanto iam para a casa de Min-Kyung, ela lembrou de quando a menina a viu vestida como mulher.

Era uma daquelas tardes em que estava cansada de tudo, um daqueles momentos em que se perguntava se fazia sentido viver uma vida assim. Sua vida parecia um roteiro mal escrito onde quiseram fazer algo diferente e acabou virando uma bagunça. Mentir constantemente, não poder olhar para nenhum rapaz, sem saber por onde começar para descobrir quem era realmente.

Muitas vezes, depois de um pesadelo, ela passava o dia todo forçando a memória para recordar de como era a sua vida antes de chegarem na favela.

Naquela tarde, ela roubou um vestido no varal de uma vizinha. Pretendia devolver antes que dessem falta. Tirou as roupas, como se elas queimassem a sua pele, e colocou o vestido na frente do corpo. Por um instante só o admirou assim. Ao vesti-lo se sentiu estranha. Se olhou no espelho quase inteiro, que encontrou quando catava lixo, e teve raiva do seu cabelo curto.

Estava se encarando no reflexo, quando ouviu:

— Esse vestido parece o da vizinha.

Assustada, ela olhou para trás e viu Choi In Ha parada, com a porta aberta.

— Fecha a porta! – quase gritou.

Ela correu e fechou a porta antes que a menina reagisse. Puxou a amiguinha até a cama e se sentou com ela contando a sua história de um jeito que ela pudesse entender e escondendo as partes violentas. Choi In Ha não se importou muito com a história, estava muito mais interessada no fato de que tinha um segredo com o seu amigo esquisito.

Assim que chegaram na casa de Min-Kyung, An-ri deixou as lembranças de lado. Os três passaram a se divertir enquanto faziam o café da manhã.

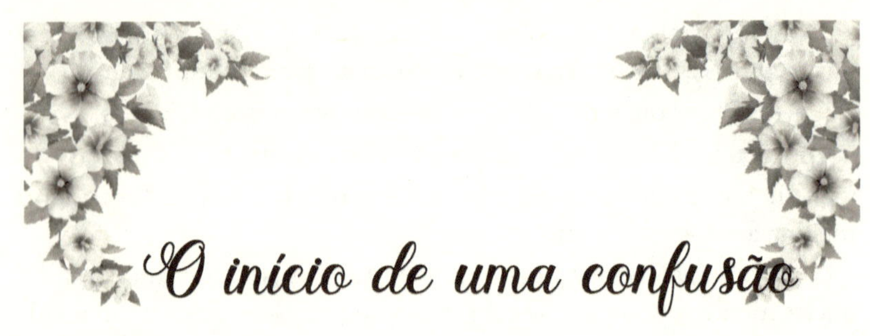

O início de uma confusão

Não tão longe do castelo e da favela, uma família vivia quase tranquilamente em uma bela mansão. O único problema era a filha única, Park Ho Sook, que fugia de todos os encontros arranjados.

Ela estava em um desses encontros. E o rapaz estava há trinta minutos listando suas qualidades e os bens da família. Demonstrava menos nervosismo que os outros, mas isso não a impressionou.

— Com licença. Preciso ir ao toalhete – Park Ho Sook declarou, empurrando o copo de água, e se levantou.

— Você vai fugir? – ele a encarou com uma expressão indecifrável. — A sua fama já se espalhou. Eu devo ser o décimo primeiro na sua conta de encontro às cegas.

Ela voltou a se sentar.

— Serei sincera; não pretendo me casar com alguém que encontrei em um dia. Isso de encontro às cegas é uma bobagem.

Ele riu.

— Um encontro não é a promessa de um casamento. Não precisa fugir para dizer que não gostou.

Não quero nem a sua amizade. Seu chato! – pensou em dizer, mas mudou de ideia. Ele era o primeiro que falava claramente, talvez pudessem entrar em um acordo que beneficiaria ambos. Um acordo que manteria os seus pais calmos e o casamento distante. Não costumava dispensar possíveis amigos.

— E o que esse encontro pode ser? – perguntou.

— Podemos apenas nos divertir como dois adultos – ele falou sugestivamente e passou o pé na perna dela.

Park Ho Sook o olhou com nojo e se levantou novamente. Enquanto saia, nem olhou para trás. Estava decidida a não comparecer a mais nenhum encontro às cegas mesmo que isso significasse ser deserdada.

Ela chegou em casa e os pais esperavam para saber sobre o encontro. Park Ho Sook foi logo reclamando:

— Foi golpe baixo dizer que a minha amiga estava esperando no restaurante só para me fazer encontrar aquele rapaz asqueroso.

— Você fugiu outra vez? – a senhora Park perguntou. Sua voz era um fio de lamento.

— Não. Dessa vez eu saí e o deixei falando sozinho.

— Como pôde fazer isso?

— Fiz isso porque vocês me educaram bem. Fiz porque aquele imbecil queria começar pela lua de mel.

— O que? – foi o senhor Park que se manifestou.

— Que canalha! Vou matá-lo! – a senhora Park bateu uma mão na outra. Muitas vezes se mostrava mais violenta que o marido.

— Não precisa, pai e mãe. Eu sei me cuidar. Só queria que me dessem um pouco de tempo. Sei que querem o melhor para a nossa família, mas simplesmente não consigo escolher alguém por status. Não quero um marido que eu não conheça. Quero me apaixonar – a sua mente vagou para um momento distante e uma pessoa que balançava o seu coração.

Envergonhados por terem enviado a filha para uma armadilha com um cafajeste, eles se olharam e decidiram em poucos segundos.

— Não vamos mais apresentá-la a ninguém. Esperaremos que escolha o seu amor – sua mãe declarou segurando a mão do marido. — Mas, por favor, não demore.

Empolgada, ela pulou sobre eles em um abraço desajeitado.

— Obrigada! – disse emocionada.

— Não agradeça ainda. Vamos cobrar um preço alto por isso.

— Passo por qualquer teste para provar a vocês que posso ser uma boa filha.

— Você é uma filha maravilhosa – seu pai sorria. — Ainda assim vamos cuidar para que continue maravilhosa.

Ela riu e mudou de assunto. Não queria mais recordar o ser asqueroso que teve o desprazer de conhecer.

Passaram-se os dias e ela esqueceu da promessa e de encontrar um marido.

Quase dois meses depois, houve uma reunião na empresa da família e Park Ho Sook foi anunciada como futura vice-presidente.

Após a reunião, ela foi chamada a sala da presidência onde só encontrou os pais.

— O que está acontecendo? Imaginei que haveria um monte de gente aqui.

— Eles não têm nada a ver com o que discutiremos hoje – o senhor Park respondeu.

Ela se sentou e esperou os pais falarem.

— Lembra da nossa conversa sobre a sua escolha de marido? – ele continuou. A senhora Park se mantinha em silêncio, apenas olhava amorosamente de um para o outro.

— Sim.

— Como você escolheu se casar por amor é hora de conhecer o seu desafio – empurrou um papel para ela. — Decidimos que você precisava de algo assim antes de assumir a vice-presidência.

Ela leu os termos no papel e ficou boquiaberta.

— Ter que visitar mensalmente hospitais e orfanatos, tudo bem. Mas vocês querem mesmo que eu passe um tempo naquela assustadora favela?

— Entre outras coisas – o pai respondeu sem se abalar. Tinha projetos que envolviam a favela *Sky* e confiava na filha para ajudá-lo nesses projetos.

— Parece até brincadeira de adolescente – ela riu sem vontade. Não era esnobe, porém não esperava ter que entrar em um lugar tão oposto a sua realidade.

— Isso é muito sério. Da sua escolha depende a vida de milhares de pessoas. A nossa família precisa de descendentes que auxilie no crescimento de tudo que construímos. Você se mostrou irresponsável no quesito casamento, então precisamos testar a sua responsabilidade de outras formas.

— Como uma visita a uma favela vai ajudar?

— Vamos te contar quando voltar.

— Aqui está escrito que só preciso andar pelo lugar entendendo como são as pessoas que vivem lá. Isso e não ser reconhecida – mencionou parte do que estava no "contrato".

— Exatamente. No dia marcado, você vai ser deixada lá de manhã e pedirei ao motorista que a busque no fim da tarde.

— Está bem, mas depois ...

Ele a interrompeu dizendo:

— Depois dessa visita a favela garanto a você que vai se ocupar apenas com a empresa. Tenho planos. Confie em nós.

— Sempre confiarei. Vamos a aventura! – sorriu e assinou o papel mesmo sabendo que não era necessário.

Ela não estava tão empolgada quanto demonstrava, porém acreditava que os pais só queriam o seu bem. Estava disposta a fazer dessa visita um aprendizado.

Uma visita aos menos favorecidos

Park Ho Sook foi deixada a dois quarteirões da favela *Sky*. Não carregava nada além da roupa do corpo. Uma roupa comum que os empregados compraram especialmente para aquela ocasião.

— Meus pais às vezes parecem loucos – resmungou enquanto andava olhando para todos os lados.

Apesar de estar incomodada com o ambiente extremamente pobre, ela respirou fundo e entrou no lugar.

Sinto-me como se estivesse entrando em um lixão – pensou triste.

Grande parte da favela era cercada por muros de pedras, porém a entrada era diante de um córrego e não tinha muro ou portão. Não era necessário ir muito longe para ver a desigualdade; além dos exuberantes arranha-céus a poucas quadras, havia lugares que, do outro lado do muro da favela, já começava o comércio de Seul.

Park Ho Sook andava pelos becos observando tudo. A pobreza era um contraste feio em relação aos grandes arranha-céus e mansões da cidade. Ela viu um senhor andando com dificuldade, auxiliado por uma bengala, e ficou imaginando como ele poderia viver em um daqueles barracos feitos de madeira, placas de metal, papelão e o que parecia ser cobertores de lã. Perto do senhor caminhava um cachorro magro demais e sujo o bastante para ela não ter certeza se o pelo dele algum dia já foi branco.

Sentia que todos a olhavam com desconfiança.

Ela também os olhava com desconfiança. Em seu coração, queria ter poder para acabar com todos os problemas do mundo mesmo sabendo que era utopia. Poderia ajudar algumas pessoas, mas sempre haveria o egoísmo, o desejo de poder, e todos os sentimentos ruins que transformava pessoas em monstros e/ou vítimas.

Ela virou em um beco onde havia quatro rapazes jogando futebol com uma bola suja. A bola veio na direção dela e bateu em sua perna.

— Chuta, garota! – um deles gritou.

Ela olhou para a bola como se visse um bicho asqueroso, depois olhou para os rapazes ansiosos.

É só chutar. Eu consigo – pensou mirando a bola.

O chute foi uma tragédia. A bola rolou menos de um metro.

Houve uma estrondosa gargalhada vinda dos garotos.

Dois se aproximaram e um pegou a bola.

— Você é nova aqui? – perguntou o que segurava a bola.

— S-sim. Estou de passagem – gaguejou ao responder.

— E conhece alguém aqui ou é só uma curiosa a fim de expor o quanto é vergonhoso viver em uma favela?

— Eu não... eu não... – ela começou a tentar justificar a sua presença. Não conseguia pensar em nada para dizer, pois temia ser ofensiva mesmo sem querer.

— Claro que é uma forasteira curiosa. Olha esse cabelo! – o garoto que estava apenas olhando e ouvindo passou a mão no cabelo dela provocando medo.

— E olha essa pele – o outro tentou tocar, mas ela se esquivou.

— Ei, galera! Vocês vão jogar ou não? – os outros dois rapazes reclamaram.

— Temos um jogo mais interessante aqui – o que segurava a bola declarou com um sorriso de quem não pretendia deixar a forasteira sair dali facilmente, não sem antes assustá-la um pouco.

An-ri vinha caminhando em direção a casa do seu velho amigo Min-Kyung, antes de ir gastar parte do dinheiro que ganhou nos últimos dias na lan house, onde pretendia estudar um pouco em sites de cursos.

Ao virar no beco, viu a cena. Alguns rapazes incomodavam uma garota que parecia deslocada. Apesar das vestes comuns ela parecia bem cuidada demais para aquele cenário. Seus cabelos longos e negros brilhavam e sua pele parecia nunca ter sofrido sequer um leve arranhão, além disso seu corpo bonito era frágil demais para alguém da *Sky*.

Deve ser alguma novata no ramo da pobreza – pensou enquanto se aproximava questionando:

— Qual é o problema aqui? – ao chegar perto o bastante puxou a garota para ficar atrás de si.

A menina aproveitou a proteção de bom grado.

— Só estávamos conversando com a princesinha – um deles respondeu com um sorriso repleto de ironia.

— A conversa acabou – An-ri o desafiou com o olhar.

Para seu desagrado, o rapaz aceitou o desafio.

— Quem é você para decidir isso? A garota está curtindo.

Quando eles disseram isso ela se encolheu atrás de An-ri. Achava que aquele rapaz magro tinha atitude suficiente para protegê-la.

— Sou apenas um cara intrometido – An-ri mostrou o seu sorriso mais cínico.

— Já que se intrometeu em nossa brincadeira, vamos brincar com você.

Ele tentou puxar o braço da garota, mas foi agarrado com um golpe e jogado no chão. Os outros vieram socorrer e a briga começou.

An-ri conhecia aqueles garotos, sabia que eles eram mais de ameaças que bons de briga. E depois de anos de treino pesado com alguns amigos com os quais costumava trabalhar, não teve muita dificuldade na briga. A garota se encolheu em um canto e dava gritinhos quando o seu herói era acertado.

Quando An-ri derrubou o que era mais forte, os outros fugiram.

A garota, se sentindo mais segura, se aproximou.

— Obrigada por me ajudar! Fiquei apavorada.

Sentaram-se em uns caixotes que estavam empilhados.

— Sem problemas! – An-ri ia dizer mais algumas coisas, mas a garota avançou sobre ela e segurou o seu rosto.

— Você está sangrando. Temos que cuidar disso.

— É só um arranhão – a afastou tentando não ser bruta. — Deve ser de um dos anéis daquele que começou a briga. Aquele idiota usa um em cada dedo.

— Nada disso. Vamos ao hospital.

Ela riu.

— Você realmente não é daqui. Não vamos ao hospital por coisas assim. Só quando estamos quase morrendo.

Ela ficou calada. Não entendia nada sobre eles, mas acreditava que todo ferido merecia cuidados médicos.

An-ri sentia a intimidação da garota, então resolveu ser mais amigável.

Levantou-se e disse:

— Vamos! Na minha casa conversaremos melhor. Se não tiver nojo de entrar em uma casa dessas – fez um gesto amplo mostrando as casas ao redor.

— Só me diga para onde ir – ela praticamente pulou para se levantar do caixote.

— Me siga.

An-ri riu novamente e guiou a garota até a sua casa.

Ao entrar no pequeno recinto, a garota ficou impressionada. O lugar era pobre, mas extremamente limpo e organizado.

An-ri começou a mexer no pequeno fogão.

— Eu ia tomar o café da manhã com um amigo. Agora você vai ser a minha convidada. Espero que goste de lámen.

— Eu adoro! – recordou que sempre comia escondido para a mãe não reclamar.

— Que bom! É a minha especialidade.

— A propósito; você não perguntou, mas o meu nome é Park Ho Sook. Qual é o seu?

— Tae-Yang.

— É um prazer, Tae-Yang. E novamente; obrigada por me salvar daqueles bárbaros.

An-ri apenas sorriu e voltou a atenção para a refeição que preparava.

Só depois de se sentarem na cama com a comida, elas voltaram a conversar.

— Por que está aqui? – An-ri questionou curiosa.

— É uma pergunta difícil de responder – Park Ho Sook fez uma pausa para comer uma grande parte da comida. — Está delicioso!

— Como eu disse: é a minha especialidade – brincou.

— Você nasceu aqui? – Park Ho Sook tentou mudar de assunto para evitar mentir sobre os seus motivos para estar ali.

— Não. A minha tia e eu viemos quando eu era bem pequena... pequeno – se assustou ao usar a palavra no feminino e corrigiu. A garota a deixava a vontade. Tinha que ter cuidado.

Park Ho Sook estava curiosa, tanto que nem se atentou ao erro do seu herói.

— Como é viver aqui? – questionou.

— Estou começando a achar que é uma repórter disfarçada – brincou.

— Não. Não sou. Se não quiser falar, tudo bem.

Sem se importar com a negativa dela, An-ri começou a contar:

— Apesar do que alguns idealistas dizem, é vergonhoso. Pode perguntar a qualquer um que vive aqui, se eles responderem, dirão o mesmo que eu. Quando vou trabalhar costumo passar por ruas repletas de arranha céus, lojas de grifes e bares, e fico pensando se realmente existe um Deus porque quando chego em casa, e vejo o sofrimento dos meus vizinhos, acho que não existe isso de Deus.

— Eu também penso isso às vezes, mas logo me pego rezando para o Deus no qual não quero acreditar – ela deixou de lado a comida. — Também sei o que quer dizer com idealistas. Algumas pessoas veem esse cenário e criam histórias românticas usando a fome e o sofrimento. Se dizem estudiosos, artistas; mas os vejo como sanguessuga porque não fazem nada para mudar o cenário, só se importam em sugar o que for possível.

— Você não parece o tipo de pessoa que pensa assim – imaginava que ela estava ali por causa de algum desafio entre colegas de escola. Já conheceu um rapaz que passou ali por um motivo assim. Ele não conseguiu ficar nem uma hora.

— Mas eu sou. É difícil para aqueles que vivem a dor, mas também é difícil para aqueles que veem e não podem ajudar – ela se levantou da cama. — Posso ser vítima de um sequestro por dizer isso, mas a minha família talvez tenha dinheiro suficiente para alojar todos que moram aqui. Ainda assim, me questiono se fazer greve de fome até eles realizarem o meu desejo vai realmente ajudar.

— Não vai. Ajudaria se pudesse adivinhar quem está aqui por necessidade ou se as pessoas saberão o que fazer com essa gentileza.

— Antes de vir para cá eu estudei um pouco sobre a formação desse lugar. Pelo que soube a *Sky* começou como quase todas as favelas do mundo; pessoas que não tinha para onde ir foram chegando e a favela crescendo. Muitos dos que vivem aqui foram desalojados para dar espaço a construções de shoppings ou hotéis. E ao perderem tudo acabaram em trabalhos como catadores, na construção civil ou em *bicos* – Park Ho Sook estava ciente da situação daquelas pessoas, apesar de ser diferente saber e ver. Quando o seu pai falou sobre o projeto, ela estudou tudo que pode sobre o lugar.

— Sim. Realmente a situação de algumas pessoas aqui é desesperadora. Quase todos os barracos são desprovidos de banheiros, usamos alguns coletivos. A falta de um sistema de aquecimento eficaz faz com que muita gente fique doente no inverno. Como você viu, as vielas são tão estreitas que em alguns lugares só cabe uma pessoa por vez – An-ri suspirou pensando nas dificuldades dos seus amigos. Depois balançou a cabeça e completou — Mas não se pode precipitar; existem pessoas que se destruíram com jogos ou bebidas a ponto de parar aqui. Seria desperdício de dinheiro e esforço reerguer alguém que voltaria aos mesmos hábitos.

— Tudo isso é triste – Park Ho Sook encarou um ponto qualquer no chão.

Vendo que o clima estava ficando pesado, An-ri deu um salto da cama e ordenou:

— Ei garota! Chega de assuntos tristes. Aqui estão as pessoas que não conseguiram se beneficiar do desenvolvimento econômico do país, só precisa saber disso, por enquanto.

— Eu nem deveria estar sozinha entre quatro paredes com um rapaz – Park Ho Sook disse como se só tivesse se dado conta, naquele momento, que estava com um rapaz.

An-ri gargalhou ao ponto de engasgar com a água que bebia. Pensou em contar a verdade para ela, mas achou melhor não. Não a conhecia apesar da estranha sensação de que poderiam ser ótimas amigas se tivessem a chance.

— Não é engraçado! – Park Ho Sook se sentiu ofendida.

— É. Só que você não sabe – An-ri a puxou pela mão. — Vamos dar uma volta por aí. Aproveitar os seus momentos na *Sky*.

— Eu topo.

As duas saíram e andaram pela favela. Park Ho Sook conheceu o senhor que era o melhor amigo de An-ri e a garotinha que era a melhor amiga. O tempo passou depressa e levou com ele todo o medo que ela tinha do lugar. Ela acabou se divertindo, algo que não esperava.

Tudo ficou para trás quando no fim da tarde, Park Ho Sook encontrou um carro com motorista esperando no mesmo lugar onde foi deixada.

Depois de um abraço em seu novo amigo, ela foi em direção ao seu mundo.

No castelo

Durante os dezenove anos que se passaram do ataque, o rei Kim Gi-Gook permanecia passando mais tempo no hospital que fora dele. Deixou nas mãos dos seus empregados todos os deveres referentes aos imóveis que possuíam e alugavam. Ele só ia em casa para cuidar da criação de Woong para que ele não ficasse parecido com a mãe.

Foi uma oportunidade que Mun-Hee não desperdiçou. Depois que Woong começou a recuperação do ataque, ela visitou cada um dos locatários. Alguns tentaram aproveitar o momento que a família vivia para dar um golpe, porém ela os colocou em seus devidos lugares. Foi através dessas visitas que Mun-Hee conseguiu convencer a todos que ela era a verdadeira rainha, que o rei confiava plenamente nela.

Mun-Hee vivia os seus melhores momentos, apesar de ainda não ter conseguido dar um fim na sua inimiga.

As coisas permaneceram nos eixos e, como a renda da família Kim era praticamente toda proveniente de imóveis alugados para uso como clubes exclusivos, hotéis, grandes empresas, entre outros, e Mun-Hee é quem cuidava de tratar com os locatários, ela passou a ter a última palavra dentro do castelo.

Isso não incomodava Kim Gi-Gook, pelo menos enquanto ela fizesse tudo corretamente.

O tempo passava. Woong cresceu e se tornou um homem responsável e extremamente belo, pelo qual muitas mulheres se apaixonaram, mas que só tinha cabeça para o trabalho na ONG que criou em uma incansável busca pela irmã perdida. Ele não conseguia esquecer a promessa que fizeram de que se casariam, que cuidariam um do outro. Era essa promessa que o mantinha de pé. Ele queria ter maiores ambições na vida, mas não conseguia. Apesar de não recordar dos detalhes do ataque, recordava da dor e do medo, recordava de como a irmã estava assustada. Sentia que só poderia viver em plenitude quando colocasse um ponto final nessa história, mesmo que isso significasse descobrir que ela estava morta.

Depois que a polícia parou de procurar, ele manteve um detetive particular. Um homem que se tornou seu amigo e que a procurava por amizade, evitando assim que ele acabasse com a fortuna da família em golpes de pessoas mal-intencionadas.

Certa vez Kim Gi-Gook conversou com ele sobre o que pretendia em relação a sua vida pessoal. Estavam no quarto da rainha em coma.

— Ouvi a sua mãe reclamar da sua falta de interesse em conhecer uma companheira apropriada – ele comentou depois de conversarem sobre o estado de Hwa-Young.

— O senhor sabe o que significa uma mulher apropriada para a minha mãe; a mais rica e influente do país ou do mundo – ele riu. — Ela quer marcar um encontro às cegas com a filha dos Park. Está tão determinada que nem se importa com o meu desinteresse.

— É verdade – Kim Gi-Gook riu também, mas comentou — E o seu coração, alguma mulher ocupando espaço aí?

Woong demorou para responder. Pensava em como dizer que ainda estava preso a promessa que fez quando era uma criança.

O rei sorriu e se adiantou:

— Você ainda está preso aquela promessa, não é? – expressou os pensamentos do filho.

Ele o olhou ainda sem saber o que dizer.

— Confesso que quando vocês eram crianças, me alegrava a amizade de vocês e queria sim que se cassassem de acordo com aquela singela promessa, mas as coisas tomaram um rumo diferente de uma forma horrível e eu gostaria de te ver feliz ao lado de uma boa mulher e talvez com uma dúzia de filhos.

— Eu estou feliz. Me deixe procurar um pouco mais. Ainda não estou pronto para desistir.

— Posso parecer egoísta, porém gostaria de viver o bastante para acompanhar o crescimento dos meus netos – Kim Gi-Gook insistiu.

— O senhor vai ter essa chance, prometo. Só me dê mais alguns meses. Somente até o próximo aniversário de An-ri e, se eu ainda não a tiver encontrado, me casarei com uma mulher digna dos seus netos e dos desejos da minha mãe.

O rei sorriu e Woong engoliu o sentimento de que não seriam netos dele de verdade. Ele sentia o quanto Kim Gi-Gook o amava como filho, mas não podia esquecer que não tinham o mesmo sangue e que o seu verdadeiro pai estava morto.

Logo nos primeiros meses em que criou a ONG, com as informações que coletou, acabou descobrindo que o seu verdadeiro pai havia sido morto durante um acidente de carro.

— É uma promessa? – Kim Gi-Gook questionou tirando Woong dos pensamentos cheios de lamentações.

— Sim – respondeu e se concentrou em manter o foco no presente.

Enquanto Woong conversava com o rei no hospital, Mun-Hee discutia com Hyun-Shik no castelo.

— Não vai demorar para coroar Kim Woong como rei, por isso preciso de uma mulher perfeita para estar ao lado dele – ela se sentou atrás da escrivaninha na biblioteca. — Depois que aquele velho faleceu, Kim Gi-Gook é o único entre o meu filho e o trono.

Hyun-Shik já esperava que ela não fosse ficar satisfeita com o que possuía. Nesse momento, entendeu por que ela estava tão preocupada em agradar as famílias mais influentes de Seul, em especial as que tinham mulheres prontas para casar.

— A filha dos Lee é a mulher ideal em questão de prestígio e a filha dos Park é a ideal quando se trata de dinheiro. Estão entre os dez mais ricos do mundo – ele opinou, como ela esperava.

— Quero que o meu filho tenha prestígio como rei, mas também preciso pensar em nossa situação financeira. Não existe nenhuma princesa que esteja sequer aos pés dessa menina Park quando se trata de dinheiro. Não estamos em uma situação ruim, mas podemos ficar se não nos cuidarmos e garantirmos o futuro.

Hyun-Shik fazia questão de ajudar, afinal o seu conforto e prestígio acabaria se a família real caísse, porém o que mais o incentivava era saber que Mun-Hee precisava dele.

Ele pensou por alguns instantes e disse:

— O ideal nesse caso é o príncipe se casar com a filha dos Lee e encontrarmos uma marionete para se casar com a filha dos Park. Assim terá tudo o que deseja.

— Você tem razão. Precisamos encontrar uma pessoa que esteja em nossas mãos e colocá-la naquela família – ela sorriu satisfeita. — Vamos estudar alguns candidatos e planejar todos os passos. Conto com você. Se errar dessa vez, podemos não ter chance tão boa nunca mais.

— Não irei decepcioná-la.

— Assim espero. Agora vá e visite o hotel *Imperial*, já faz uma semana que eles estão se fazendo de besta para não pagar esse mês.

Hyun-Shik se curvou em respeito e saiu para seguir a ordem.

Mun-Hee permaneceu um longo tempo na biblioteca pensando em candidatos que seria fácil de manipular e que tinha chance com a filha dos Park.

Consequências da visita

Quando chegou em casa, depois da aventura na favela *Sky*, Park Ho Sook encontrou os pais com expressões de curiosidade, porém estava cansada demais. Era como se tivesse passado o dia inteiro fazendo atividades físicas. Não tinha nenhum ânimo para relatar a sua aventura.

Seus pais entenderam e disseram assim que ela entrou:

— Você está com uma cara horrível. Descanse que amanhã conversaremos.

Ela simplesmente os abraçou, desejou boa noite e subiu. Sua cabeça estava um turbilhão de perguntas e emoções.

Olhou para a bela banheira de mármore, mas recordou a pobreza do lugar onde passou as últimas horas e decidiu pelo chuveiro. Só não conseguiu abrir mão da água quente.

Ao contrário do que esperava, assim que se deitou no colchão macio, o sono veio trazendo vários sonhos fantasiosos onde era salva por um garoto magro com rosto delicado como o de uma menina.

De manhã, uma mesa de café da manhã a esperava repleta de várias guloseimas.

— Bom dia, minha filha! Dormiu bem? – a senhora Park a esperava com um sorriso.

— Bom dia! Dormi sim – ela respondeu e se sentou.

Durante alguns minutos, ninguém falou. Até que o pai decidiu quebrar o silêncio.

— Aconteceu alguma coisa na favela? Você me parece distraída.

— Só estou abalada com tudo que vi. A pobreza é assustadora. Eu queria poder fazer algo para ajudar a todos que vivem em condições tão precárias.

— Que bom que pensa assim! Fizemos bem em enviá-la – sua mãe sorriu cheia de orgulho.

— Isso mesmo, querida.

— Ainda não entendi o significado de tudo isso – Park Ho Sook só ouviu do pai que ele tinha um projeto que ajudaria aquelas pessoas, mas não tinha ideia de como seria.

— O que eu pretendia te mandando para aquele lugar era que você entendesse como nossos funcionários poderiam ficar se não pudéssemos mais mantê-los. E, principalmente, para que visse aquele lugar e nascesse em seu coração a vontade de mudar a vida daquelas pessoas – explicou sem dar detalhes.

— Vocês conseguiram. É tão terrível! Nós temos tanto e eles nada.

— Só não pense em sair distribuindo dinheiro. Não resolve – ele percebeu que a filha foi mais abalada do que esperavam. — Na empresa conversaremos mais detalhadamente sobre o que eu pretendo fazer.

— Eu sei. Tenho que distribuir oportunidades, não dinheiro.

— Isso mesmo. Estou orgulhosa – sua mãe a olhava com um sorriso fixo.

Park Ho Sook deixou a comida de lado e suspirou antes de dizer:

— Mas tem uma coisa que a senhora não vai gostar muito. Eu me apaixonei por um homem que mora lá – disse de uma vez antes de desistir. Tinha passado a noite inteira sonhando com Tae-Yang e, quando acordou, o rosto dele foi a primeira coisa que lhe veio à mente, a segunda coisa foi imaginar como seria a vida se casasse com ele. Foi esse pensamento que lhe deu a certeza de que estava apaixonada.

— Está brincando, não é? – sua mãe perguntou incrédula enquanto o marido olhava para a filha sem entender como o assunto se desviou tanto.

— Mãe e pai, sinto muito. Ele me salvou e mexeu comigo.

— Você está só impressionada. Isso vai passar – como se desse conta de algo importante, a senhora Park completou — Como assim te salvou?

— Não foi nada grave. Havia alguns rapazes que vieram me incomodar e ele os afugentou. Foi tão emocionante. Parecia uma cena de drama.

— Meu Deus! Maldita hora em que te enviei para aquele lugar. Foi agredida e ainda se envolveu com um garoto qualquer – o orgulho da mãe se transformou em medo.

— Se ele fosse um garoto qualquer não teria me salvado – Park Ho Sook tentou defendê-lo.

— Ele deve saber quem é você. Deve ter aproveitado a oportunidade para conseguir algo – o senhor Park começava a duvidar se fez a escolha certa induzindo a filha a ser parte do projeto.

— O senhor está sendo injusto. Se eu tivesse ido para um acampamento e voltado dizendo que me apaixonei por alguém de condições financeiras como as nossas, certamente estaria fazendo festa.

— Se eu estou sendo injusto, você está sendo ingênua – disse irritado.

— Gente, estamos nos exaltando. Não vamos chegar a lugar nenhum assim – a senhora Park se virou para a filha. – Tem certeza desses sentimentos por esse homem?

— Sim. Eu gostaria que vocês conversassem com ele e, se aprovarem e ele aceitar, acho que é o homem certo para ser o meu marido.

— E se não aprovarmos?

— Pai, o senhor está sendo intransigente. Estou falando o que sinto e pedindo que conheça o rapaz antes de qualquer coisa – retrucou triste pela atitude do pai.

Desarmado pelas palavras da filha, ele se levantou.

— Tudo bem! Eu vou para a empresa. Me dê alguns dias para que eu me prepare para o encontro com esse possível noivo.

Com um beijo suave na esposa e um beijo nos cabelos da filha, ele se foi.

Depois que ele saiu, elas começaram a conversar detalhadamente sobre o rapaz pretendido.

No dia seguinte, eles receberam uma ligação do castelo.

— Gostaria de convidá-los para um jantar – Mun-Hee informou após os cumprimentos iniciais.

— Vai ser uma honra. Quando seria? – a senhora Park que atendeu.

— É algo íntimo, então gostaria que fosse amanhã, se não for muito cedo.

— Algo sobre os nossos filhos? – questionou interessada em uma chance de ofuscar o tal pretendente de Park Ho Sook.

— Acho que fui muito transparente – Mun-Hee simulou uma risadinha. Queria manter a porta aberta para o caso de as coisas não darem certo com a herdeira da família Lee.

— Pode nos aguardar.

Durante a ligação, Park Ho Sook fazia caretas e questionou o motivo da mãe aceitar o convite depois de dizer que não arquitetaria mais encontros cegos.

— O que foi isso, mamãe?

— Vai ser apenas um jantar – respondeu após encerrar a ligação. — Não iremos te obrigar a nada. Aproveite e se divirta.

— Eu sei que a senhora tem esperanças de que nesse jantar eu mude de ideia sobre o Tae-Yang, mas adianto que não mudarei.

— Isso significa que você não vai fugir do compromisso? – questionou cheia de esperança.

— Eu irei a esse jantar. Nunca vou dispensar uma chance de visitar o castelo – ela achava a estrutura do castelo magnifica, adorava passear pelos belos jardins.

— Maravilha! – o senhor Park deixou o jornal de lado e entrou na conversa. Ele era o mais esperançoso de que o jantar fosse uma isca para a filha mudar de ideia sobre o tal Tae-Yang.

Park Ho Sook simplesmente os deixou com essa esperança, sabia que quando conhecessem Tae-Yang mudariam de ideia.

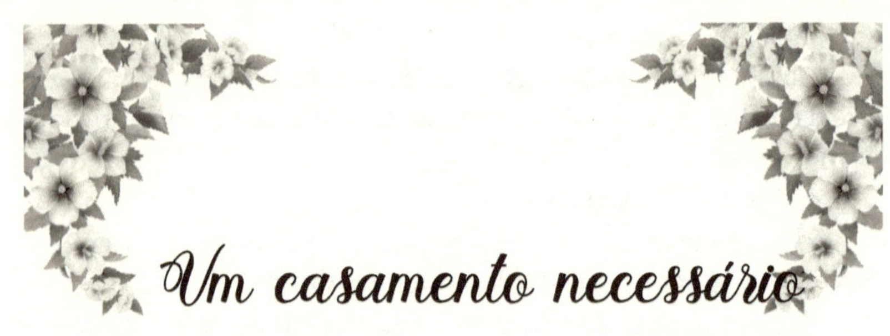

Um casamento necessário

O momento do jantar chegou. Woong havia sido avisado, porém ficou preso em uma reunião com alguns parceiros da ONG e ligou para Mun-Hee pedindo para que ela se desculpasse com as visitas. Ele não tinha problemas em ser educado com as candidatas que a mãe apresentava. Até havia questionado por que ela insistia em apresentá-lo a mulheres quando não estava disposto a escolher nenhuma delas, mas a mãe garantiu que Park Ho Sook não era uma candidata, que o seu interesse era estritamente comercial.

No castelo, Mun-Hee recebia Park Ho Sook e os seus pais.

— Sejam bem-vindos! Sintam-se em casa.

Seguiram para a sala onde foi servido um chá. Kim Gi-Gook se juntou a eles. Já tinha escutado muitas coisas boas sobre os Park, então ficou muito animado quando Mun-Hee propôs o jantar.

Durante a conversa, ele falou:

— Estou muito satisfeito com a possibilidade de que a nossa família se una através do seu casamento com o meu filho – olhava com carinho para a filha dos Park.

Instintivamente os pais olharam para Park Ho Sook. Ela não se deixou levar pela pressão.

— Considero muito todos na sua família, porém devo dizer que seremos apenas amigos. O meu coração já pertence a outro.

O senhor Park abriu a boca para questionar, mas se calou. Não queria fazer uma cena diante da realeza.

— Lamento pelo casamento, mas agradeço pela amizade. Isso significa que quero saber tudo sobre esse rapaz. Quero saber se ele merece alguém como você – o rei comentou sorrindo. Não se deixou abalar pela notícia ruim.

Park Ho Sook começou a relatar tudo sobre o seu herói. Era possível sentir o quanto ela estava encantada.

— Ele é morador daquela favela? – Mun-Hee interrompeu Park Ho Sook na hora em que ela estava relatando sobre a pobreza do lugar onde o rapaz morava.

— É, sim – respondeu pronta para defender o seu herói.

— Confesso que me surpreende. Como você chegou até aquele lugar? – Mun-Hee percebeu que precisava pensar rápido ou seus planos estaria completamente destruídos. Não a queria como primeira escolha para o filho, porém não queria nenhum *pé-rapado* entre ela e o poder financeiro dos Park.

— Pedi que ela o estudasse porque tenho planos de fazer algo por aquela gente – o senhor Park começou a relatar superficialmente o que pretendia fazer com a *Sky*.

— É um projeto audacioso e muito necessário. Pode contar com a nossa ajuda – Kim Gi-Gook se empolgou com a grandiosidade do projeto. — Eu estava mesmo conversando com algumas pessoas sobre algo assim. Fico feliz em saber que não sou o único que se preocupa com aquelas pessoas.

— Pode estar certo que cobrarei esse apoio oferecido.

— Estávamos falando de romance e esses dois já desviaram para trabalho – Mun-Hee brincou. Queria saber mais sobre o homem que estava atrapalhando os seus planos.

— Não vamos falar sobre nenhum desses assuntos. Já ficou decidido que vamos conhecer o tal Tae-Yang antes de qualquer coisa, então acho que seria interessante falamos sobre os nossos filhos – a senhora Park decretou.

A sugestão foi bem aceita por todos e começaram algo como uma disputa amigável sobre qual filho tinha mais qualidades.

Por um momento Kim Gi-Gook recordou da sua pequena An-ri, mas afastou o pensamento. Tinha muito orgulho de Woong e era a ele que elogiava, não mais que Mun-Hee, claro.

Durante a conversa, Woong chegou no castelo. Estava cansado depois de horas em reunião.

Assim que chegou na sala, ele encontrou o grupo conversando animado.

Ciente de que ouviria reclamações durante dias se não se comportasse direito, ele colocou um sorriso no rosto e os cumprimentou.

— Filho, se apronte para jantarmos. Estávamos esperando por você.

— Sim, mamãe. Espere um momento, por favor. Não irei demorar – se afastou indo em direção ao quarto.

Ele voltou um tempo depois.

— A minha convidada estava me contando sobre o seu primeiro amor que acabou de conhecer. E eu estava lamentando que você perdeu a chance de conhecer alguém tão maravilhosa. – Mun-Hee comentou. Os outros não notaram, mas Woong soube que ela estava com raiva pelo seu tom de voz.

— Não conte essas coisas para ele – Park Ho Sook pediu envergonhada.

— Eu fico muito feliz por você – Woong falou diretamente para ela. — Encontrar o verdadeiro amor é a busca de todos.

— Eu preferia que vocês fossem o verdadeiro amor um do outro – a senhora Park comentou distraidamente.

— Eu também – Mun-Hee concordou.

— MÃE!!! – os dois reclamaram juntos.

— Acho que se não se casarem, pelo menos grandes amigos serão – Kim Gi-Gook chegou descendo para o jantar. Tinha aproveitado a chegada de Woong para se retirar por alguns instantes.

Todos riram. Foi realmente cômico a forma como eles falaram juntos.

Depois que os convidados se foram e Kim Gi-Gook se retirou, Mun-Hee chamou o filho para uma conversa.

— Você viu o problema? – foi logo questionando.

— Não. Qual problema? – ele realmente não entendeu a pergunta. — A senhora mesmo me disse que ela era uma escolha ruim para casamento. Que dela só precisamos do dinheiro – se ressentia da forma como a mãe deixava claros suas preferências, mas decidiu que era melhor saber que ser pego de surpresa.

— Dinheiro que não vamos conseguir se esse homem não for alguém que possa ficar do nosso lado.

— Do seu lado – ele corrigiu. — A senhora sabe a minha opinião sobre o seu jeito de resolver as coisas. Quando diz transações financeiras devia ser negócios lícitos, não parcerias duvidosas. As pessoas a temem quando deveriam respeitá-la – ele já havia escutado funcionários reclamando das atitudes dela e ela falava sobre as suas preferências abertamente sem se importar se poderia se mostrar esnobe. Sempre exaltando o fato de ter sangue real.

— O seu pai fica grande parte do tempo no hospital e você gasta metade do seu tempo procurando por alguém que já deve estar morta. Sobra para mim a responsabilidade de manter essa família funcionando.

As palavras dela o deixaram mais irritado. Queria que a mãe fosse mais humana, mas a única pessoa que ela parecia capaz de amar era ele.

— A senhora fala como estivéssemos a beira da ruína financeira. Por favor, mamãe, viva um pouco. Pare de só pensar em dinheiro e poder.

— Eu tenho que encontrar esse rapaz e fazer de tudo para trazê-lo ao nosso lado – ela resmungava como se falasse sozinha. Não deu sinal de ter escutado o que Woong disse. — Depois que ele estiver nas nossas mãos vai ser fácil convencê-lo a nos favorecer junto aos Park.

— Pelo amor de Deus! Com todo respeito; eu estou cansado. Não quero ficar aqui ouvindo essas baboseiras – Woong se levantou bruscamente.

Mun-Hee o olhou e decidiu não comentar mais sobre os seus planos com ele ou na frente dele. Apenas se levantou também e deu um aviso:

— Se não quer interferir, tudo bem, mas saiba que mandarei buscarem esse rapaz e vou fazê-lo ficar do nosso lado. Pelo menos o trate com a educação com a qual foi criado.

— Como quiser. Agora posso me retirar? – Woong tentava não ser grosso com a mãe, porém ficava cada dia mais difícil. O tempo passava e ele sentia que cada vez que ela era chamada de rainha, perdia parte do bom senso.

A resposta dela foi virar as costas para o filho.

Ele entendeu que a conversa tinha chegado ao fim e se foi. Estava cansado demais para discutir. A proximidade do aniversário de An-ri o assustava porque sabia que teria que cumprir a promessa feita ao rei. E desistir de procurá-la lhe parecia uma traição.

Chantagem

Como prometido, Mun-Hee ordenou que Hyun--Shik colocasse alguém seguindo cada passo do rapaz pelo qual Park Ho Sook estava encantada e descobrisse tudo sobre ele, principalmente as suas fraquezas.

Em alguns dias, estava tudo planejado. Era hora de abordar o tal Tae-Yang.

A noite começava quando An-ri chegou na *Sky*, depois de passar o dia inteiro descarregando caminhões com caixas de peças de mármore.

Enquanto andava, ela se imaginava morando em uma fazenda. Adoraria andar a cavalo, nadar em rios, comer frutas direto do pé. De tão distraída estava que só percebeu a movimentação estranha que estava acontecendo na porta da sua casa quando estava perto demais para tentar descobrir se era algo bom ou ruim.

Havia um homem, bem trajado, imóvel na porta, enquanto várias pessoas tentavam disfarçar inutilmente a curiosidade sem em nenhum momento pensar em se afastarem.

Ela parou a poucos passos do homem. E antes que ela pudesse questionar a invasão, sua pequenina amiga Choi In Ha se aproximou e falou:

— Tem uma pessoa estranha procurando por você.

— Ah, é?! Vamos descobrir o que ele quer – segurou a mão da menina e deu os passos que faltavam para encarar o visitante.

Quando finalmente ela conseguiu ver o rosto dele, se espantou. Era um homem que não combinava em nada com aquele lugar. *Seria alguém ligado a Park Ho Sook?* – se perguntou analisando-o da cabeça aos pés.

Depois da análise de poucos segundos, ela o ignorou e abriu a porta, mas ele chamou a sua atenção.

— Você é Tae-Yang? – questionou com uma voz seca e autoritária.

— Depende de quem procura.

— Podemos conversar um pouco? – era um pedido, mas a voz não suavizou.

Novamente, ela o analisou.

— Por que não? Entre – tinha quase certeza que a visita tinha algo relacionado a Park Ho Sook. Certamente o homem era alguém enviado para agradecer por tê-la ajudado durante a aventura.

Espero que agradeçam com dinheiro. Muito dinheiro – pensou deixando escapar um sorriso.

Choi In Ha aproveitou a chance para fugir de volta a sua casa. Não estava mais interessada no estranho.

Hyun-Shik entrou tentando não parecer horrorizado com o interior. Já tinha sido um susto entrar na favela. Se não fosse por Mun-Hee já teria desistido.

— A minha patroa é a rainha e ela precisa de uma pessoa para fazer um trabalho muito importante – decidiu ir direto ao assunto para sair logo dali.

Um trabalho para a rainha? Isso está com cara de pegadinha ou armadilha – pensou analisando novamente o homem. Riu disfarçadamente ao perceber que o estava analisando pela terceira vez.

— Qual seria o trabalho? – fingiu interesse.

— Vou ser honesto e espero que saiba guardar segredo – ele fez uma pausa esperando uma confirmação que não veio. — A rainha precisa fazer dois casamentos, mas só tem um filho. Você seria a opção para um dos casamentos.

An-ri estava boquiaberta.

— Vamos ver se entendi: a rainha quer me adotar como filho para que eu me case com alguém importante?

— Algo assim.

— Quais são as consequências? Sei que isso não pode ser apenas uma boa ação.

— Esse é o contrato. Pode ler e assinar.

— Eu vou declinar do convite – ignorou o papel na mão estendida. – Presentes de desconhecidos costumam vir com surpresas desagradáveis.

— Imaginei que haveria a mínima possibilidade de você recusar – guardou os papéis na maleta que carregava. — Acontece que fiz o meu trabalho corretamente. Sei que os seus documentos são falsos, então imagino que tem algo a esconder. Posso providenciar que o seu segredo seja um homicídio, ou algo assim, e a polícia estará aqui em poucos minutos.

Se as negociações não funcionaram, era hora das ameaças – ele pensou enquanto encarava a sua presa com um olhar desafiador.

— Por que está fazendo algo assim? – An-ri questionou imaginando que ele devia ter pesquisado a sua vida através das poucas pessoas que sabiam de parte do seu segredo, a parte dos documentos falsos.

Por isso senti que estava sendo seguida – pensou. Lembrava dos momentos em que imaginou estar sendo seguida durante o trabalho e começava a ficar muito irritada com a situação.

— Negócios – ele colocou um cartão sobre uma mesa de metal. — Esteja nesse endereço amanhã até o meio dia, se passar um minuto, a polícia receberá uma denúncia e você será caçado como um animal.

Ela ficou muda e ele continuou:

— Pense nos seus amigos. Soube que a vida aqui pode ser muito perigosa para idosos, talvez até fatal. O bem estar do seu amigo Min-Kyung depende da sua escolha.

Após dizer isso, ele partiu deixando para trás uma atordoada An-ri.

Depois de alguns minutos parada tentando entender, ela foi até a única pessoa com a qual poderia desabafar. A pessoa que poderia ficar em perigo se não aceitasse a proposta daquele homem estranho.

Bateu duas vezes rápidas na porta.

— Entre – o senhor Min-Kyung reconheceu a batida dela.

Ela entrou, se sentou na poltrona velha que sempre ocupava e contou o que aconteceu. Inclusive sua preocupação com o fato de o homem descobrir tanto a ponto de saber como chantageá-la usando um amigo.

— É uma situação difícil. Infelizmente não sei como te auxiliar – lembrava de tudo que Yun-Hee contou sobre o passado dela e se convenceu de que aquilo era o destino levando An-ri de volta aos seus.

Ele olhou com carinho para a mulher escondida atrás da fantasia masculina que ela usava há anos.

— Eu só queria não ter envolvido o senhor nisso.

— Não tenho medo de aventuras – sorriu carinhosamente.

— E eu espero que o senhor não precise passar por essa aventura.

— Se acontecer algo, eu te conto e você me resgata – sorriu novamente. Desejava assim, tranquilizá-la.

— O senhor faz tudo parecer tão fácil – riu sem vontade.

— A vida é fácil. Nós é que complicamos.

— E vai complicar ainda mais tendo em vista que vou ser "noivo" de uma mulher – ela fez o sinal de aspas com os dedos ao dizer noivo.

O velho riu mais abertamente.

— O destino te deu uma oportunidade muito estranha, ainda assim acho que deve arriscar e pelo menos descobrir se algo bom pode vir de uma situação assim. Basta saber que tem sempre a verdade como opção, contar antes de ser descoberta faz toda a diferença.

— Estou até achando isso uma boa ideia. Que esquisito! – dessa vez ela riu de verdade.

A ameaça da situação foi deixada de lado por alguns instantes, enquanto dividiam uma refeição e pintavam cenários dramáticos onde a noiva descobria o verdadeiro sexo do noivo.

No dia seguinte, um carro preto de vidros escuros entrou na favela *Sky* para levar An-ri ao castelo. Hyun-Shik não quis correr o risco de esperar no castelo e essa oportunidade pudesse ser usada para fuga.

Quando ela estava pronta para entrar no carro, sua pequena amiga apareceu olhando tudo de um canto.

An-ri deixou o carro de lado e foi até a menina.

— Você está indo embora? – Choi In Ha questionou apontando o veículo com o olhar.

— Por algum tempo. Vou viver uma aventura, mas venho te visitar sempre que puder.

— Deve ter sido isso que o meu pai disse quando foi embora – ela se mostrou desacreditada. — Vá, não me importo! Tenho um monte de amigos que nem são esquisitos.

An-ri ignorou suas palavras duras demais para uma criança e a abraçou.

— Vai ver que quando menos esperar vou aparecer aqui com um delicioso sorvete. Cuide bem do nosso melhor amigo.

A menina a empurrou.

— Nem gosto de sorvete! – saiu correndo sentindo como se estivesse sendo abandonada.

An-ri limpou uma lágrima sorrateira e retornou para o carro. Não adiantava correr atrás da garotinha, para convencê-la; tinha que apenas cumprir a sua promessa e retornar para vê-la.

An-ri chegou no castelo olhando tudo e todos. A grandeza do lugar impressionava. Enquanto o carro seguia até a entrada principal do imóvel, ela imaginava se o lugar era maior que a favela. Acreditava que sim.

— Uau! É assim dentro de um castelo de verdade?! – enquanto andava dentro das paredes de cores sóbrias, tentava absorver cada detalhe como se os seus olhos fossem máquinas fotográficas. — É tudo tão lindo! Parece um museu.

— Não pareça tão deslumbrado. Essa é a sua primeira lição – Mun--Hee apareceu no topo de uma impressionante escada.

Inicialmente An-ri ficou impressionada com a elegância da mulher, vendo-a descendo as escadas, mas não durou muito. Mun-Hee tinha um olhar esnobe que a incomodava e o seu sorriso em nada parecia sincero. O sorriso também não durou.

— Hyun-Shik, mostre o quarto do senhor Tae-Yang e explique as regras da casa.

— Sim, senhora.

Hyun-Shik subiu as escadas esperando que An-ri o seguisse. Foi o que ela fez, apertou as alças da mochila, fez uma reverência para a mulher e o seguiu.

O quarto era maior que a sua casa. Tinha uma cama de casal e um guarda-roupa com espelho na porta, além de vários objetos de decoração pelos quais ela passou longe para não correr o risco de quebrar.

Hyun-Shik explicou tudo que achava necessário para os primeiros dias dela ali. Explicou que os arredores do castelo estavam liberados, que para sair ela precisava de autorização dele e que, principalmente, ela não poderia falar nada sobre os termos da sua estadia ali.

— Para todos, você é sobrinho da rainha. A sua mãe morreu e te deixou essa carta contando quem você deveria procurar – estendeu um papel que ela pegou sem questionar. — Você não precisa saber mais do que está escrito nessa carta. Faça o seu papel direito e garanto que a sua situação financeira vai melhorar muito.

— Não me importa o dinheiro. Estou aqui porque fui ameaçada, assim como o meu amigo – o desafiou com o olhar. — Vou fazer o meu papel porque estou sendo coagida.

— Desde que faça, não me importa os motivos – disse e saiu sem olhar para trás.

Sem muita opção, ela colocou língua para a porta e leu a carta de pé. Sentia que precisava de um banho antes de se aventurar naquele colchão cheiroso e macio.

A carta continha uma história fantasiosa sobre amor, dificuldades e suicídio.

Enjoada de tudo aquilo, ela deixou o banho e a cama para depois e fez um tour pelo castelo deixando a beleza do lugar levar embora parte das suas preocupações.

Andou pelo grandioso jardim sentindo como se estivesse em um livro de contos de fadas. Ficou observando os cisnes e os pássaros e ficou imaginando como poderia ter uma construção tão grandiosa no meio da cidade.

Quando entrou na sala principal, ela ficou olhando as fotos espalhadas pela decoração. Havia muitas fotos da rainha e de um rapaz muito bonito.

— Parece um príncipe de verdade – ela comentou pegando a foto e olhando de perto.

— E ele o é.

An-ri olhou para trás assustada e viu que quem falava era uma das empregadas que viu quando chegou.

A mulher continuou falando:

— O rei o considera um filho e ele é tão perfeito quanto um príncipe. Além disso, a sua mãe tem sangue real, logo ele também tem.

— Eu nunca soube muita coisa sobre reis e rainhas de verdade. Ele foi adotado?

— Não. O pessoal do castelo está proibido de falar sobre isso, mas como você é sobrinho da rainha, logo saberá. Ele é fruto de um mau passo da rainha – a última frase saiu como um sussurro.

An-ri fez o possível para esconder a vontade de rir. Não que achasse a história do rapaz engraçada, o problema era que a empregada fofoqueira se parecia muito com a mãe da sua amiguinha Choi In Ha.

— Entendo. O rei me parece uma boa pessoa já que mantem todos como uma grande família.

— Ele o é. Coitado! – fez uma expressão dramática. — O coração dele foi destruído ao perder a filha e a esposa no mesmo dia. Todos nós rezamos para que a verdadeira rainha acorde, mas se passaram tantos anos.

A menção da filha e da esposa do rei, fez o coração de An-ri se apertar. Quando ela ia pedir a mulher para lhe contar essa história com mais detalhes, a empregada foi chamada pela governanta.

Ela saiu sorrindo e desejando boas-vindas.

An-ri também sorriu para ela. Agora sabia onde ir quando precisasse de informações. Subiu para o quarto menos amargurada e, depois de um banho e alguns pulos nada discretos na cama, acabou adormecendo.

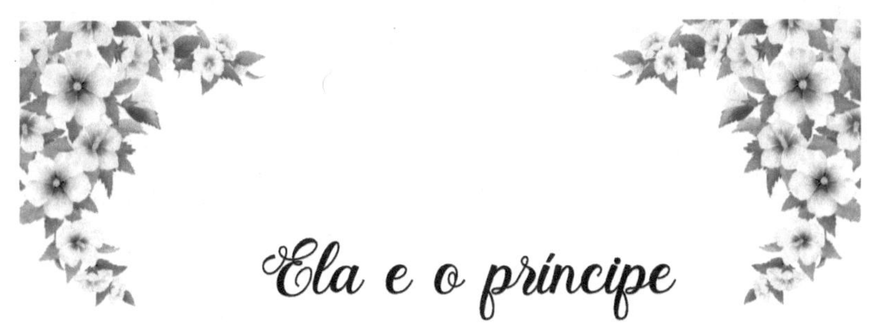

Ela e o príncipe

Kim Woong estava jantando com a mãe quando An-ri chegou com uma de suas roupas costumeiras; jeans folgados e agasalho também folgado por cima de duas camisas. Ela não gostava de deixar os seios, já pequenos, amassados em ataduras para os esconder. Então fazia o possível para manter o disfarce sem precisar prejudicá-los.

— Boa noite! – ela cumprimentou a senhora e o filho antes de se sentar. Não sabia como agir, se devia pegar a sua comida e sair ou se tentava imitar o jeito como eles comiam. Além disso, tinha dificuldades em desviar os olhos da direção do rapaz. Ele conseguiu ser mais lindo que nas fotografias. Os olhos azuis penetrantes, os lábios finos e sensuais, o cabelo tão escuro que fazia as mãos dela suarem de vontade de tocar.

Nenhum dos dois a respondeu. A analisavam descaradamente. E parte do encanto se foi diante da frieza do rapaz.

— Uma das empregadas me informou que esse era o horário do jantar – tentou não parecer intimidada.

— Sim – Mun-Hee se virou para a empregada parada um pouco distante da mesa. — Sirva-o.

Enquanto isso acontecia, Woong apenas olhava para An-ri deixando-a ainda mais desconcertada. Esperava que fosse apresentada ao rapaz, porém não parecia que a senhora o faria.

Ela começou a comer, mas se sentiu julgada pela mulher e observada pelo filho. Acabou perdendo a fome.

Ficou o máximo que conseguiu, mas o silêncio era tão constrangedor que pediu licença e, sem esperar resposta, se levantou e começou a andar rapidamente em direção a sala.

Antes que pudesse ir muito longe, ouviu:

— Quando estivermos apenas nós, você pode sair assim, mas se tiver mais alguém se comporte como se fizesse parte do nível do ambiente. Segunda lição – Mun-Hee disse antes que ela se afastasse demais.

— Sim, senhora.

Por um instante, An-ri ficou parada sem saber se voltava para a mesa ou corria para o quarto. Sem se virar para eles, sentia que era fulminada por seus olhares, escolheu a segunda opção.

Depois que ela saiu, Woong questionou:

— Por que escolheu alguém tão humilde? – estava incomodado com o jeito do rapaz. Quando a mãe falou sobre ele lhe pareceu que seria apenas mais um interesseiro, porém o rapaz que acabou de fugir dali se mostrava mais perdido que ambicioso.

— Por vários motivos. Porque os ricos são ambiciosos. Porque depois será mais fácil se livrar desse garoto. E, principalmente, porque a filha dos Park tem uma queda por esse pobretão. Não a ouviu naquele jantar? A garota desafiou o desejo dos pais disposta a casar com ele.

— Quanto sacrifício temos que fazer para manter o status! – ele ignorou a parte em que a mãe mencionou Park Ho Sook.

— Se não for ajudar, não atrapalhe. Você é a única pessoa que amo. Não faço questão de esconder isso de ninguém, então, por favor, não me decepcione.

— A senhora me assusta às vezes. Eu queria que a senhora deixasse de lado um pouco esse desejo de manter as aparências e pensasse mais na sua felicidade e na felicidade dessa família – ao perceber que ela comentaria algo sobre a felicidade dele, Woong completou — Quando falo família me refiro a todos nesse castelo. Não precisamos de mais dinheiro ou status, precisamos apenas ficar juntos e tentar voltar a ser tão feliz quanto éramos antes daquela tragédia.

— A minha felicidade depende disso. Depois que o seu pai se separou de mim e se casou com aquela mulher, quase fui excluída de tudo. Agora preciso fazer alguma coisa para mostrar que eu não sou inútil. Ter um sobrinho na segunda família mais poderosa da Ásia, vai me ajudar a conseguir isso.

— Só que ele não é seu sobrinho. A senhora não tem medo de que depois de casado, esse rapaz use o dinheiro da família Park para se livrar dos laços que o prende a essa mentira?

— Ele não fará isso, garanto.

— Mãe, por favor, volte a realidade. Ninguém nunca disse uma palavra ruim sobre a senhora. Na verdade, acham que se mostrou muito competente depois que a rainha ficou doente. Foi você que tomou conta de tudo e nunca pediu socorro. Eu sei que mesmo antes dela ficar doente você já ajudava. Entenda, não precisa provar nada para ninguém.

— Mas eu quero. Sinto necessidade de mostrar a minha capacidade. E não vamos mais falar sobre isso! Eu te amo mais que tudo. Não quero mesmo brigar com você. Só aceite as coisas como elas são. Eu quero fazer aquele rapaz casar com Park Ho Sook, mas isso não significa que estou cometendo um crime, pois não vou obrigá-la, ela vai se casar se quiser.

— E o rapaz? Ele também vai se casar se quiser? – Woong não se sentia satisfeito com as justificativas.

— Todos temos escolhas. Ele não estaria aqui se não quisesse. Não se iluda com o seu jeitinho humilde.

Ele ainda não estava satisfeito, mas decidiu por fim a essa conversa.

— Tudo bem, mamãe. Não vamos falar sobre isso agora, vamos apenas jantar em paz – colocou uma colher na boca e depois de mastigar o alimento e engolir, olhou para ela e encerrou a conversa dizendo — Saiba que eu vou ficar de olho para que tudo isso fique dentro dos limites.

— Não esperaria menos de você.

Às vezes Mun-Hee sentia que o filho se parecia demais com Kim Gi-Gook. Se não fosse o exame de DNA e as características físicas, teria dúvidas de que era mesmo ilegítimo.

Naquela noite, depois que todos foram dormir, An-ri passou na cozinha e roubou algumas coisas para comer no quarto. Estava disposta a não ficar com fome por causa de pessoas esnobes.

Passaram dois dias em que An-ri passava o tempo dando voltas pelo castelo, muitas vezes se imaginando como uma princesa dos contos de fadas convidada para um baile onde encontraria um príncipe. A sua imaginação sempre fazia o rosto de Woong aparecer no príncipe. Ela o espantava substituindo por alguém famoso do mundo k-pop, porém ele sempre voltava.

Na volta de um desses passeios, ela encontrou Mun-Hee e o filho na sala.

— Já estava prestes a mandar te chamar – Mun-Hee disse antes que ela pudesse fugir. — Venha! Sente-se aqui para conversarmos sobre a sua introdução na sociedade como meu sobrinho.

An-ri não deixou escapar que Woong revirou os olhos diante da palavra *sobrinho*.

Depois que An-ri sentou na poltrona diante deles, Mun-Hee continuou:

— Como você já sabe, haverá uma festa para a sua apresentação. Será algo íntimo, porém os convidados são pessoas de extrema importância em áreas como política, artes, entre outras – ela deu uma risadinha antes de mencionar: — A sua futura noiva e os pais também estarão presentes, claro.

— Entendo – a festa começava a parecer cada vez mais assustadora.

— Já enviei os convites. Vocês têm menos de quinze dias para entregar um homem no mínimo decente – ela disse olhando do filho para An-ri.

Já tinha informado ao filho que precisava mudar o visual do rapaz, e ele se ofereceu para ajudar. Ela achou que a conversa tinha surtido o efeito desejado, porém Woong só estava interessado em se aproximar do rapaz para descobrir tudo o que eles estavam tramando.

— Não sei se isso é um problema, mas se a senhora acha as minhas roupas inapropriadas, devo dizer que não tenho nada apresentável para essa festa.

— O que você entende de roupas? – ela perguntou debochada.

— Nada – An-ri não se abalou com a provocação.

— Precisa de roupas novas urgente – Woong se intrometeu. — O seu senso de moda é assustador.

— Park Ho Sook não se importa. Ela me conheceu assim e se interessou por mim assim.

Maldita hora! – pensou imaginando que podia estar com seus amigos naquele momento se Park Ho Sook não tivesse se interessado.

— Mas se aquela bruxa da mãe dela se importa, eu também. Vamos ser realistas, ela estava no seu mundo. Vai ser diferente nessa festa. Mesmo que você se ache um defensor dos pobres, vai se sentir incomodado se as pessoas ficarem te olhando e debochando.

— Como queira.

Ela percebeu que não adiantava argumentar. Nem havia motivos para isso. Poderia simplesmente brincar de se transformar de plebeu em príncipe já que não podia se transformar de plebeia a princesa.

— Filho, leve-o para comprar roupas. As melhores.

Na cabeça de An-ri já se formava a imagem de um comercial em que ela viu no shopping antes de ser expulsa por um segurança esnobe. Uma mulher saia cheia de sacolas com dois homens carregando para ela.

— Posso comprar roupas de presente para uma amiga? – perguntou esperançosa. Talvez houvesse a chance de se transformar em princesa, mesmo escondido.

— Não – Woong respondeu rispidamente.

Diante da simples palavra carregada de mau-humor, ela se calou.

— Vamos de uma vez! Tenho compromissos mais tarde.

Tenho compromissos mais tarde – ela o imitou em pensamento, usando uma voz cômica.

Segurando a vontade de retrucar, ela o seguiu até o shopping no carro dele. Era um carro vermelho, moderno.

Deve valer o preço das terras da favela Sky com tudo que tem dentro – pensou.

No shopping, por onde passavam, as pessoas se viravam para vê-los. An-ri começou a resmungar em pensamento sobre a sua situação, já que Woong não parecia disposto a conversar com ela; até que um desses pensamentos virou palavras sem que ela percebesse.

— Woong? Que espécie de nome é esse? Esperava algo mais imponente para alguém que se diz príncipe.

— O meu nome é Kim Woong e duvido que saiba o significado da palavra imponente – ele disse com um sorriso que significava "não mexa comigo".

An-ri se calou enquanto em sua cabeça resmungava o significado da palavra e mais alguns insultos.

Entraram em uma grande loja.

— Bom dia, senhor Kim! Como podemos auxiliá-lo hoje? – um homem na casa dos cinquenta anos, e vestido com esmero, os recebeu.

A loja ocupava quase que metade do andar. Vendia todo tipo de roupas, sapatos e acessórios masculinos. Não havia nada feminino.

Woong era conhecido pela maioria dos funcionários daquela e de outras lojas importantes.

— Bom dia! Não deixe outros clientes entrar, por favor – disse em resposta ao senhor que os cumprimentou.

Se é tão poderoso para que quer mais poder? – An-ri pensou. Cada vez mais gostava menos daquela família de pessoas ambiciosas.

Parada esperando uma direção, ela imaginou o rei Kim Gi-Gook como um tirano sentado no trono e ordenando execuções e prisões.

Depois que estavam apenas os dois e os funcionários, Woong ordenou:

— Separe roupas para ele experimentar.

Algumas funcionárias entregaram roupas que ela experimentou com cuidado para não revelar o disfarce. Agradecia aos deuses por ter tido o impulso de colocar bandagens cobrindo os seios quando acordou.

Passaram um longo tempo escolhendo roupas e acessórios masculinos. Woong se distraia no celular tratando de assuntos da ONG.

Na hora de experimentar os sapatos, An-ri não deixou que a vissem experimentando e informou um número maior que o real. Se vissem os seus pés, perceberiam na hora o quanto eram femininos.

— Eu tenho chulé. Prefiro que se afastem e deixem os sapatos que experimento sozinho – argumentou fazendo uma careta para ilustrar a situação.

— Não nos importamos – uma das vendedoras se mostrou compreensiva.

— Mas eu me importo. Não posso deixar duas princesas lindas descobrirem mais dos meus defeitos – usou de charme para conseguir o que queria. Já sabia que tinha efeito positivo sobre as mulheres, somado ao fato de que estava com um príncipe gastando sem limites, conseguiu facilmente com que elas se afastassem.

— Enquanto o senhor experimenta, iremos escolher o melhor relógio para combinar com suas roupas novas.

— Só aceito se me chamarem de Tae-Yang. Senhor é muito formal – piscou para elas.

— Sim, Tae-Yang – as duas saíram dando risadinhas e fazendo comentários sobre a beleza do rapaz.

An-ri riu e escolheu alguns sapatos sem experimentar. Qualquer um ficaria grande demais.

Minutos depois, as meninas voltaram com uma caixa onde descansava um Rolex.

— Perfeito! – Woong se aproximou analisando o objeto. — Ideal para qualquer ocasião.

— Obrigada, senhor Woong – a responsável pela escolha se mostrou orgulhosa.

— Embale tudo, por favor. Estamos de partida.

Compras feitas, era hora de voltar ao castelo.

An-ri seguiu para a escada rolante com as sacolas, mas Woong se desviou para outro caminho.

— Vamos comprar um celular também – declarou.

— Eu tenho um celular – ela retrucou correndo para alcançá-lo.

— Eu vi. Um modelo pré-histórico, tela rachada. Não pode usar aquilo. Guarde como recordação.

— Aish! – foi a única coisa que conseguiu expressar.

Ela o seguia olhando tudo ao redor. Era como se esperasse ser expulsa antes de andar alguns metros, como sempre acontecia quando entrava em lugares assim. Nada disso aconteceria dessa vez, mesmo que ainda usasse as suas roupas. No mínimo as pessoas o associaria a um empregado mal vestido.

Ela entrou no elevador distraída, mas quando o elevador começou a subir e ela viu, pela estrutura de vidro, o chão ficando para trás, se desesperou e agarrou o braço de Woong se escondendo atrás das suas costas largas. Naquele momento nem se importava em levar bronca.

— Tem medo de altura ou é a sua primeira vez em um elevador como esse?

— As duas coisas – respondeu encolhendo ainda mais.

— É seguro! – Woong riu. — Aproveite a vista.

Ainda segurando o terno dele, ela olhou furtivamente. Era bonito ver os andares passando, mas ainda havia o medo.

Woong olhou para ela e sentiu como se olhasse para um coelhinho assustado. Teve vontade de acariciar os seus cabelos e dizer que tudo ficaria bem.

Quando a porta se abriu, em um local cheio de lojas de eletrônicos, ele tirou a mão dela do seu terno com certa brusquidão. O pensamento de segundos atrás o assustou.

— Vamos. Não tenho o dia todo – ordenou mal-humorado.

— Por que não? Vendeu a outra parte? – era para ser apenas um daqueles pensamentos atrevidos. An-ri se assustou ao ouvir as palavras saindo de sua boca com um misto de cinismo e raiva.

Ele apenas se virou novamente para trás. E depois de fuzilá-la com um olhar mortal, voltou a andar. Ainda não tinha percebido que ela achava que ele fazia parte do que sua a mãe e o secretário Hyun-Shik faziam.

A porta do elevador começou a fechar novamente e An-ri, com medo de ficar presa nele sozinha, correu atrás de Woong.

Não queria pedir desculpas pelo que disse. Ele era grosso o tempo todo. Por que não podia irritá-lo também? É o justo.

Acabou fazendo a única coisa que não devia.

Quando se deu conta já havia gritado:

— Oppa, espere!

Todos ao redor olharam para ela, inclusive Woong.

Ela ficou congelada no lugar, se perguntando por que o chamou assim quando algo desse tipo nunca tinha acontecido com nenhum dos seus colegas.

Woong voltou e praticamente rosnou:

— Está maluco? Nunca mais me chame assim! – sem esperar uma resposta ele a arrastou pelo braço fazendo a cena ficar ainda pior.

A compra do celular foi rápida. Nenhum dos dois tinha ânimo para continuar juntos diante do clima pesado.

Quando chegaram ao castelo, se afastaram sem nenhuma palavra.

An-ri subiu para o quarto e foi guardar as suas roupas.

Ao abrir a caixa do relógio encontrou um pedaço de papel com um nome, um telefone e a frase: Me liga.

Depois de tudo que aconteceu naquele dia, ela simplesmente começou a rir sem parar olhando o papel.

A festa

— **Acabei de** receber um convite para uma recepção daqui a quinze dias no castelo dos Kim. Eles querem apresentar o novo membro da família – a senhora Park comentou enquanto ouvia o marido dedilhar nas teclas do piano.

— Soube dessa história. As mídias não falam em outra coisa.

— Parece que Mun-Hee tinha uma irmã mais velha da qual perdeu o contato anos atrás. Recentemente descobriram que a mulher teve um filho e que eles moravam na favela *Sky*.

— É uma história muito triste!

— Não acabou. Pelo que eu soube, a mulher morreu quando o menino tinha dezesseis anos e ele estava vivendo sozinho em um barraco feito de latão. Mun-Hee buscou o menino, que agora é um rapaz, e vai cuidar para que ele possa ser alguém na vida.

— É um gesto muito nobre – o senhor Park comentou sem parar de tocar.

— Sim. Pena que essa criança tenha sofrido tanto antes de ser encontrado.

— Verdade – como se só naquele momento se desse conta de um detalhe, ele comentou — Tem uma coisa que me intriga, o nome do rapaz é Tae-Yang e ele morava na favela *Sky*; será o mesmo que a nossa filha conheceu?

— Vamos descobrir agora – ela pegou o telefone e discou.

— Castelo dos Kim, com quem falo? – uma empregada atendeu.

— Bom dia! Eu gostaria de falar com a senhora Mun-Hee. Anuncie que é da parte dos Park, por favor.

— Um instante.

Depois de alguns poucos minutos, a voz de Mun-Hee se fez ouvir na linha.

— Pois não?

— Bom dia, querida! Espero não tê-la acordado.

— De forma alguma. Já estava em plena ação por causa dos preparativos para a festa.

— É sobre isso que gostaria de falar com você – fez uma pequena pausa. — Você sabe se o seu sobrinho é o mesmo Tae-Yang pelo qual a minha filha se apaixonou? – foi direta.

Mun-Hee já esperava que eles percebessem.

— Queria mesmo falar sobre isso com vocês. Se importam com uma visita? Não acho interessante conversar pelo telefone.

— Claro que não! Aproveito e te convido para almoçar conosco. Vai ser um prazer.

— Então mais tarde conversamos. Já adianto que irão se surpreender.

Elas se despediram, depois de combinarem o almoço.

Mais tarde, quando Mun-Hee chegou para o compromisso, encontrou a família completa aguardando. Park Ho Sook era a mais ansiosa em saber sobre a novidade.

— Como sei que não vamos conseguir comer direito por causa da curiosidade, acho mais interessante começarmos com a sobremesa – comentou sorrindo depois de ser convidada a se sentar no belo sofá de camurça.

— Desculpe. Depois que papai e mamãe contaram sobre a possibilidade de o Tae-Yang que conheci ser o seu sobrinho, não consigo me controlar – Park Ho Sook se adiantou para responder ao comentário.

— Ele realmente é o mesmo rapaz – Mun-Hee começou a contar a história inventada. Todos a encaravam e ouviam atentamente. — Depois daquele dia em que conversamos sobre ele, eu quis dar uma de *fada madrinha*, por isso pedi para investigarem a vida dele. Foi uma surpresa descobrir que era filho da minha irmã Yun-Hee. Eu cheguei a duvidar que ela realmente havia escolhido aquela vida. Só me convenci depois de ver a carta que ela deixou pedindo para ele me procurar, coisa que por orgulho, ele não fez. Às vezes ainda me pego indo ao quarto do meu sobrinho para confirmar que é real.

— Essa história realmente nos deixa com essa sensação. Fico feliz que o tenha encontrado e triste que a sua irmã tenha falecido – a senhora Park limpou uma lágrima que tentava escapar. Se emocionava com facilidade.

— Ela mostrou sinais de depressão quando o marido se matou por causa de dívidas. Se ela tivesse procurado ajuda... – Mun-He a imitou e limpou uma lágrima que teve dificuldade para produzir. — Quando descobrimos, ela já tinha sumido.

— Se ele tinha essa carta devia ter procurado por você. Fico imaginando se as coisas tomariam esse rumo se não tivéssemos conversado sobre ele.

— Provavelmente não. Para ele estava tudo bem continuar naquela vida. Tinha se acostumado e nem se importou com a carta. Coisa de jovens criados sem rigidez.

— Entendo o que quer dizer.

— O importante é que agora o meu sobrinho está novamente entre os dele e vocês são responsáveis por esse milagre. Serei grata por toda a minha vida.

— Eu posso vê-lo? – Park Ho Sook se adiantou antes que os pais pudessem responder ao comentário.

— Se puder aguentar mais alguns dias, vai ser melhor. Ele já sabe que você vai comparecer à festa e está se esforçando para impressioná-la.

— Não me importo com isso. O conheci na favela.

— Mas ele se importa. Está tão empolgado com a possibilidade de te surpreender.

— Filha, não seja insistente. O rapaz está se esforçando – o senhor Park, que tinha se mantido em silêncio durante a conversa, se manifestou.

— Tudo bem. Vou esperar – respondeu nada satisfeita.

Nesse momento, uma empregada apareceu avisando que a mesa estava posta. Durante o almoço continuaram o assunto, porém dando foco a festa.

O dia da festa chegou rapidamente.

Logo de manhã, An-ri foi escoltada pelo secretário Hyun-Shik até um salão de beleza.

Por se tratar do sobrinho da rainha, todos queriam atendê-lo, mas é claro que o dono fez questão de ser o responsável.

An-ri imaginou que ele iria cortar o seu cabelo já curto e pronto, ledo engano. O homem de vestes coloridas e espalhafatosas, lavou os seus cabelos com produtos com cheiros incríveis e, depois de sentá-la em uma cadeira de frente a um grande espelho, questionou:

— Vamos fazer a barba também?

— Só se for fazer nascer! – ela passou a mão pelo queixo liso. — Aqui não nasce barba.

— Não fique triste – ele interpretou mal a resposta. — Hoje em dia a moda é cara lisa. Mas se quiser posso indicar alguns produtos que irão ajudar.

— Estou bem assim.

Ele nem escutou o que ela disse. Estava com o olhar fixo no reflexo dela no espelho.

— Com licença – disse um pouco atrapalhado, indo em direção a funcionária que segurava uma bandeja com diferentes tipos de tesoura.

— Ele não tem *pomo de Adão* – resmungou em sussurros para a mulher. — Que espécie de homem não tem *pomo de Adão*?

A mulher instintivamente olhou para An-ri, e essa fingiu estar distraída com a cadeira para que não notassem que escutou.

Apesar de só usar roupas que cobriam ao máximo o seu corpo, vez ou outra alguém notava esses pequenos detalhes. Eram pessoas raras, porém ela se assustava sempre, com medo de alguém mais atrevido ir além de comentários maldosos ou brincalhões. Ela achou estranho que ninguém do castelo tivesse notado.

Para sua sorte, o homem estava mais preocupado em agradar Mun-Hee do que questionar a falta do seu *pomo de Adão*. Ele fez um corte moderno em seu cabelo e ela se foi.

Próximo ao horário da festa, ela tomou um banho, enrolou uma faixa nos seios, vestiu a roupa separada pela rainha e se olhou no espelho.

— Cada vez mais me pareço com um homem. Será que algum dia vou poder viver como uma mulher? – resmungou e riu.

Os seus pensamentos logo se desviaram trazendo imagens das raras vezes em que viu Woong sorrir.

— Você nunca teve tantos pensamentos da mesma pessoa assim. Foco! Não é hora de paixonite. Deixe isso para depois de sair da enrascada em que se meteu e, principalmente, mire o seu coração em outra pessoa – aconselhou a sua imagem no espelho.

Nessa hora alguém bateu em sua porta e entrou, era o secretário Hyun-Shik.

— Está pronto? Os convidados já chegaram.

— Estou.

— Vou avisar a rainha.

— Ela nem é rainha! – resmungou, depois que ele saiu, para o quarto vazio. Já tinha escutado a história deles completa através de uma empregada fofoqueira.

Poucos minutos depois, o secretario Hyun-Shik voltou e a conduziu até o salão de bailes, onde ocorria a festa.

Mun-Hee, ao vê-los chegando, pediu a atenção de todos e anunciou:

— Gostaria de agradecer a todos pela presença. O motivo dessa pequena reunião é apresentar o meu recém descoberto sobrinho Tae-Yang. Venha aqui, querido!

An-ri demorou um pouco para ir. Sentia-se um animal em um zoológico com pessoas a encarando. Depois de levar um cutucão do secretário Hyun-Shik, começou a andar lentamente.

Ao chegar ao lado de Mun-Hee, nos últimos degraus da escada, se esforçou para manter uma expressão de sobrinho feliz.

Mun-Hee continuou a dizer:

— A minha irmã Yun-Hee se distanciou da família por causa da tragédia com o seu marido e ao se afastar sem deixar rastros, ela levou o meu amado sobrinho. Eu já havia desistido de encontrar essa parte da minha família, mas ao tentar ajudar uma amiga querida acabamos encontrando o meu sobrinho que veio para compensar o espaço vazio que Yun-Hee deixou ao ir ao encontro do amado.

Depois de uma pequena pausa, ela finalizou:

— Deem as boas-vindas ao meu amado sobrinho, Tae-Yang.

Todos bateram palmas e, ao descer, An-ri foi apresentada a várias pessoas importantes, entre elas Park Ho Sook e os seus pais.

Como orientada, ela citou o encontro com Park Ho Sook logo que teve oportunidade.

— Me lembro de você daquele dia na favela – disse depois de cumprimentá-la. — Achei que nunca mais a veria. Foi um bônus da aventura de encontrar uma família tão diferente das pessoas as quais estou acostumado.

— Eu também achei que não o veria, que bom que estávamos enganados – ela se virou para os pais. — Mãe, pai, esse é o rapaz que me ajudou na experiência que me incumbiram.

Eles cumprimentaram o rapaz. Não estavam muito felizes porque a filha confessou estar apaixonada por ele quando não sabiam nada sobre a vida dele, mesmo que fosse rico. Depois da experiência que tiveram com o último encontro às cegas ao qual mandaram a filha, ficaram um pouco arredios em relação aos rapazes.

Conversaram por poucos instantes e logo Mun-Hee veio buscar o sobrinho para cumprimentar outras pessoas.

A festa estava quase na metade quando Park Ho Sook conseguiu conversar com o seu herói sozinha.

— Surpreendente a sua história – comentou ao se afastarem um pouco dos convidados.

— Me parece surreal.

— Entendo. Deve estar se sentindo tão perdido quanto eu estava naquele dia – ela pegou o telefone na pequena bolsa. — Me fala o seu número. Vou te ligar e me colocar à disposição para sempre que precisar de companhia ou fugir das regras do castelo.

Ela disse o número novo que já havia decorado e depois comentou:

— Os seus pais parecem pessoas boas, mas não senti que estavam em clima de festa.

— Eles estão preocupados porque mostrei interesse em um rapaz que ainda não é do nosso meio – confessou.

— O meio não deveria ser importante desde que essa pessoa não seja influenciada – respondeu ao comentário. Entendia que era uma indireta, mas fingiu não entender. Naquele momento, descobriu que não se sentia nada bem em enganar a garota e soube que quanto mais a conhecesse, maior seria a dor em ter que continuar mentindo.

Os pais de Park Ho Sook vieram para perto deles e a conversa perdeu qualquer nuance romântica.

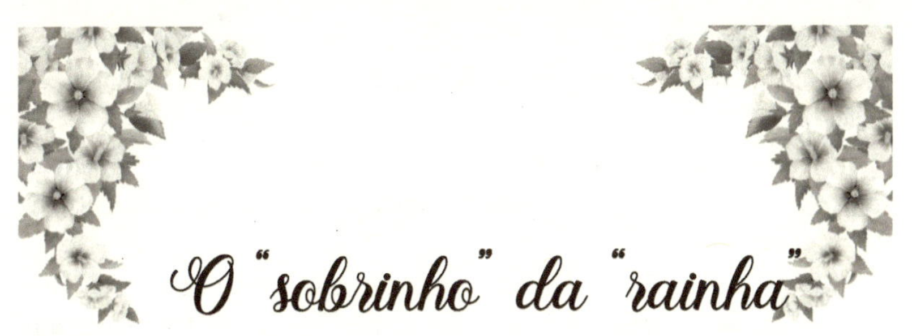

O "sobrinho" da "rainha"

Depois da festa, todos falavam abertamente sobre a história mágica do sobrinho da rainha que foi resgatado da pobreza.

Chegaram vários convites para ele no castelo.

Disposta a continuar com o teatro de tia bondosa, Mun-Hee anunciou ao filho enquanto tomavam o café da manhã:

— Leve Tae-Yang ao clube com você. Depois da festa de apresentação vai ser bom que ele seja visto em ambientes assim.

An-ri engasgou com a comida ao ouvir.

Clube? Meu disfarce vai submergir. O que será que eles fariam comigo se descobrissem que não sou homem? – pensou apavorada.

Woong só a olhou por alguns segundos antes de voltar a atenção para a mãe.

— Eu não quero levá-lo a lugar nenhum – resmungou.

O azar dele era que Mun-Hee conhecia muito bem o seu ponto fraco, por isso ela respondeu:

— Tudo bem! Se não quer ser visto com o garoto só porque ele veio de uma favela, pedirei a um amigo de algum conhecido para fazer companhia a ele.

— Não comprei roupas para clube – ela se colocou entre mãe e filho.

— Cala a boca e vamos! – Woong se levantou e praticamente a arrastou em direção ao carro na entrada. Se sentiu péssimo com as palavras da mãe e resolveu levá-lo imediatamente. Independentemente da situação, não queria deixar o garoto pobre jogado por ai. Pensava que talvez pudesse ajudá-lo e fazer com que entendesse que estava agindo como um interesseiro.

Ao chegar no clube, An-ri parecia um bicho acuado. As coisas só pioraram quando foram para a piscina. Havia um grupo de rapazes e moças saindo.

Instintivamente ela cobriu os olhos com as mãos, mas a curiosidade foi maior e ela abriu os dedos admirando a beleza dos rapazes através dos espaços entre eles.

— Você realmente nunca esteve em um clube – Woong riu. Estranhamente se sentiu à vontade perto do rapaz "tímido". — Qual é o seu manequim?

— O que? – ela demorou para entender. — É pequeno, mas não vou entrar na água – estava tão nervosa que nem conseguia pensar em um motivo para não nadar.

— Eu já volto – ele já estava longe quando ela terminou de falar que não ia entrar na água.

Ele voltou poucos minutos depois, vestindo um roupão branco com o símbolo do clube e trazendo uma sacola.

— Ai está!

Jogou a sacola nela e se afastou indo em direção a piscina.

Ela arregalou os olhos quando ele tirou o roupão. Ao invés de tapar os olhos tapou a boca.

Enquanto ele estava de costas, pronto para pular na água, ela viajou no seu corpo com o olhar. As costas tão másculas, o bumbum que pedia para ser apertado. Ela engoliu em seco.

Antes de pular na água, ele se virou. E ela desceu o olhar até onde não devia.

Embaraçada, fingiu que mexia na sacola.

— O vestiário fica no fim do corredor – Woong disse e pulou na água nadando para longe.

Deu algumas voltas na piscina e quando parou, ela ainda estava sentada no mesmo lugar.

— Qual o problema? Não sabe nadar?

Mas como não pensei nisso? – ela agradeceu por ele ajudar a ter a desculpa perfeita.

Balançou a cabeça e confirmou.

— Não sei. Onde eu moro não tem piscinas ou rios.

— Entendo – se sentiu culpado. Como se o fato de o garoto ter crescido em um ambiente tão ruim fosse sua culpa. — Posso te ensinar. Troque de roupa e venha.

— Outro dia, se ainda quiser me ensinar, aceitarei. Hoje estou feliz apenas em conhecer um lugar assim.

Ele saiu da piscina, fazendo ela virar o rosto.

— Se não quer se molhar, vou te ensinar alguns jogos.

Foram para a sala de jogos e, por algumas horas, se esqueceram de quem eram.

Depois dos jogos foram para o bar do clube.

Pediram cervejas.

Enquanto bebiam a realidade voltou e Woong perguntou:

— Por que aceitou fazer esse papel?

An-ri abriu a boca para responder, mas se lembrou do aviso do secretário Hyun-Shik: nunca fale sobre esse acordo com ninguém, nem mesmo com o filho da rainha.

Será que ele realmente não sabe? – pensou.

— Talvez eu conte o motivo no meu testamento – decidiu não arriscar.

Woong riu sem saber bem o que achar da resposta.

— Pode pelo menos me falar um pouco sobre a sua relação com Park Ho Sook? A minha mãe te escolheu porque ela gosta de você.

— Eu a conheci na *Sky*. Ela é uma garota legal.

— Eu ouvi quando ela disse que você a salvou.

— Não foi nada de extraordinário. Apenas alguns garotos machistas e idiotas que se acham no direito de provocar mulheres indefesas.

Ele entendeu por que a garota se apaixonou; a história do cavalheiro que salva a dama.

— Você a ama a ponto de se casar com ela?

— Você realmente não sabe, não é?

— Se soubesse não perguntaria.

— Pergunta para a sua mãe. Aquela mulher com olhos de serpente – deixou o seu pensamento virar um resmungo mais alto do que pretendia.

Woong estava pronto para repreendê-la quando uma lembrança lhe ocorreu.

Muitos anos atrás, estava brincando de fazer bolhas de sabão com An-ri no jardim ao entardecer.

— Temos que entrar. A minha mãe vai ficar brava se eu demorar.

— Não gosto da tia Mun-Hee, ela é muito má e tem olhos de serpente.

— Se você não gostar da minha mãe, não vamos poder ser amigos. Os olhos dela são normais e ela é uma pessoa boa – respondeu bravo.

An-ri pensou por alguns segundos se valia a pena e insistiu:

— Ela sempre reclama quando você está comigo.

— Então vamos deixar de ser amigos – virou as costas para ela.

Vencida, An-ri segurou o braço dele.

— Prometo que nunca mais vou falar que a tia tem olhos de serpente. Prometo que vou gostar dela enquanto quiser que eu goste. Agora podemos voltar a ser amigos?

— Podemos.

Nessa hora Mun-Hee apareceu vindo na direção deles e eles seguiram para dentro do castelo.

— Por que você disse que a minha mãe tem olhos de serpente? – questionou deixando as lembranças e focando no presente.

— Desculpe. Eu não devia ter ofendido a sua mãe. Realmente, sinto muito.

— Mas por que pensou exatamente em olhos de serpente? – insistiu.

— Foi a primeira coisa que me veio à cabeça. Até parece que você sempre analisa todas as palavras antes de falar – se levantou. — Estou cansado. Pode me levar de volta?

Woong decidiu aceitar a resposta. Sabia que era impossível o rapaz conhecer An-ri.

— Quanto a perguntar a minha mãe, irei com certeza. Quanto a ir embora, ainda não quero. Antes vamos treinar um pouco. Fiquei curioso para saber se é tão forte a ponto de salvar donzelas em perigo – brincou. — Podemos nos equipar e liberar um pouco de energia acumulada através de socos.

Será que equipar envolve trocar de roupa no vestiário? – An-ri pensou enquanto recordava o momento em que ele saiu da piscina.

— Topo se for como nas ruas. Nada de acessórios – colocou um tom de desafio na voz. Era o único jeito de fugir de uma possível situação embaraçosa.

Woong pensou um pouco e concordou.

— Se prefere.

Ele a levou até uma sala onde tinha um ringue. Durante vários minutos, se esquivaram de golpes. Até que por um descuido, em um momento de raiva, o punho fechado de Woong acertou em cheio o rosto de An-ri jogando-a no chão.

Por alguns segundos, eles ficaram imóveis. Ela caída no ringue sem acreditar que levou um soco e ele parado encarando-a.

— Vai me ajudar a levantar ou vai ficar admirando a sua vitória? – reclamou estendendo a mão.

— Você não é tão forte quanto imaginei – Woong gracejou enquanto a ajudava a se levantar.

— Sou forte o bastante.

E tem muita coisa sobre mim que você sequer imagina – completou em pensamento.

— Venha! Aqui tem kit de primeiros socorros. Vamos cuidar disso antes que o seu rosto vire um balão.

A levou até um banco de madeira e se afastou entrando em uma porta. Quando voltou, trazia consigo uma caixa branca onde havia a figura de uma cruz vermelha.

Ela tentou pegar a caixa para cuidar do rosto, mas ele não permitiu.

— Eu faço isso – declarou abrindo a caixa.

Ao ver que não poderia fugir, An-ri respirou fundo.

— Ainda bem que não foi no olho ou na boca, o estrago seria pior. Ao que parece, você só vai ficar com a maçã do rosto inchada e dolorida por um tempo – comentou enquanto cuidava do local.

An-ri não respondeu, estava ocupada tentando controlar as sensações que o toque dele em seu rosto causava. Nem recordava da dor ou do machucado só do medo de que ele ouvisse as batidas descompassadas do seu coração.

Por vários instantes, se perdeu vagando o olhar pelo rosto dele, até que ele percebeu e a encarou.

— Você é um cara estranho, Tae-Yang – Woong comentou tentando sorrir, em vão. Se apegar ao humor era a única forma que encontrou de evitar que o rapaz percebesse o quanto o olhar que recebia mexeu com ele.

Ser chamada de *cara* fez An-ri voltar a realidade.

— Mais estranho do que você pensa.

Ela se levantou. E Woong entendeu que era hora de voltar ao castelo.

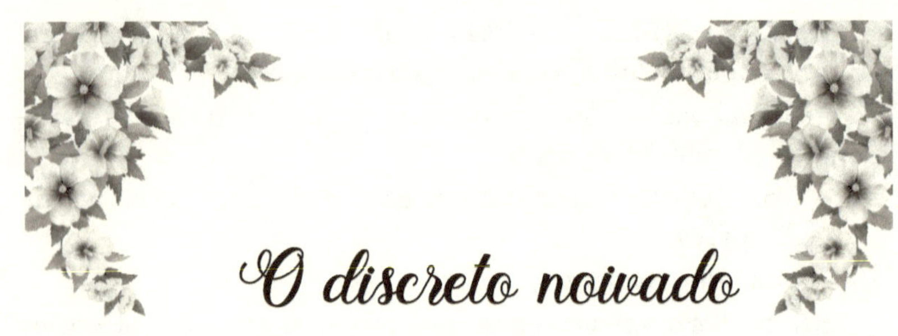

O discreto noivado

Park Ho Sook aproveitou o café da manhã para tocar no assunto que eles evitavam desde a festa.

— Mãe, pai, o que acharam de Tae-Yang?

— É um rapaz interessante. Jamais imaginei que a história dele terminaria assim – o senhor Park respondeu.

— Sabem o que quero perguntar - ela insistiu. — Gostaria que me apoiassem na minha decisão. Eu acho que ele é a pessoa perfeita para ficar ao meu lado. Teve uma vida difícil onde aprendeu muita coisa na base do sofrimento, ao mesmo tempo possui um nome quase da realeza. E o mais importante, eu gosto dele.

— Tem certeza que quer isso, minha filha? O casamento é um passo importante – a senhora Park temia que o rapaz tivesse problemas por causa do seu passado.

— Tive certeza no momento em que o vi. E agora não podem argumentar que ele está atrás do meu dinheiro.

— Ai, minha menina! Está falando como se o rapaz já tivesse te pedido em casamento – o senhor Park comentou sorrindo.

— E por que ele não se interessaria? Sou inteligente, linda...

Ela ia dizer mais, porém foi interrompida por uma risadinha da mãe que comentou:

— Não vai falar nada sobre a sua modéstia?

— É mesmo! Sou uma pessoa simples - ela também riu.

Enquanto as duas brincavam, o pai decidiu acabar com o assunto. Apesar de querer a filha bem casada, ficava carrancudo com a proximidade desse acontecimento. Park Ho Sook era a sua única filha, seus dois irmãos já eram homens feitos e casados, porém não o tinha dado netos ainda, fazendo com que o pai concentrasse os cuidados na caçula.

— Tudo bem! Vamos chamá-los aqui e conversar sobre o possível casamento. Se estiverem de acordo, seguiremos os seus planos.

A resposta foi um forte abraço da filha.

Mun-Hee passou o dia de bom-humor depois de receber uma ligação de Park Ho Sook, logo de manhã, convidando ela e o sobrinho para um jantar.

No dia marcado, enquanto estavam a mesa durante o jantar, An-ri se adiantou:

— Ainda estou aprendendo como me comportar em alguns ambientes, então peço que perdoem se eu cometer algum erro.

— Não se preocupe, meu filho. Sinta-se entre amigos – a senhora Park sorriu para deixá-lo a vontade.

— Tae-Yang é um rapaz esforçado. Está aprendendo tudo com uma facilidade impressionante – Mun-Hee fingiu orgulho pelo sobrinho.

— Apesar da nossa pobreza, minha mãe fazia questão de ensinar algumas coisas. Acho que ela tinha esperança de me ver retornar a esse meio – comentou enquanto imaginava qual o motivo pelo qual a tia a ensinou coisas como se comportar entre pessoas ricas.

O senhor Park ia comentar sobre esse lado esforçado, mas uma mancha no rosto do rapaz chamou a sua atenção.

— O que houve com o seu rosto, rapaz? – ele o olhou condenando-o ao imaginá-lo como uma pessoa que anda sempre brigando.

— Foi apenas um acidente. Eu quis me enturmar com o pessoal do clube, mas ainda não estou familiarizado com todos aqueles acessórios nos treinos de luta.

O senhor Park ficou aliviado e, sem perceber que estava sendo analisada, An-ri completou:

— Eu, na verdade, detesto violência. Não acho que sair dando socos e pontapés ajuda a ensinar qualquer lição. O problema é que algumas pessoas se divertem aterrorizando os mais fracos, por isso prefiro me manter pronto para defesa.

— Como fizeram comigo naquele dia – Park Ho Sook interrompeu.

— Exatamente. Homens adultos aterrorizando uma mulher é algo que me faz deixar de lado um pouco os meus ideais sobre a humanidade.

— E dar uma surra nos idiotas – ela interrompeu novamente.

— Filha! – a senhora Park exclamou.

— O pior é que as crianças têm razão – o senhor Park comentou. — Enquanto lutamos para manter um mundo mais tranquilo, algumas pessoas se divertem usando de violência física e verbal. Há momentos em que fica difícil não reagir.

— Tudo bem! Chega de falar em coisas tristes. Vamos tratar do assunto que ocasionou essa pequena reunião – a senhora Park não gostava de discutir as mazelas do mundo.

O senhor Park concordou em mudar de assunto e disse olhando diretamente para An-ri:

— Tae-Yang, minha esposa e eu conversamos com a sua tia por telefone e estamos de acordo. Agora só falta você.

An-ri olhou para Mun-Hee:

— Como assim só falta eu?

— A minha filha demonstrou interesse em você e achamos que é um rapaz responsável e que gosta da nossa menina.

Posso ser responsável e gostar dela, mas ser rapaz já é outra coisa – pensou desesperada com a forma como as coisas aconteciam rápido demais.

An-ri queria pelo menos um tempo, mas sabia que se não dissesse sim estaria em maus lençóis. Mun-Hee tinha feito muito para conseguir aquele casamento.

— Ela conquistou a minha amizade em apenas um dia. Porém temo que o meu passado seja um empecilho. Depois de viver entre pessoas simples e humildes, aprendi que algumas pessoas não nos veem com bons olhos – tentou adiar o inevitável disfarçadamente.

— Não somos como essas pessoas. Por isso estamos aqui, porque acreditamos, pelos poucos instantes em que estivemos juntos, que você é o melhor para a nossa filha – ele não estava completamente certo, mas ficaria de olho.

— Não se preocupe, Tae-Yang. Até o casamento já terei lhe ajudado a aprender tudo que precisa para estar à altura da sua noiva. Você aprende rápido. Graças a isso, as pessoas ao seu redor podem viver tranquilamente.

Naquela sala, apenas An-ri entendeu o significado daquelas palavras. Devia dizer sim ou aceitar as consequências.

— Sendo assim, devo dizer que será uma honra fazer parte da família de vocês. Farei o possível para fazer Park Ho Sook feliz. Mas tenho uma exigência...

Mun-Hee a fuzilou com o olhar.

Park Ho Sook perguntou:

— Qual?

— Só me caso depois de encontrar um emprego. Eu costumava fazer trabalhos de meio período e não estudei, por isso espero que Park Ho Sook não se envergonhe se o marido trabalhar em algo não tão pomposo – se justificou.

— Você não precisa disso. Terá tudo que precisar como meu sobrinho, assim que as coisas se organizarem – Mun-Hee se meteu mentindo.

— Pois eu acho que ele está certo e me alegro que pense assim – o senhor Park olhou para An-ri. — Filho, espero você na minha empresa amanhã. Vamos fazer alguns testes e ver em qual cargo se encaixa.

Mun-Hee olhou para An-ri com uma expressão nada amigável. Ela não gostou da ideia de ter alguém que sabia das suas armações andando por ai. An-ri não se incomodou com o olhar. Queria um jeito de ficar o máximo possível longe da família de loucos, e conseguiu um que não poderia ser usado contra ela, afinal estava conquistando o sogro.

Depois de tudo combinado, An-ri e Park Ho Sook foram dar uma volta pelo jardim e deixaram os mais velhos tomando chá.

Elas caminharam em silêncio por algum tempo, até que Park Ho Sook começou a perguntar sobre as pessoas que conheceu na favela. Nesse momento, a conversa se desenvolveu. Só pararam de conversar quando uma empregada veio dizer que a rainha queria partir.

Alguns dias se passaram. An-ri e Park Ho Sook se viam todos os dias na empresa do pai dela, mas não faziam nenhum programa de namorados. An-ri pretendia adiar ao máximo, pois sentia ímpetos de gritar a verdade e sair correndo.

Ela estava saindo da sala onde trabalhava, para ir embora, quando deu de cara com a noiva na porta.

— Nada de desculpas dessa vez. Vamos ter um encontro de verdade – Park Ho Sook disse impedindo a sua passagem.

— Mas... – pega de surpresa, ela não conseguia pensar em nenhuma desculpa convincente. Até pensou em forjar um desmaio, mas não parecia interessante já que no máximo os levaria a um hospital.

Park Ho Sook estendeu o braço teatralmente.

— Vamos, noivo!

Sem saída, An-ri colocou um sorriso forçado no rosto e aceitou o braço.

Park Ho Sook dirigiu até um restaurante simples e pediu barriga de porco e soju.

— Você gosta dessas coisas ou está pedindo isso por mim?

— Eu não gosto. Simplesmente amo! – ela abriu um largo sorriso. Comia coisas assim sempre que podia. As refeições dos *ricos* não tinham o mesmo sabor, para ela.

Depois do restaurante pararam em um parque. A noite estava estrelada, então Park Ho Sook puxou An-ri pela mão e caminharam até uma convidativa grama.

— Vamos deitar e olhar as estrelas – sugeriu. — O nosso primeiro encontro oficial deve terminar assim.

Ao ouvir a palavra terminar, An-ri se animou e deitou na grama.

Quase se levantou quando Park Ho Sook segurou a sua mão entrelaçando os dedos.

— A sua mão é tão pequena. Não parece mão de homem – ela comentou segurando com firmeza ao perceber que o seu noivo tentava desfazer o toque.

— Já me falaram isso – An-ri sentiu a verdade tentando sair pela sua garganta. Encarou as estrelas. Sabia que ela não seria a única prejudicada se as coisas saíssem dos eixos. Estava disposta a aguentar qualquer coisa até ter uma garantia que os seus amigos não sairiam prejudicados.

— Não te incomoda? – Park Ho Sook questionou alheia aos pensamentos dela.

— De forma alguma.

Park Ho Sook se apoiou nos cotovelos e encarou An-ri, mudando drasticamente de assunto.

— Tae-Yang, estamos noivos há mais de uma semana. Não acha que está na hora de dar um passo maior nesse relacionamento?

— Passo maior? – An-ri já começava a achar que deviam ficar no assunto "mãos".

— Algo assim... – ela se aproximou lentamente e fechou os olhos pronta para o primeiro beijo como casal.

Ao perceber a sua intenção, An-ri rolou para longe. Park Ho Sook quase desaba na grama.

Ela riu ao perceber que An-ri já estava de pé, quando abriu os olhos.

— Tem algum problema em ser beijado? – ela se sentou e fez sinal para An-ri sentar também.

Meio receosa, ela sentou.

— Acho que o primeiro beijo deve ser especial – ao responder a sua mente vagou pelo dia em que esteve no clube com Woong.

Não se atreva a se apaixonar por ele só porque tem um corpo maravilhoso, uma voz máscula, um perfume ...- riu dos pensamentos e se repreendeu.

Park Ho Sook interpretou a sua risada como timidez.

— Você nunca beijou?

— Não – o jeito como a garota falou a incomodou. Sentiu como se fosse um alienígena por nunca ter beijado. — Você já beijou?

— Uma pessoa. Faz muito tempo, havia um garoto que eu gostava. Ele me salvou de ser atropelada quando éramos crianças e passamos a andar juntos. Um dia eu confessei os meus sentimentos e ele confessou os dele. Foi lindo, nos beijamos e passamos a namorar. Mas durou pouco, os pais dele foram transferidos para uma empresa na Argentina e ele se mudou com eles. – resumiu a história com uma expressão sonhadora.

An-ri sentiu inveja. Para beijar teria que fazer uma revolução em sua vida. Antes não pensava tanto nisso, mas depois de ser jogada em uma situação esdrúxula sentia cada vez mais, vontade de ser feminina, de ser protegida e amada por um homem.

Ao pensar nisso a imagem de Woong veio a sua mente novamente, dessa vez mostrando o breve momento em que ele foi gentil no elevador do shopping. Ela afastou a lembrança balançando a cabeça.

Ele não. Muita areia para o meu caminhão – acabou rindo novamente com o pensamento.

— Está rindo de que? – Park Ho Sook perguntou curiosa.

— De como um simples beijo pode ser complicado.

— Você devia me beijar logo e acabar com isso. O cenário é perfeito. Uma bela lua e estrelas brilhantes. Só falta dizer que vai esperar até o casamento – ela brincou.

A palavra casamento fez novamente An-ri pensar em *chutar o balde*.

— Está tarde! Vamos voltar. Não quero que os seus pais fiquem preocupados.

— Vamos voltar, mas fique sabendo que não vou esperar até o casamento para te beijar. Qualquer dia te pego desprevenido – ameaçou com um sorriso travesso de quem não estava brincando.

An-ri apenas seguiu em silêncio até a casa dela onde a deixou e pediu um táxi com o dinheiro adiantado pelo seu trabalho na empresa dos Park.

Já no castelo, enquanto se preparava para dormir, ela pensou:

Vou ficar esperta para o meu primeiro beijo não ser mais uma fraude na minha vida.

Dormiu com esse pensamento fixo.

O primeiro beijo

Depois de duas semanas trabalhando ao lado do "sogro", fugindo das investidas cada vez mais constantes da noiva, ignorando as reações do seu corpo e da sua mente diante de Woong e quebrando a cabeça para encontrar uma saída da situação esdrúxula em que se encontrava, An-ri estava agradecida pelo fim de semana de folga. Pensava em pedir a sua "dona" para liberar uma visita ao senhor Min-Kyung.

Ela acordou bem cedo e esperou até o horário em que costumavam tomar café.

Quando chegou na sala de jantar, onde o café da manhã era servido, ela viu todos mais arrumados que nos dias anteriores. Não comentou nada, porém Mun-Hee se adiantou anunciando:

— Hoje vamos fazer um passeio em família em uma casa de campo.

— Vai ser hoje? Tinha me esquecido – Woong parou de comer para comentar. — Vou chegar um pouco mais tarde porque tenho um compromisso sobre a minha busca.

— De novo aquela menina morta! – Mun-Hee bufou.

— Não diga que ela está morta. A senhora não sabe. Só vou parar de procurar quando a encontrar ou tiver certeza da sua morte – respondeu sentindo o mau humor começar a se instalar.

— Faça como quiser, mas não vou te perdoar se não aparecer.

— Vai ser no máximo três horas de atraso.

— E quanto a você, coma rápido e se prepare. Vamos passar a noite na casa.

— Se possível, eu gostaria de visitar um amigo nesse fim de semana – An-ri respondeu já prevendo o "não".

— Não é possível. Marque para outro dia. Você já passa todo o tempo na empresa dos Park. Quando terá tempo para seguir os planos?

— Achei que já estava fazendo isso – respondeu resmungando.

— Não seja petulante!

Antes que ela pensasse em uma resposta, Woong se levantou e saiu da sala. Toda vez que ele ouvia falar sobre os planos de casamento, sentia raiva. Desejava ardentemente que a mãe mudasse o jeito de pensar. E desejava mais ainda que aquele rapaz saísse de suas vidas, pois percebeu que se sentia estranhamente atraído por ele.

Mun-Hee apenas olhou para o filho e continuou tomando o seu café calmamente. Tinha planos para ele também.

Me aguarde! – pensou contendo um sorriso.

An-ri desistiu de sequer pensar em insistir. Planejava ir sem pedir permissão na próxima folga. Fugiria se fosse necessário. Se eles fossem continuar com os planos de casamento, Mun-Hee certamente seria obrigada a mantê-la ali.

Duvido que conheça outra pessoa que possa tomar o meu lugar – pensou enquanto se concentrava no café da manhã.

Decidiu que não iria se desesperar. Poderia jogar o jogo deles, tinha armas, e a sua arma principal era Park Ho Sook.

A casa de campo era uma das coisas mais linda que An-ri já viu. Enquanto olhava tudo com olhos cheios de lágrimas de emoção, ela se imaginava morando ali. Se imaginou correndo entre as flores coloridas que enfeitavam os dois lados da estrada. Se imaginou de vestido branco com a sua coroa de pedrinhas cor de rosa e correndo com os braços abertos. O cheiro das flores tornava sua imaginação mais real. De olhos fechados, ela aspirou o perfume que exalava do lugar.

No fim do caminho de flores, apareceu uma casa imensa construída com madeira. An-ri piscou algumas vezes para ter certeza que o lugar era real. Parecia mais uma pintura. A grama era tão verde e convidativa, havia plantas em cada janela.

Tropeçando por não olhar direito por onde andava, ela entrou na casa.

Dentro era aconchegante, não só a temperatura, mas os móveis pareciam ter sido escolhidos para dar uma sensação de que aquele lugar era para descanso. Havia lareiras na sala, na biblioteca e nos quartos, na cozinha predominava moveis de madeira, nos quartos, na sala e nas varandas havia poltronas com cores sóbrias espalhadas, e a biblioteca tinha uma variedade de livros impressionante.

Tudo foi visto rapidamente. An-ri não tinha tempo de parar para fotografar com a mente. Mun-Hee mostrou a casa aos convidados que consistia em Park Ho Sook e uma família que An-ri nunca viu (uma bela moça e seus pais). Depois soube que se tratava de família Lee, uma das mais influentes da Ásia.

Por um motivo que desconhecia, An-ri deixou de prestar atenção na casa e começou a analisar a mulher. Ela era mais bonita que Park Ho Sook. Tinha longos cabelos negros, um corpo bem definido e um rosto angelical.

Será que é a namorada de Woong? – pensou sentindo uma pontada de ciúmes. Pelo jeito que Mun-Hee a tratava parecia ser uma pessoa importante.

An-ri só percebeu que estava encarando a mulher quando essa devolveu o olhar com uma expressão interrogativa.

Antes que ela pudesse tentar disfarçar, Mun-Hee anunciou:

— Enquanto Woong não chega, vamos fazer um passeio na beira do lago.

Enciumada por perceber que o noivo trocava olhares com a convidada, Park Ho Sook pediu:

— Posso ficar e preparar alguma coisa para comermos mais tarde?

— Se os seus pais não se importarem Tae-Yang fica com você. Eu prometi que ficaria de olho em vocês – Mun-Hee sugeriu.

— Eles não vão se importar que cozinhemos juntos – ficou feliz em não precisar pedir para o noivo ficar. E mais feliz ainda por os pais não estarem presentes, pois certamente eles se importariam.

— Então, divirtam-se! – sem mais, Mun-Hee e a família Lee seguiu por um caminho de pedra.

Ao se verem sozinhas, An-ri e Park Ho Sook se olharam.

Para espantar o clima estranho, antes de começarem a cozinhar, An-ri ligou o som conectando ao seu celular e colocou uma playlist de música brasileira.

— São as minhas favoritas. Não entendo nada do que estão falando, mas adoro – comentou enquanto aumentava o volume.

Park Ho Sook até pensou em pedir para diminuir o volume, mas se viu contagiada pela música.

Tocava *Mulher de fases* (Raimundos) e elas começaram a imitar cantores de rock balançando a cabeça enquanto simulavam tocar guitarra.

Woong chegou nessa hora e ficou observando e rindo da alegria simples que o casal demonstrava.

Formam um bonito casal, apesar de tudo – pensou.

O problema é que esse pensamento causou ciúmes. Queria ser a pessoa dançando com o garoto.

Esse desejo o deixou irritado, então ele simplesmente se aproximou e desligou o som.

As meninas olharam assustadas com o repentino silêncio.

— Mantenha isso baixo. A minha cabeça está prestes a explodir – sem esperar uma resposta, ele se foi e se trancou em um quarto.

Acima de qualquer coisa, não queria ter sentimentos por ninguém, não naquela casa. A casa onde deveria morar com An-ri depois que se casassem.

— Ele realmente parece mal – Park Ho Sook ligou o som novamente, mas dessa vez deixou mais baixo. Apenas para curtirem enquanto cozinhavam.

No quarto, Woong se jogou na cama. Não estava nem um pouco animado para comemorações. Só estava ali para não ter problemas com a mãe. O encontro com o seu contato foi um desastre. Ele tinha dito que a procura não tinha mais sentido. O aconselhou a desistir.

Enquanto revirava na cama ele repassava a conversa:

— Alguma novidade? – perguntou antes mesmo de cumprimentar o amigo.

— Algumas, mas nenhuma animadora referente a sua busca. A mulher que encontramos conhecia a história da sua família e usou isso para tentar arrancar dinheiro de vocês, mas foi desmascarada antes mesmo de fazermos um exame de DNA.

— Precisava mesmo me olhar nos olhos para dizer isso? – era o tipo de notícia que preferia receber por telefone.

— Também queria dizer que encontramos aquela criança – disse mencionando um caso complicado da ONG.

— Fico feliz com isso, mas ficaria mais feliz se me dissesse que *a* encontrou.

— Se passaram quase vinte anos e a circunstância em que ela sumiu foi violenta. Ela pode não estar viva e você sabe. Tente não fazer essa busca se transformar em dinheiro e esforço jogado fora.

— Está me dizendo para desistir?

— De forma alguma. Quero que continue até encontrá-la ou até não se sentir mais culpado pelo o que aconteceu. Nesse meio tempo viva e faça coisas boas.

Ele riu apesar da amargura.

— Está parecendo um psicólogo.

— Me considero um amigo. Tenho esse direito depois de tantos anos ao seu lado nessa procura.

— Por ser meu amigo, sabe como me sinto. Parece impossível ser feliz se existe a possibilidade de que ela esteja sofrendo – uma sensação de impotência se apossou do seu coração. — Se eu conseguisse lembrar direito do que aconteceu naquele dia, se eu lembrasse de rostos; mas tudo não passa de fragmentos e manchas. O único rosto vivido em minha mente é o dela.

— Você está procurando desde que era um garoto. Já imaginou se ela está vivendo tranquilamente? Talvez esteja casada e com filhos.

— Não diga isso! – se levantou em um impulso.

— Se ela estivesse viva e procurando pela família, já teria aparecido no castelo – seu amigo insistiu.

Woong sabia que era verdade. Apesar de não querer dar o braço a torcer, às vezes sentia que a busca era em vão.

— Eu vou procurar um especialista para me ajudar a lembrar. Se não der certo... – ele não conseguiu completar a frase. Era difícil verbalizar que poderia desistir da busca.

— Vamos mudar de assunto. Você não tinha um compromisso? – seu amigo decidiu ajudá-lo a se distrair.

Conversaram mais um pouco, Woong tentou convencer o amigo a ir também, porém sem sucesso. Ele tinha planos com a namorada.

Sem motivos para adiar, ele pegou o carro e seguiu para a casa de campo onde deveria estar vivendo um conto de fadas com a pessoa que não conseguia encontrar.

Mun-Hee voltou do rio com os convidados e Woong teve uma surpresa. Ele esperava que fosse um fim de semana sobre o maldito casamento do falso sobrinho, jamais imaginou que era uma armadilha para o seu próprio casamento.

Engolindo a raiva e colocando um sorriso no rosto, ele cumprimentou:

— Uma festa e nem me convidaram - olhou para todos enquanto falava.

— A festa é para vocês dois. Achamos mais interessante que um encontro às cegas - Mun-Hee não perdeu tempo. Sabia o quanto o filho era esperto ao ponto de conseguir escapar se não mencionasse o compromisso.

— Mãe, podemos conversar em particular? - Woong não estava disposto a seguir com uma mentira.

— Mais tarde. Estamos com convidados - Mun-Hee o desafiou a ser grosseiro com os convidados.

Woong a fuzilou com o olhar.

Mesmo que eu tenha que desistir e entregar o meu amor a outra pessoa não vai ser através dos seus planos gananciosos - pensou enquanto tentava achar uma saída.

— Então não me dá escolha - falou mais friamente do que pretendia. — Eu não pretendo me casar. Já disse isso a senhora. Sinto muito por dizer isso assim, mas não quero mal-entendidos - olhou para a garota que olhava da mãe para o filho.

— Existe um mal-entendido aqui mesmo. Por favor, nos expliquem - a senhora Lee exigiu, ofendida com o rumo da conversa.

Nessa hora, An-ri se aproximou de mão dadas com Park Ho Sook. Elas estavam animadas para chamá-los para provar o que fizeram.

Woong viu An-ri chegando, então uma loucura invadiu a sua cabeça e ele disse:

— Eu sou gay.

Todos pararam como se o tempo parasse.

Esse não é o plano ideal, mas vai servir - Woong pensou sem nenhum desejo de voltar atrás. Com essa afirmação afastaria as candidatas e teria tempo para decidir o que fazer com o seu coração ferido.

— E estou apaixonado por ele - puxou An-ri fazendo com que se soltasse de Park Ho Sook.

Ainda tontos com a declaração dele, ninguém se moveu.

An-ri se sentiu atordoada ao ficar tão próxima a ele. De olhos arregalados, viu os lábios dele se aproximando até tocarem os seus. Foi rápido, mas para ela parecia em câmera lenta.

Quando os seus olhos se fecharam, Woong já se afastava.

Woong não tinha problema em beijar um homem, o problema seria gostar porque ele sempre se guardou para a princesa perdida, não havia beijado outra pessoa. E o problema aconteceu. Ele não queria se afastar, quis aprofundar o beijo, mas se afastou assustado com os sentimentos.

As pessoas que estavam sentadas se levantaram.

— Nunca fomos tão ofendidos! Vamos, minha filha! – o senhor Lee puxou a atordoada filha pelo braço.

Mun-Hee até tentou argumentar, mas estava tão atordoada que não conseguiu. Ficou boquiaberta olhando para todos.

Em poucos segundos, ficaram somente os quatro no jardim.

Ninguém falava nada. Sequer se moviam. Até que Park Ho Sook despertou da surpresa e puxou o noivo para longe para pedir explicações.

— Você...você realmente tem algum envolvimento com ele? – questionou quando chegaram próximo a um chafariz.

An-ri demorou um pouco para responder. Estava flutuando na sensação do beijo. Tocava os lábios com as pontas dos dedos.

— Está me ouvindo? – Park Ho Sook puxou a sua mão. — Diga: tem alguma coisa com ele?

— Não que eu saiba. Eu não sei o que acabou de acontecer - respondeu com sinceridade.

— Pois não parece. Você ficou lá parado e o deixou te beijar enquanto fugiu quando tentei fazer o mesmo.

— Eu juro que nunca tive nada com ele ou qualquer outro homem ou mulher.

Park Ho Sook começou a chorar e reclamar.

Sem saber como agir, An-ri acariciou os cabelos dela repetindo que não sabia o que aconteceu para Woong beijá-la. Até pensou em abraçar a noiva, mas teve medo que ela sentisse o volume dos seus seios e descobrisse a verdade.

Enquanto Park Ho Sook e An-ri conversavam, Mun-Hee e Woong discutiam.

— O que foi aquilo, pelo amor de Deus? Perdeu o juízo? Eu sei muito bem que não é homossexual. Se fosse não estaria tão obcecado com a busca por aquela que diz ser o seu primeiro amor.

— Não quero falar sobre An-ri. E isso que aconteceu aqui foi culpa sua. Sabe muito bem o que essa casa significa para mim e trouxe aquelas pessoas aqui. Por que não as levou ao castelo? Por quê? – ele estava indignado com a mãe.

— Porque eu quis que você entendesse que aquela garota está morta, assim como a mãe dela. Mesmo mortas essas duas continuam destruindo a minha vida – ela se exaltou.

Percebendo que estava se exaltando também, ele respirou fundo antes de dizer:

— Eu disse que não queria me casar. Tinha apenas que aceitar o meu desejo.

Em sua mente, o beijo continuava indo e vindo como uma cena de um filme em uma propaganda repetitiva.

— Diga isso aos repórteres que vão aparecer ao redor do castelo querendo saber sobre o seu caso com o noivo de Park Ho Sook.

— Não vai aparecer ninguém. Aquelas pessoas não têm motivos para espalhar o que aconteceu aqui.

— Claro que tem! Eles se sentem humilhados. Primeiro eu os convido para uma festa onde proporíamos noivado com um príncipe e acabam presenciando aquilo. Só de pensar tenho vontade de vomitar.

— Eu não sou um príncipe – passou a mão nos cabelos, nervoso.

— Você é meu filho e por isso é um príncipe mesmo que o seu pai não seja o rei. Ah, já chega! Hyun-Shik, Hyun-Shik... – começou a gritar pelo secretário até ele aparecer. — Me leve para casa. Acho que nunca mais vou conseguir voltar aqui.

— Mãe, se acalme. Vamos conversar – Woong começou a se arrepender ao ver a situação em que a mãe ficou.

— Não estou em condições – disse saindo amparada pelo secretário.

Woong se viu sozinho. Ao procurar por An-ri e Park Ho Sook, percebeu que elas também tinham ido. Rindo nervosamente da situação que criou, ele se sentou na escada da varanda com várias cervejas.

O que a culpa faz

Se passaram alguns dias depois do incidente na casa de campo. Mun-Hee evitava até mesmo estar no mesmo cômodo que An-ri, foi o secretário Hyun-Shik que a procurou para tentar esclarecer as coisas.

Ele entrou no quarto dela sem bater. Ela se levantou da poltrona, onde lia, de um salto.

— Não pode entrar aqui assim! – reclamou.

— Esse lugar não é a sua casa. Você não tem direitos aqui – disse friamente.

Como se eu quisesse ficar aqui – resmungou em pensamento, mas simplesmente questionou.

— O que quer?

— Saber o que está acontecendo entre você e o príncipe Kim Woong.

Ele não é um príncipe! É um idiota! – pensou em gritar.

— Eu não sei o que se passa na cabeça daquele cara. Assim como não sei o que se passa na da mãe dele ou na sua. Se soubesse teria fugido antes que me encontrassem na *Sky*.

— Escute aqui, garoto – ele a segurou pelo braço apertando com muita força. — Os seus problemas estão só começando. Se tentar fazer qualquer coisa que eu ache ameaçador, vai sumir sem deixar rastros. Você e aquele velho. Tenho certeza de que não farão falta.

An-ri apenas escutava e o encarava com ódio no olhar.

Ele a soltou com um empurrão fazendo ela quase perder o equilíbrio.

— Vou dizer a rainha que o filho dela apenas te usou para se livrar do casamento. Confirme e esqueça qualquer pensamento gay sobre ele.

Ela abriu a boca para responder, mas desistiu. E, em um acesso de raiva, saiu correndo do quarto.

Andava pelo castelo como um animal enjaulado.

Tentou ligar para Park Ho Sook, mas ela não atendeu, assim como nas outras tentativas. Ela não atendia ligações ou mensagens.

Antes de invadir o seu quarto, Hyun-Shik a mandou esperar ordens da rainha, que não saia do quarto desde que o filho gritou que era gay só para se livrar de um casamento. Já Woong passava grande parte do tempo cuidando da mãe enquanto no tempo que restava se irritava por ainda pensar naquele beijo. Evitava ao máximo An-ri e ela sabia disso.

Enquanto andava pelo castelo, An-ri pensava em possíveis formas de sair da enrascada em que vivia. Todas as soluções envolviam fugas para bem longe. O problema é que ela não podia ir sozinha, o senhor Min-Kyung estava envolvido.

De repente, ela parou diante do chafariz. A crise de raiva e consciência pesada a fez decidir contar tudo para a pessoa que achava que era a sua noiva. Sentia que não tinha escolha, se continuasse seguindo tudo que aquelas pessoas pediam acabaria cada vez mais fundo. Precisava salvar ao seu amigo e a si.

Naquele momento, ela nem se importava tanto assim com o tal compromisso que fez com aquelas pessoas, só não queria que uma garota tão boa ficasse com raiva dela.

— Não posso esperar até a lua de mel para tirar a roupa e dizer; surpresa! – resmungou indo em direção a porta.

Nessa hora, o telefone tocou. Era Park Ho Sook.

— Estou na frente do castelo. Venha, por favor – ela disse e desligou.

An-ri correu para fora ignorando os olharem das pessoas por onde passava.

Park Ho Sook estava encostada em um carro vermelho.

An-ri se aproximou.

— Vamos conversar em algum lugar – Park Ho Sook disse se afastando em direção a porta do motorista.

Ela não disse nada, apenas entrou no carro e esperou.

Park Ho Sook se sentou um pouco bruscamente, dirigiu até uma pojangmacha[4] e entraram, ainda em silêncio. Não havia outros clientes no lugar.

Um rapaz loiro trouxe soju e Kkochi[5] e foi até a entrada colocando uma placa de fechado.

Depois que ele saiu, Park Ho Sook disse:

— Esse lugar é de um amigo meu. Podemos conversar a vontade aqui. Ninguém vai atrapalhar.

Nervosa, An-ri virou um copo de soju.

— Deveríamos brindar primeiro, apressado – ela disse com um sorriso nada amigável.

— Desculpe – An-ri fingiu não notar o cinismo. Encheu o copo novamente e o levantou para o brinde.

— Ao nosso casamento! – Park Ho Sook disse.

An-ri não disse nada, só bateu o copo no dela e virou a bebida.

Depois do que pareceu uma eternidade em silêncio, An-ri entendeu que aquela era a sua única oportunidade de dizer a verdade. Todos os caminhos levavam a um desastre.

Pelo menos me livrarei das mentiras – pensou enquanto dizia:

— Correndo o risco de ir parar na prisão ou de, no mínimo, você me odiar, estou aqui pronta para colocar tudo em pratos limpos.

— Pronta? – Park Ho Sook não deixou escapar o feminino na palavra. — Oh, meu Deus! Você é... Você e ele... Oh meu Deus! – ela não conseguia dizer.

— Seria fácil se fosse apenas uma paixão por um homem. Se eu fosse apenas gay – ela bebeu um pouco mais.

Park Ho Sook desistiu de tentar adivinhar o que ela queria contar e simplesmente esperou.

An-ri sentiu o efeito do álcool começar a aparecer, entendeu que precisava ser rápida ou faria mais bagunça.

— Preciso te contar uma coisa. Não posso continuar com essa farsa – começou a tremer de ansiedade.

Park Ho Sook começou a ficar preocupada. A reação dela a assustava.

---

4. Pojangmacha é um pequeno local de tendas que pode ser sobre rodas ou uma banca de rua na Coréia do Sul que vende uma variedade de comidas populares.
5. Kkochi é uma categoria de comida coreana cozida no espeto.

— Diga. Quem sabe não posso te ajudar?! – a raiva foi oculta pela preocupação.

An-ri sorriu tristemente.

— Quando souber vai me odiar, não me ajudar.

— O que está acontecendo? Fale de uma vez! – dessa vez foi Park Ho Sook que virou a bebida.

— A senhora Mun-Hee está me usando para tirar proveito da situação financeira da sua família – falou de uma vez. Queria ter começado com rodeios, mas não conseguiu.

— O que? – Park Ho Sook se afastou como se levasse uma violenta bofetada. Quase caiu da cadeira.

Agora que começou, An-ri decidiu ir até o fim.

— Vai ter tempo para me detestar depois. Por favor, escute tudo até o fim.

Park Ho Sook encheu o copo, tremendo um pouco.

— Fale.

An-ri contou tudo desde a visita do secretário Hyun-Shik a sua casa na favela até o momento em que se encontraram na festa.

— Meu Deus! Vocês são monstros! – ela soltou o copo. Não queria ficar bêbada. O momento precisava ficar claro em sua mente. — Você pretendia se casar comigo mesmo sem me amar. Isso é terrível.

— Eu nunca poderia me casar com você de verdade. Essa mentira não poderia durar até a lua de mel porque tem mais uma coisa. Algo que nem a senhora Mun-Hee sabe.

— Diga de uma vez.

— Eu não sou um homem.

— É gay. Eu já aceitei isso quando vi o jeito como você olhava para Kim Woong, o jeito como fechava os olhos e tocava os lábios depois do beijo.

— Não é isso. Eu não sou gay. Sou mulher – lembrou do seu amigo verdadeiro dizendo para só revelar isso para pessoas em que confiasse.

Estava com medo, mas continuou:

— Houve alguma coisa no meu passado quando eu era apenas uma criança. Algo que me deixou essa cicatriz aqui – puxou a manga da camisa e mostrou o braço. — E cicatrizes na minha alma. Algo que fez a minha tia escolher viver fugindo e escondendo a sobrinha atrás de um nome falso, fingindo ser homem por causa dos perigos de viverem sozinhas em um lugar como a *Sky*.

Park Ho Sook sentiu pena da garota, mas sentia mais ainda que precisava entender as coisas. Nunca imaginou que o seu noivo poderia ser uma mulher.

— E qual é o seu verdadeiro nome?

— A minha tia sempre me chamou de Tae-Yang. Esse é o único nome que conheço – lembrou de alguns momentos em que questionou o seu nome verdadeiro. A resposta era sempre a mesma; você só precisa do nome que usa, não queira lembrar do passado.

— Você está enganando a rainha também?

Ela balançou a cabeça confirmando e disse:

— Me orientaram a só revelar para pessoas em que eu confio.

— O que é isso? Depois de tudo o que me disse tem a cara de pau de dizer que confia em mim? – sentiu um certo prazer em saber que a mulher que queria pegá-la em uma armadilha, caiu em uma.

— Só quero que saiba que independente do que pretenda fazer, eu não vou fugir. Nem teria para onde mesmo – ela respirou fundo. — Também estou me atrevendo a contar tudo isso porque tenho esperança de que poderá salvar o meu amigo. O único erro que ele cometeu foi me conhecer.

De repente, Park Ho Sook se sentiu cansada. Era como se o mundo estivesse desabando e ela precisasse ampará-lo com as mãos.

— Vá embora! - de cabeça baixa, ela pediu.

— Sinto muito.

— Saia! Não quero olhar para você. Não quero ouvir a sua voz! – suas frases eram quase gritos.

An-ri a olhou por alguns segundos antes de se levantar. Ao ver que o rapaz que as atendeu estava perto, disse:

— Peça alguém para te levar a sua casa, por favor não dirija depois de beber – ela falou alto para que o rapaz entendesse que era um aviso.

O rapaz balançou a cabeça mostrando que entendeu e ela se foi.

Caminhou durante horas até chegar ao castelo. Pensava em uma saída para o caso de ter confiado demais e ser traída, mas chegou ao portão sem nenhuma conclusão.

Quando ia tocar o interfone, um carro chegou.

A janela do veículo se abriu e um senhor a olhou com curiosidade. Era o rei, o homem que muitas vezes viu nas pinturas pelo castelo, mas que raramente via pessoalmente, mesmo que de relance. Isso era algo que não a assustava, levando em consideração o tamanho do castelo e o quanto ele devia ser ocupado.

— Procura alguém? – ele sondou.

— Estou morando aqui, por enquanto – respondeu tentando ser discreta ao limpar as lágrimas.

— Ah, você é o sobrinho de Mun-Hee. Eu sou Kim Gi-Gook; entre, pegue uma carona até o interior do castelo.

— Obrigado!

Ela entrou e se sentou.

Kim Gi-Gook percebeu os seus olhos vermelhos e não conseguiu ignorar.

— Está com algum problema? Talvez eu possa ajudar.

— É coisas do coração – tentou sorrir. — O senhor não pode me ajudar.

— Entendo – ele lembrou da sua esposa e em como desejava vê-la acordar e em como ninguém podia ajudá-lo nisso. Depois lembrou de Woong e a sua busca constante pela princesa perdida.

Esse castelo anda cheio de problemas de amor – pensou com um sorriso melancólico.

Como o rapaz ao seu lado permaneceu em silêncio, ele mudou de assunto dizendo:

— Eu o vi naquela festa. Passei lá por um instante, mas tinha muita gente e não me senti bem.

— É um prazer finalmente conhecê-lo pessoalmente. Vi muitas pinturas e fotos do senhor – ela estranhamente se sentia bem na presença do rei. Um homem de expressão suave e cabelos grisalhos.

— Hoje vamos jantar todos juntos. Espero assim expressar as minhas boas vindas, mesmo que atrasado – um sorriso genuíno alterou as suas feições.

Eles entraram e continuaram conversando sobre a vida em uma favela e a vida de um rei.

O jantar foi agradável e até a Mun-Hee saiu do quarto para participar. An-ri, por se sentir bem com a presença do rei, nem se importou com a raiva que sentia da mulher ou com a atração que sentia pelo filho dela.

Ficou um pouco triste quando o rei anunciou que iria se retirar.

O rapaz fez Kim Gi-Gook lembrar da sua filha em algumas atitudes e no jeito como sorria ou coçava a orelha quando se sentia envergonhada. Ao chegar ao quarto, ele pegou um baú e abriu. De joelhos perto do baú, pegou algumas molduras com fotos de sua família e chorou.

— Voltem para mim! – naquela noite dormiu no castelo como raramente fazia. Dormiu abraçado a uma foto onde ele, Hwa-Young e a filha sorriam diante de um chafariz.

De manhã, Kim Gi-Gook encontrou o filho tomando café sozinho.

— A sua mãe ainda não acordou?

— Ela pediu para levarem o café no quarto. Voltou a se trancar para me chantagear emocionalmente – respondeu sem se mostrar abalado.

— E o rapaz?

— Ao que parece é outra pessoa que também faz o impossível para não esbarrar comigo. Acho que já foi para a empresa do futuro sogro.

— Soube o que aconteceu na casa de campo – ele encarou o filho entre preocupado e decepcionado. — Eu sei que a sua mãe exagera, mas dessa vez foi você que passou dos limites ao usar aquele garoto para se livrar do compromisso. Ações assim podem afetar aquele rapaz.

— Eu sei. Ainda não consigo acreditar que fiz aquilo – confessou. Sabia que Kim Gi-Gook iria questionar os seus motivos.

— Já se desculpou com ele?

— Não – sentiu que precisava conversar com alguém sobre o que sentia. — Pai, o senhor tem tempo para escutar algumas bobagens?

— Vindo de você, duvido que sejam bobagens, mas fale. Tenho todo o tempo que precisar.

— Depois daquele dia na casa de campo, eu fiquei confuso sobre... sobre... – começou a se arrepender de ter começado a falar. Não sabia como expressar o que sentia.

Kim Gi-Gook se levantou, se sentou na cadeira mais próxima da dele e segurou a sua mão.

— Espero que sempre se sinta seguro e a vontade para falar comigo sobre qualquer coisa.

— Até sobre o fato de eu ter gostado de beijar um homem? – falou sem olhar para ele.

A revelação pegou Kim Gi-Gook um pouco de surpresa, mas ele tentou se recuperar logo para o filho não perceber.

— Me explica como chegou a essa conclusão.

Ele contou sobre como se sentia à vontade com o rapaz e em como quis afrontar a mãe naquele dia. Contou em como teve dificuldade para se afastar depois do beijo.

— Eu fico pensando naquilo em momentos cada vez mais inoportunos e me pego olhando para aquele rapaz quando ele não está vendo. Será que estou apaixonado por ele? Será que esses anos todos eu não estava me guardando por uma promessa e sim por não gostar de mulheres? – enquanto falava, a mente vagava pelas várias vezes em que se sentiu atraído por alguma mulher. Apesar de não ceder à tentação, ele às vezes a sentia, afinal era humano.

— Meu filho, sinceramente não acredito que esteja apaixonado por esse rapaz. Apesar de tudo que me disse, o meu coração me diz que só está confuso, mas independente de qual seja a sua escolha, eu vou apoiá-lo.

— Não vai ter muito o que apoiar, pois creio que a minha mãe me mata se eu seguir esse caminho – deixou um sorriso escapar.

— Isso é verdade. Vou ter que te visitar no cemitério – o pai sorriu também. — Vamos beber um pouco hoje à noite. Acho que estamos precisando.

Woong aceitou a sugestão e a noite eles foram a um bar que costumavam frequentar. Não conversaram muito, se entendiam por suas expressões.

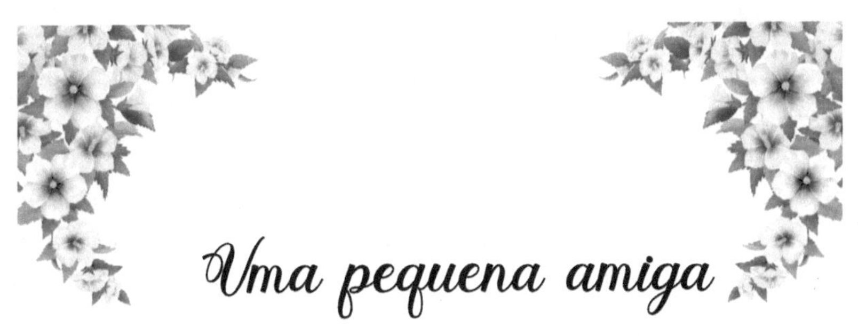

Uma pequena amiga

An-ri, bateu na porta do quarto de Woong e ele, distraído, disse para entrar sem nem perguntar quem era.

Ela entrou e ficou parada observando-o deitado na cama com os olhos fechados. Foi impossível não recordar o beijo. A cena vívida em sua mente a fez levar a mão aos lábios e fechar os olhos por alguns segundos.

Woong permaneceu imóvel aguardando o seu visitante se anunciar.

An-ri balançou a cabeça e espantou os pensamentos tentando focar no motivo para estar ali.

Respirou fundo e disse:

— Com licença. Posso falar com você?

Ao reconhecer a voz, Woong abriu os olhos e se sentou na cama. Demorou alguns segundos para acreditar que a figura a sua frente era real.

— O que faz aqui?

— Eu.. eu... – ela começou a gaguejar, mas respirou fundo e o enfrentou. — Eu quero esclarecer as coisas.

— Esclarecer as coisas? – ele sorriu cinicamente.

Por que até quando é um imbecil, o seu sorriso permanece lindo? – ela resmungou em pensamento.

— Sim. E quero pedir um favor.

— Vejo que quer muitas coisas – permaneceu sentado. — Vamos. Diga. Estou curioso para saber o que se passa na sua cabeça esquisita.

— Eu sei que aquele beijo foi apenas uma cena para aquelas pessoas e, apesar de achar que foi um canalha em fazer aquilo sem a minha permissão, eu o perdoo.

— Não me lembro de pedir perdão – ele a interrompeu.

— Te perdoo por isso também. E vou apagar aquilo da cabeça se você fizer o favor de me levar até a *Sky* agora – o pedido saiu com dificuldade. Ela tinha medo de como seria o "não".

Ele riu.

— Por que eu faria isso? Se acha importante a ponto de me chantagear?

— Não é chantagem. Você não perde nada se recusar. Eu gostar ou não de você não é importante, já percebi isso. Você não liga se acho as suas atitudes desprezíveis.

A culpa por ter usado o beijo como fuga, fez Woong vacilar um pouco, mas ele permaneceu com a atitude indiferente.

— Acho que essa conversa está seguindo um rumo sem sentido. Ainda não entendi o que te trás aqui realmente.

— Eu vim pedir o favor de me levar até a *Sky*. A sua mãe não permitiu que eu fosse, mas preciso ver uma pessoa. Ela não vai reclamar se você for junto. Se quer mesmo saber, estou desesperado e se não fizer isso por mim não ligo de ir andando sem autorização.

An-ri se mostrou tão desesperada que Woong se comoveu ao mesmo tempo em que sentiu ciúmes de seja qual fosse o motivo para ela querer ir a favela.

— Parece importante – ele se perguntou se o garoto tinha alguém que amava naquele lugar e quis descobrir a verdade. — Eu o levo.

— Obrigado!

— Não se acostume! – quis deixar claro que não eram amigos.

— Não irei – An-ri fez questão de dar a última palavra mesmo que corresse o risco de não conseguir mais o favor.

Ele apenas a olhou e saiu acompanhado por ela.

Ele dirigiu em silêncio. Nenhum dos dois sabia o que dizer, apesar de terem muitos assuntos.

Alguns minutos depois, estavam estacionando na entrada da favela. Dessa vez, An-ri foi na frente e Woong a seguiu. Ao chegarem no beco onde ela vivia, viram uma menina sentada na porta de um dos barracos.

— Ei, esquisito! – Choi In Ha gritou e foi correndo em direção a eles quando viu An-ri.

A abraçou pelas pernas.

An-ri se abaixou e disse:

— Eu prometi que viria te ver e aqui estou.

— Mas demorou – ela reclamou olhando as mãos da amiga. — E veio sem sorvete.

— Da próxima vez trago dois para compensar.

Woong olhava a cena abismado, não conseguia acreditar que a pessoa que An-ri queria visitar tão desesperadamente era aquela garotinha de cabelos castanhos e olhos expressivos.

Viu que a menina não parecia acreditar na promessa do rapaz, então se aproximou e propôs:

— Que tal um passeio no parque? Podemos conseguir sorvete lá.

Choi In Ha o olhou, desconfiada do homem desconhecido. Apesar da desconfiança estava disposta a aceitar.

— Você não precisa fazer isso – An-ri se levantou.

— Precisa sim – dito isso Choi In Ha saiu correndo gritando a mãe para pedir permissão.

An-ri riu da atitude da menina e se virou para Woong.

— Não precisava, mas agradeço por isso.

— Você é o pai dela? – perguntou repentinamente. Ele fazia contas mentalmente para entender se era possível.

Ela o olhou assustada, depois caiu na gargalhada diante do absurdo.

Ainda ria quando Choi In Ha voltou.

— Por que está rindo? – ela perguntou olhando de um para o outro.

— Ele perguntou se sou o seu pai.

Choi In Ha riu também.

— Michyŏssŏ?[6] Eu seria esquisita se tivesse um pai tão esquisito – depois de dizer isso ela se virou para Woong. — O meu pai foi embora porque é um imbecil. Agora podemos ir ao parque?

— Espere. Vamos chamar o senhor Min-Kyung – An-ri não queria perder a chance de ver o amigo.

— O senhor Min-Kyung não está. Foi cuidar de buscar a sua grana mensal – Choi In Ha disse puxando a mão da amiga. — Vamos! Quero sorvete!

Woong não sabia se achava mais cômica a atitude da menina ou do rapaz. Balançou a cabeça sorrindo, seguiu para o carro e abriu a porta para que elas entrassem.

____

6. Está doido?

Antes de entrar, a menina balançou a mão se despedindo de uma mulher que olhava da porta onde ela estava sentada antes. An-ri se posicionou ao lado da menina, deixando Woong sozinho na frente.

Ele guiou até um parque próximo. O lugar possuía um lago, árvores, grama bem cuidada, bancos de madeira, brinquedos para crianças e um espaço para exercícios físicos.

Eles andaram até um carrinho de um sorveteiro.

Depois de um tempo, os dois estavam sentados em um banco de madeira observando a menina nos brinquedos do parque enquanto tomavam o sorvete.

— Ela nasceu naquele lugar? – Woong perguntou de repente quebrando o silêncio.

— Nasceu. Conheço a Choi In Ha desde o seu primeiro dia de vida. Ela é a minha melhor amiga e conhece todos os meus segredos.

— Então quer dizer que se eu quiser saber qualquer coisa sobre você, devo perguntar a ela?

Ela o olhou tentando entender o motivo para ele querer descobrir os seus segredos. Sem chegar a uma conclusão, simplesmente comentou:

— Duvido que ela conte algo, mas pode tentar.

— Para ser sincero, eu quero muito saber se existe alguma explicação para a forma como você mexe comigo – ele pensou em voz alta.

An-ri o olhou, surpresa com a revelação. Não disse nada. Permaneceu o encarando por um longo tempo enquanto ele olhava a menina.

— Vou comprar algo para beber? – ela anunciou se levantando bruscamente.

Depois que ela saiu, Woong resolveu fazer um teste. Se aproximou da menina.

— Se divertindo?

— Sim. Obrigada pelo passeio! – ela jogou a embalagem de sorvete vazia em uma lata de lixo próxima. — O senhor é amigo de Tae-Yang?

— Pode me chamar de Woong. Não somos exatamente amigos. Ainda estamos nos conhecendo. Ele me disse que você conhece todos os segredos dele, é verdade?

— Sim. Conheço todos os segredos daquele esquisito.

— Por que o chama de esquisito? – ele queria perguntar isso desde o primeiro momento.

— Ora! Porque ele é esquisito. Os segredos dele são esquisitos.

— Pode me contar os segredos dele?

— São segredos. Me ensinaram que segredos não devem ser revelados – respondeu colocando as pequenas mãos na cintura.

De repente, a atenção dela foi desviada para uma menina que carregava uma boneca de cabelo cor de rosa.

— Você tem bonecas? – Woong se perguntou se ela contaria um segredo por uma boneca igual àquela.

— Tenho bonecas que os meus amigos acham para mim. Não tenho uma daquelas – ele não disse nada por alguns segundos e ela o olhou desconfiada. — Está tentando me comprar? Que coisa feia! Mamãe disse que não se vende amor e amizade.

— Sua mãe parece uma pessoa muito sabia.

— É sim. Para mamãe eu conto tudo – sem querer ela deu a informação que Woong precisava.

Adultos são mais fáceis de comprar – pensou sorrindo.

An-ri voltou com refresco para todos e eles passaram mais um tempo no parque antes de voltarem cada um para o seu destino. A menina foi deixada na casa na favela e An-ri deixada na porta do castelo enquanto Woong dirigiu até a ONG.

A tarde estava quase chegando ao fim quando Woong voltou a favela e bateu na porta do barracão onde a amiga de An-ri morava. Foi a menina que abriu a porta.

— Esqueceu alguma coisa? – ela perguntou atrevida.

— Esqueci disso – mostrou o que estava escondido em suas mãos, atrás das costas. Era uma boneca de cabelo cor de rosa e vestido azul igual a que ela viu no parque.

A menina olhou para a boneca, desconfiada.

— Não vou te contar os segredos do meu amigo – declarou colocando as mãos na cintura como fez no parque.

Woong riu e estendeu a boneca na direção dela.

— Não é necessário. Acho que você merece uma recompensa por ser uma filha tão boa e uma amiga tão fiel.

Antes que a menina pudesse pegar a boneca, a mãe se aproximou. Tinha ficado ocupada com uma panela no fogo.

— Pois não? – perguntou analisando o estranho rapaz que reconheceu como sendo o que levou a filha a um passeio com o seu vizinho.

Ele levantou a boneca enquanto dizia:

— Desculpe incomodar. Só vim trazer um presente para a sua filha. Eu sou amigo de Tae-Yang e ele me falou muito sobre vocês.

A mulher não respondeu. Sua mente trabalhava em imaginar se aquele homem a sua frente também se vestia de mulher escondido, se era apenas amigo do seu vizinho ou algo mais. Para ele se dar ao trabalho de voltar a favela, devia ser algo mais.

A menina puxou a boneca e disse:

— Entre. Mamãe vai te oferecer um café.

— Não quero incomodar – Woong respondeu com o seu sorriso mais sedutor.

A mulher se derreteu completamente e o convidou para entrar.

O lugar era um cômodo pequeno dividido em duas partes por tabuas e a menina foi para o outro lado brincar com a sua boneca.

Ele imaginou como do outro lado poderia caber um banheiro, camas e a cozinha. Imaginou se ela usava o banheiro público que ficava no centro da favela, como soube que alguns deles faziam.

— Você é amigo de Tae-Yang? – a mulher o perguntou desviando os seus pensamentos.

— Podemos dizer que sim. Ele é meio estranho, mas é boa gente.

— Eu sei, por isso deixo a minha filha ter amizade com ele. É um bom rapaz. Ninguém pode culpá-lo por ser quem é.

— E quem ele é? – sentiu que escolheu o caminho certo ao retornar a favela.

A mulher, que não tinha nenhum freio na língua, disparou a falar:

— Não posso afirmar com certeza porque nunca vi, mas a minha filha me contou que viu ele vestido de mulher e que ele pediu segredo. Também disse que morre ele de medo de baratas e ratos. Coitado, ser afeminado já é difícil, em um lugar como esse fica pior.

— A senhora acha que ele é gay?

— Como disse, não tenho certeza de nada, mas a minha menina não tem motivos para inventar histórias.

Então ele é gay! Oh, meu Deus! Deve pensar que também sou e estou interessado nele. E, às vezes, é o que parece para mim também – resmungava mentalmente.

Ele se levantou de repente.

— Desculpe senhora, mas tenho que ir.

— Espere um pouco. Já vou terminar o café.

— Sinto muito. Vai ficar para outra oportunidade. Acabei de lembrar que estou atrasado para um compromisso – ele já estava na porta quando se virou. — Obrigado pela hospitalidade. Prometo voltar com mais tempo.

A mulher sorriu com a promessa. E, antes de partir, Woong balançou a mão para a menina que apareceu segurando a barra da saia da mãe.

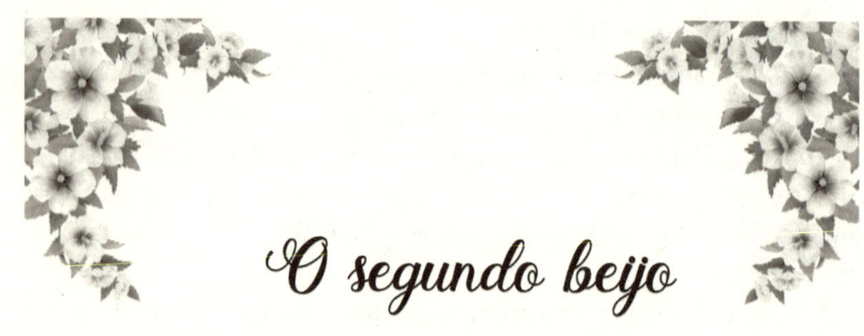

O segundo beijo

Enquanto dirigia de volta ao castelo, Woong pensava na confirmação de que Tae-Yang era gay, pensava em como ele devia estar sofrendo com a possibilidade de um casamento, pensava em como poderia ajudar aquelas pessoas da favela. A sua cabeça estava uma bagunça que ele tentava organizar.

Quando chegou no castelo, foi direto para o quarto de An-ri. Naquele momento a possibilidade de ser ou não homossexual era uma lembrança distante. Para o seu coração, só importava a necessidade de ver e tocar a pessoa que povoava os seus pensamentos.

Bateu na porta duas vezes antes de An-ri reagir.

— Estou dormindo – a voz dela era de alguém que não queria ser incomodada.

Ele abriu a porta e entrou.

A encontrou sentada na cama de cabeça baixa.

— Você dorme sentada? É um jeito muito peculiar de dormir – comentou cinicamente.

— O que quer? – ela perguntou sem levantar a cabeça.

Woong achou a voz dela estranha, mas estava irritado consigo mesmo e descontou nela.

— Vamos por partes; primeiro quero um pouco de educação. Depois esclarecer as coisas – sem saber como se expressar, simplesmente disse: — Eu não sou gay.

An-ri riu e levantou a cabeça.

— Eu nunca pensei que fosse.

Ele nem ouviu a sua resposta, estava com o olhar fixo nos olhos vermelhos dela. Parecia que estava chorando por muito tempo.

— Aconteceu alguma coisa? – se aproximou preocupado. Levou a mão para tocar o seu rosto, mas desistiu deixando-a cair ao lado do corpo.

— Eu nasci – ela não se sentia em condição de discutir. Chorava de desespero ao ver a sua vida desmoronando em mentiras. Rapidamente se levantou, passou por ele, saiu do quarto e foi se refugiar no jardim onde passou a noite sentada em um dos bancos de madeira.

Woong quis, mas não a seguiu. Teve medo de causar mais dor.

Na noite seguinte, Woong voltou ao quarto de An-ri, mas dessa vez não bateu. Ele entrou devagar.

A luz da lua entrava pela janela aberta e iluminava parcialmente o ambiente.

Da cama, ela o viu abrir a porta e, instintivamente, fechou os olhou fingindo estar em sono profundo.

Enquanto esperava a aproximação, tentava controlar a respiração e a ansiedade.

Sentiu quando ele apoiou parte do corpo na cama. Se abrisse os olhos o veria de joelhos.

— Por que consegue dormir quando a minha cabeça está uma bagunça? Por que parece tão tranquilo enquanto tudo que quero é beijá-lo outra vez?

Eu não estou dormindo. E muito menos calma – pensava enquanto torcia para ele não ouvir o seu coração disparado.

— Nunca senti atração por nenhum homem e isso que sinto por você nunca senti por ninguém, homem ou mulher. O que está acontecendo comigo? Que tipo de feitiço lançou sobre mim?

Cada segundo que passava fazia com que An-ri se desesperasse. Ela imaginava se, ao abrir os olhos e dizer que sentia o mesmo, seria recebida com um beijo ou um soco ou apenas frieza.

Sentiu um toque suave em seus lábios e a respiração dele tocar o seu rosto.

ELE ME BEIJOU! – gritou em pensamento.

— Está tudo tão errado – Woong lamentou sem nenhuma intenção de se afastar.

An-ri sentia que precisava acabar com aquilo ou poderia virar uma bagunça maior ainda.

Ela se mexeu e se virou na cama dando as costas para ele, ainda fingindo dormir.

Ele riu com amargura.

— Me rejeitará até mesmo em seu sono?

A pergunta fez An-ri apertar os olhos e prender a respiração.

Por favor, vá embora! Não suporto ter que fingir para você. Eu te amo! – a revelação do seu subconsciente a fez arregalar os olhos.

Oh, meu Deus! Eu realmente o amo. Por que? – se repreendia.

Estava tão nervosa que se virou. Foi quando percebeu que ele não estava mais no quarto.

Ele se foi. Estou sozinha com esses sentimentos e certamente será assim enquanto eu o amar – sentiu uma lágrima descer pelo seu rosto.

Foi uma noite longa, cheia de sonhos de amor.

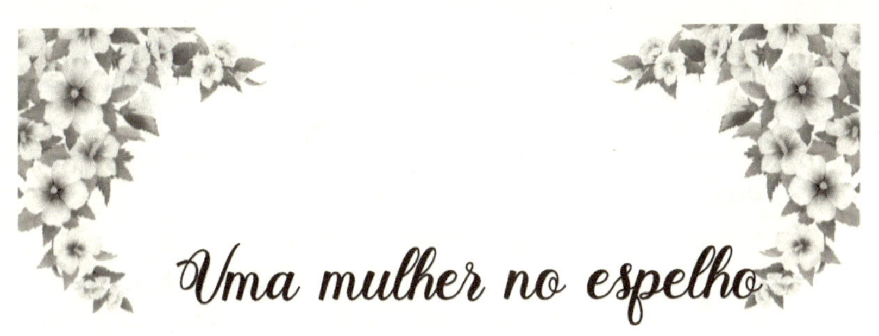

Uma mulher no espelho

Depois de passar noites em claro, Park Ho Sook decidiu o que faria com a descoberta. Pegou o telefone e discou. No terceiro toque An-ri atendeu.

— Alô?!

— Me encontre na minha casa em uma hora. Já decidi o que farei com você – disse e desligou.

An-ri reconheceu a voz que não ouvia desde a revelação na pojangmacha.

Já estou virando uma marionete, literalmente – pensou irritada com tudo o que acontecia. Depois da noite em que se descobriu apaixonada por Woong, tudo parecia irritá-la. Odiava saber que ele sentia o mesmo e que a desprezaria ao descobrir o quanto mentiu.

Quando ela chegou na casa de Park Ho Sook, ela a levou para o quarto aproveitando que os pais não estavam.

An-ri reparou nas belas coisas femininas em cima da cama, mas fingiu desinteresse.

— Vai me denunciar? – perguntou sem rodeios.

— Não. Se teve coragem de me enganar, espero que faça o mesmo com aquela família para me ajudar.

— E o que ganho com isso? Mais chantagens?

— Uma amiga. Eu ainda gosto de você. Queria te odiar, mas acho que é impossível – ela sorriu. — Já que não pode me beijar nem ser o meu namorado, será a minha melhor amiga. Nunca tive uma.

— Eu também não – confessou tão baixo que ela quase não ouviu.

— Deve ter sido duro se esconder atrás dessa figura masculina. Eu pensei muito e cheguei à conclusão de que você precisa de ajuda, não de mais problemas.

Ela não respondeu. Pensava se Woong chegaria a mesma conclusão quando descobrisse a verdade. Duvidava.

Park Ho Sook a puxou pela mão e a fez sentar na cama.

— Isso tudo aqui é para você – puxou um vestido azul. — Gostaria de ser menina por alguns momentos? Ninguém vai saber que é você e assim já treina para quando todos souberem quem você realmente é.

An-ri simplesmente pegou o vestido e colocou na frente do corpo.

Quem eu sou? – questionava.

— Eu posso? – pensou nas poucas vezes em que se vestiu como menina, escondido das pessoas, e a tia a reprendeu.

— Venha! – Park Ho Sook a puxou até a frente do espelho. — Vou fazer você virar uma linda mulher. Se continuar vestida como homem nunca vou me livrar dessa paixão – riu.

Ela havia passado os dias anteriores mergulhada em mágoa, raiva; todos os sentimentos que uma traição causava, mas depois percebeu que estava focando na pessoa errada. Considerou os acontecimentos e entendeu que ela não era a única vítima, An-ri parecia precisar muito mais de ajuda. Por isso, esperou pacientemente segurando o braço da garota para que ela não fugisse do espelho.

A tentação venceu e An-ri se deixou ser transformada.

Enquanto escolhiam roupas e discutiam estilos, Park Ho Sook fazia perguntas para conhecer mais sobre a história de An-ri. Ela, por sua vez, contava tudo que sabia.

Algum tempo depois, An-ri estava novamente em frente ao espelho, porém não era mais um rapaz e sim uma linda mulher de cabelos longos, vestido azul e maquiagem.

Ela tocou a imagem no espelho, depois tocou o próprio rosto. Tinha dificuldade em acreditar que realmente podia ficar tão feminina.

— Essa sou eu? – tocou novamente o espelho. — Quem sou eu?

— Você é essa mulher linda refletida! – Park Ho Sook fez questão de responder ao que parecia uma pergunta retórica.

Como An-ri continuava com o olhar fixo na imagem do espelho, ela sugeriu:

— Ande até a cama. Vamos conhecer o seu jeito de andar de salto.

Enquanto estava parada já era difícil para ela se manter de pé, quando tentou andar seus pés entortavam de um lado para o outro. Se assemelhava a um bêbado desengonçado e quase caiu do salto várias vezes, mas conseguiu chegar até a cama sem cair.

— Essas coisas vão me matar. Tem mesmo que ter saltos?

Nessa hora, a senhora Park apareceu, entrando sem bater na porta.

— Oh! Não sabia que estava com uma amiga – disse encarando a garota que nunca viu. — Soube que Tae-Yang veio te ver.

— Veio, mas já foi embora – ela olhou para a mãe fingindo estar ultrajada. — A senhora pensou que eu estava com um homem no quarto?

— Claro que não! Convide a sua amiga para jantar.

— Sim. Vamos ficar um pouco mais conversando aqui e em breve desceremos.

A mãe ainda olhou para elas por alguns segundos. Esperava que a filha apresentasse a amiga, mas não aconteceu.

Sem querer parecer intrometida, ela apenas se desculpou pela invasão e saiu do quarto avisando que prepararia um lanche para as garotas.

Quando ela saiu, as duas caíram na risada.

— Ela nem desconfiou. Peruca, vestido e maquiagem fazem mágica! – An-ri comentou.

— Tenho certeza que ela está curiosa para saber quem é você.

— Nesse momento, eu também estou – voltou a se olhar no espelho.

Park Ho Sook se colocou ao lado dela e disse:

— Agora que sei que você é uma mulher fica mais fácil entender o jeito como olha para Kim Woong. Teria que ser gay ou mulher para olhá-lo do jeito que você olha.

— Ele me beijou – An-ri comentou distraidamente. A lembrança a fez levar uma das mãos aos lábios.

— O que? Depois daquele dia? Te beijou outra vez como homem? – questionou ansiosa.

An-ri balançou a cabeça confirmando e completou:

— Ele acha que eu não sei. Entrou no meu quarto na noite passada e me beijou enquanto eu fingia que dormia – suspirou. — Acho que ele me odeia por isso.

— Claro, garota! Você está confundindo a cabeça dele. Ele deve se sentir atraído por quem você é e, como não é gay, fica confuso.

— Eu queria poder contar a verdade logo – confessou.

— A verdade é sempre a melhor opção, mas espere só mais alguns dias. Precisamos planejar tudo direitinho para que você não saia como a vilã da história – ela segurou a mão da nova amiga. — Você se apaixonou por ele, não foi?

— É só uma fantasia. Algo que sei que não é possível.

Para Park Ho Sook isso era um sim.

Uma ideia já se formava em sua mente.

— Vamos fazer um passeio amanhã como amigas e não como um casal – declarou. — Vou mandar um motorista te buscar em um lugar um pouco distante do castelo. Certifique-se de não ser seguida.

An-ri abriu a boca para questionar o motivo desse passeio, mas desistiu. Precisava cada vez mais desses momentos em que vestia roupas femininas e usava peruca. Não queria mais cortar o cabelo. Não queria mais fugir de um fantasma que nem sabia de onde vinha ou quem era.

— Estarei lá! – disse com o coração cheio de esperança.

Uma empregada bateu na porta e entrou com os lanches. Mais tarde elas inventaram uma desculpa para An-ri não ficar para o jantar.

No carro de Park Ho Sook, de volta ao castelo, An-ri se desfez das roupas femininas voltando a ser o suposto sobrinho de Mun-Hee.

No dia seguinte, na hora combinada, An-ri fugiu escondido do castelo e foi esperar em uma rua onde havia várias casas mais modestas.

Chegou um carro amarelo com motorista que a levou a um salão de beleza onde não havia nenhum cliente. As funcionárias estavam instruídas a fazer a transformação e manter aquilo em segredo.

Depois de transformada, ela seguiu viagem com o motorista. Tinha combinado de encontrar a amiga em um parque onde havia um lago, onde poderiam passear de pedalinho.

Ao passarem por um caminho onde só havia mato de um lado e o do outro da estrada, o carro começou a diminuir a velocidade e o motorista o guiou para o acostamento.

O coração de An-ri começou a bater acelerado e ela enfiou a mão na bolsa onde carregava um canivete. Foi ensinada a não confiar em ninguém, então ficou preparada para qualquer coisa quando o motorista saiu avisando que veria o que aconteceu.

Depois de um tempo ele apareceu na janela.

— Vamos ter que chamar um guincho. Desculpa, mas só sei dirigir. Mecânica não é comigo.

— Posso dar uma olhada? Entendo um pouco de motor.

— Pode se sujar, mas se quiser...

Ela saiu e olhou o carro. A situação parecia normal, mas o seu coração insistia em bater descompassado e a mente trazia lembranças dos seus pesadelos. Constantemente olhava para os lados, como se pudesse ver o garoto sendo espancado.

Ao perceber que o homem tinha notado a sua atitude, ela resolveu afastar tais pensamentos e focar no que era real.

— Realmente só uma oficina. Vai precisar trocar essa peça – mostrou um objeto na palma da mão suja de graxa.

— Vou ligar para um guincho – ele estendeu um lenço verde. — Tome. Limpe as mãos com isso.

— Obrigada! Vou ligar para Park Ho Sook e informar o que aconteceu.

Ela limpou a mão o máximo que pode e fez a ligação.

— Você está atrasada! – Park Ho Sook foi logo dizendo.

— O carro quebrou. Estamos no meio do nada esperando o guincho.

— Fique tranquila. Estou com um amigo e ele vai te buscar agora mesmo. Só fique perto do carro.

— É alguém que pode me ver assim? Estou fantasiada de garota.

Ela riu.

— É fantasia quando se veste daquela forma, não como está. Só me diga onde o meu amigo deve ir e fique perto do carro.

An-ri enviou a localização para o celular da amiga e esperou.

Alguns quilômetros distante de onde o carro parou, Park Ho Sook colocou o celular sobre a mesa e encarou o homem que tomava café na sua frente.

— Pode buscar a minha amiga? O carro dela deu problema e eu não gostaria que um homem qualquer a busque no meio do nada.

Woong deixou o copo sobre a mesa e a olhou desconfiado. Tinha escutado a conversa.

— Por que não pede ao seu futuro marido? Já achei muito estranho ter me convidado para esse encontro.

— Deus me livre! Gosto muito da minha amiga, mas não sou idiota de criar uma situação em que eles possam se tornar íntimos.

"E comigo pode?" – ele pensou mostrando um sorriso repleto de cinismo.

Como que adivinhando os seus pensamentos, ela completou:

— Acho que com você não temos esse tipo de problema. A personalidade dela é completamente oposta a sua – riu um pouco. — Sobre o nosso encontro, já expliquei que queria saber um pouco mais sobre o meu futuro marido.

— Você já sabe tudo que sei.

Na verdade, sei um pouco mais – ela pensou sorrindo. O plano inicial era que a amiga encontrasse Woong ao chegar, mas gostou da ideia dele buscando a donzela da carruagem quebrada.

— Pode fazer o favor de buscar a minha amiga e trazer aqui? Ficarei em dívida com você.

O celular de Woong tocou o alarme de mensagem.

— Ai está a localização.

Ele riu da ousadia dela em acreditar que faria o que pediu, mas decidiu ir.

— Quando eu voltar quero um sorvete de mirtilo e Tteok[7], como recompensa pelo meu trabalho.

Ela fez um sinal de positivo com o polegar. E ele foi em busca da donzela do carro quebrado.

Para não deixar Park Ho Sook muito tempo esperando, ele dirigiu rapidamente. Logo chegou no lugar.

Ele viu o carro amarelo parado perto de uma árvore. O que mais chamou a sua atenção foi que a garota estava embaixo da árvore e o som do carro que estava ligado em uma música alegre.

Woong estacionou e desceu do carro.

De longe já a achou bonita, mas ao chegar perto entendeu o medo que a outra tinha de mandar o namorado.

Ela era linda. E sorriu ao vê-lo.

Seu sorriso o lembrou o raro sorriso de Tae-Yang, mas ele ignorou a sensação e disse ao se aproximar:

— Precisa de uma carona?

---

7. Tteok é um bolinho doce de massa de arroz recheado de pasta de feijão doce azuki. Normalmente eles são comidos em festas de aniversário, casamento e no dia do ano novo.

Ela parou de sorrir e balançou a cabeça. Ao vê-lo descer do carro tinha imaginado que se tratava de uma ilusão, mas ao confirmar que era real ficou com medo de ser reconhecida. Virou as costas para ele e disse:

— Depende. Se for um desconhecido, não. Se veio por mim, sim.

— Vim por você – respondeu ansioso para que ela voltasse a se virar em sua direção.

— Como posso ter certeza? – ela continuou de costas.

Woong sorriu e se colocou na frente dela.

— A sua amiga me enviou. Eu disse que poderia mandar o namorado, mas ela teve medo de que você o roubasse – disse enquanto mantinha os seus olhos presos no rosto dela como se temesse perder qualquer expressão. Estava hipnotizado pelos olhos negros e angustiado pela forma como aquele olhar o lembrava Tae-Yang.

Quando ouviu isso, An-ri teve certeza de que não foi reconhecida e relaxou um pouco mais.

— Entendo. Vou avisar o motorista. Espere, por favor.

Se controlando para não tropeçar e andar de forma ereta com os pequenos saltos, ela foi até o carro onde o motorista curtia mais a música que ela. Ele nem tinha percebido que Kim Woong estava lá.

— Senhor, Park Ho Sook enviou um amigo para me buscar.

— Ah, sim! Desculpe pelo transtorno, senhorita.

Ela apenas sorriu em resposta. Olhar para o carro quebrado trazia lembranças do pesadelo.

Ao voltar ao encontro de Woong, ela o encontrou segurando a porta do carro aberta.

Ele esperou ela entrar e fechou a porta. Enquanto se acomodava, ela pensava na diferença em como era tratada. Em nada lembrava a forma como ele tratava o Tae-Yang.

Enquanto dirigia, Woong puxou conversa.

— Nunca vi você. Faz muito tempo que é amiga de Park Ho Sook? – queria conhecer mais sobre a garota que o encantou instantaneamente.

— Pouco tempo, mas sinto como se nos conhecêssemos há anos.

— Acho que ela sente o mesmo. Foi o que percebi ao ouvir ela falar sobre você – uma coisa lhe veio à mente e ele tentou jogar verde. — Desculpe, mas não consigo lembrar como ela te chamou. Não quero que pense que sou mal-educado.

An-ri riu ao perceber a estratégia dele.

— Duvido que ela tenha dito o meu nome.

— Que misteriosa! – ele a olhou rapidamente. — Se quer manter o segredo, vou te chamar de Princesa.

— Eu li um livro de um autor brasileiro onde o personagem principal tinha uma cadela chamada Princesa – ela gracejou.

Woong riu sonoramente.

— Então como devo chamá-la? Garota misteriosa?

— Sim. Eu gosto.

— Certo. A chamarei assim – ele parou o carro em um sinal de trânsito e aproveitou para olhar para ela. — Me diga, Garota Misteriosa, você é fluente em português para ler livros de autores brasileiros?

— Um dia serei. Por enquanto, ouço músicas que não entendo a letra e leio livros traduzidos para o coreano. Eu adoro a diversidade dos brasileiros. Para mim eles são como arco-íris: uma coisa belíssima formada pela união de várias cores diferentes.

O sinal verde apareceu.

An-ri ficou pensativa depois de responder e ele continuou dirigindo em silêncio. O assunto o fez lembrar de Tae-Yang cantando e dançando na casa de campo. A voz dela era idêntica a dele facilitando ainda mais as lembranças.

Chegaram ao café, mas Park Ho Sook não estava na mesa onde Woong a deixou. Antes que pudesse decidir se esperava ou ligava, uma garçonete foi em direção a eles e disse:

— A senhorita avisou que precisou sair por um instante, mas deixou o seu pagamento pelo favor e pediu para fazer companhia a amiga dela até o seu retorno.

Eles se sentaram frente a frente. Nenhum dos dois acreditou na desculpa de Park Ho Sook.

— Acho que a sua amiga está tentando nos manter juntos – Woong foi o primeiro a comentar.

— Ela não faria isso. Sabe que não posso – disse enquanto pensava "claro que faria e fez".

— Você já tem alguém? – ele questionou sem entender o motivo pelo qual se sentia tão apreensivo sobre a resposta.

— Não. São outras coisas que me impedem de começar um relacionamento, por enquanto – ela não queria mentir mais, então pediu: — Vamos mudar de assunto, pode ser?

Ele a olhou por alguns instantes, porém era como se não a visse, como se olhasse através dela.

— Eu tenho alguém – comentou pensativo.

An-ri ficou entre apreensiva e esperançosa de que ele mencionasse a sua versão masculina.

Se surpreendeu quando ele revelou:

— Quando eu era criança prometi que me casaria com uma pessoa muito especial.

— O seu tom de voz faz parecer que a história é triste. Pode me contar o que aconteceu?

— Não é segredo. Eu literalmente a perdi. A história das pessoas do castelo onde vivo é triste e violenta – comentou sem levar em consideração se ela sabia com quem estava falando.

— Sinto muito por vocês.

— Agora eu é que quero mudar de assunto – olhar para ela o fazia sentir coisas que só descobriu ser capaz de sentir quando conheceu Tae-Yang. Isso o deixava ainda mais confuso sobre a sua sexualidade.

É fácil entender; eu sou bissexual – pensou e tentou disfarçar uma risada.

— Em que está pensando? – An-ri não deixou a sua atitude passar despercebida.

— Estou pensando em quando você vai questionar o meu nome – mentiu com um sorriso encantador.

— Decidi te chamar de Príncipe, afinal você resgatou uma donzela em perigo – sorriu.

— Não é nome de cachorro?

— De nenhum que eu conheça – riram juntos.

A conversa tomou um rumo divertido. Woong se sentia à vontade para conversar com a garota misteriosa. Tanto que falou sobre eventos engraçados da sua infância. An-ri também contou algumas coisas como o dia em que a tia a ensinou a considerar todos os homens uns imbecis, claro que não mencionou nada que denunciasse quem era de verdade.

Park Ho Sook só voltou trinta minutos depois.

— Desculpe por precisar me ausentar – se sentou. — Entendeu o motivo pelo qual não enviei o meu noivo?

— Sem dúvida.

— Ei, vocês estão falando de mim. Cuidado! – An-ri se fez de ofendida.

— Só elogios. É bom que escute! – Woong sorriu ao dizer.

O sorriso dele a deixava sem reação.

Park Ho Sook viu que ela estava encarando o rosto dele como boba e foi ao seu auxílio falando sobre o motivo por ter se ausentado.

Depois de um tempo tiveram que se separar. Woong as convidou para uma boate, mas ao perceber que teria que convidar o noivo, Park Ho Sook inventou uma desculpa prometendo que marcariam para outro dia.

No carro, enquanto An-ri se transformava em Tae-Yang, ela comentou:

— Kim Woong está interessado em você. Vi o jeito como ele te olhava.

— Talvez esteja, porém isso só complica as coisas. Isso faz com que eu esteja enganando ele quantas vezes? Duas? Três?

— Eu vejo diferente. Acho que ele vai brigar um pouco quando descobrir a verdade, mas vai entender que se gosta de você quando está fantasiada de homem e quando está de mulher é porque te ama de verdade.

An-ri riu.

— O interesse dele virou amor?

— Já nasceu como amor.

— Entendi. Você é uma romântica incorrigível. Se isso fosse um conto de fadas, você seria a minha fada madrinha.

— Eu não. Faço questão de ser uma princesa! – resmungou.

Ambas riram e continuaram conversando sobre aquele dia até que chegaram no lugar onde se separariam para que não soubessem que estavam juntas.

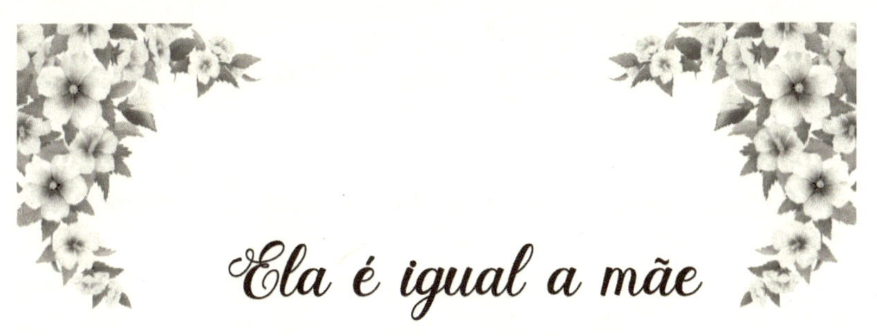

Ela é igual a mãe

Quando chegou no castelo, An-ri foi direto para o quarto confirmar se estava tudo certo com a sua fantasia de homem. Só voltou a ver Woong no dia seguinte. Ele mal a olhou. Parecia disposto a fingir que o "primo" não existia.

Depois que conheceu a mulher misteriosa, Woong se decidiu; se podia se interessar por uma mulher tanto quanto se interessava pelo "primo", não iria procurar problemas com a mãe, passaria a ter o mínimo de contato possível com ele.

Alguns dias se passaram sem maiores incidentes. An-ri cumpria o seu papel de noivo conquistando o sogro, com a forma como aprendia facilmente o trabalho na empresa. Mun-Hee seguia combinando com os pais de Park Ho Sook sobre os preparativos para o casamento, em paralelo definia um contrato para manter o falso sobrinho preso e em dívida. Já Park Ho Sook, mantinha o segredo da amiga, disposta a encontrar uma forma de desmascarar Mun-Hee sem prejudicar pessoas inocentes.

Enquanto isso Woong sentia falta até mesmo dos momentos em que se irritava com o falso primo. Também sentia falta de uma certa mulher misteriosa.

Foi inevitável não desejar saber mais sobre ela. Várias vezes ele pegava no telefone para ligar para Park Ho Sook e desistia, até que em um desses momentos acabou ligando.

— Alô! – Park Ho Sook respondeu a ligação sem demonstrar que sabia quem ligava.

— Oi! Aqui é o Kim Woong. Você poderia me passar o telefone daquela sua amiga?

— Por que? – ela sorriu ao saber que estava certa sobre o interesse dele.

— Porque quero convidá-la para algo.

— Não sei se ela quer falar com você. Mal se conhecem. Mas vou perguntar.

— Faça isso, por favor. Obrigado!

Encerram a ligação. Woong voltou ao trabalho analisando alguns casos da ONG.

Demorou algumas horas para ela informar o número através de mensagem de texto. Horas suficiente para ela comprar um telefone novo, levar para a amiga no castelo e convencê-la a aceitar o convite dele, seja qual fosse.

Depois de receber o número, Woong ficou indeciso. Queria conhecer a garota e ao mesmo tempo tinha medo do que iria descobrir. A possibilidade dela guardar segredos desagradáveis para ocultar a identidade, o incomodava. A noite ficou rolando na cama, até se dar conta que não tinha medo dos segredos da desconhecida e, sim, da possibilidade de gostar de alguém a ponto de abandonar sua busca pela *irmã* desaparecida.

Será que estou traindo você? – perguntou enquanto olhava o teto e recordava sua infância interrompida com An-ri.

Ainda que se sentisse mal, resolveu mandar uma mensagem convidando a garota misteriosa para um passeio.

"Olá! Fico feliz que tenha aceitado me passar o seu número. Se não tiver compromisso no sábado à tarde, gostaria de convidá-la para um passeio. Já adianto que se disser não, vou continuar convidando."

Posso ter amigos – decidiu que ela seria apenas sua amiga. Faria de tudo para não se envolver. A culpa era uma força que podia fazê-lo passar a vida inteira sozinho.

A resposta dela chegou alguns minutos depois. Dizia: "Não tenho nada marcado. Diga o horário certo que te esperarei na entrada da casa de Ho Sook."

Ele respondeu apenas com o horário e um emoticon sorridente.

A conversa acabou ali.

No sábado, Woong chegou no portão da casa de Ho Sook na hora marcada. Viu a garota misteriosa ao lado de Ho Sook aguardando.

Ela parecia brilhar, parada no portão com os cabelos soltos e vestindo uma saia preta e blusa branca. Por um instante imaginou ter visto a sua tia com a aparência de vinte anos atrás.

Desceu do carro e sorriu cumprimentando a amiga e ela.

Ela realmente se parece com Hwa-Young, mas também se parece com Tae-Yang – pensou sem conseguir tirar os olhos de An-ri.

— Cuide da minha amiga! – Ho Sook ordenou e deu as costas para os dois sem esperar que a conversa rendesse.

Achava engraçada a forma como os dois praticamente esqueceram da sua existência naquele momento. E estava feliz em se tornar o cupido da história deles.

Woong nem a ouviu ou viu partir. Voltou até o carro e abriu a porta.

An-ri entendeu o gesto; entrou e se sentou. Ele deu a volta, entrou no carro e deu partida, depois de colocar o cinto.

— Aonde vamos? – ela perguntou sentindo um misto de ansiedade e medo. Tinha a sensação de que a qualquer momento seria desmascarada de uma forma horrível.

— Prefiro que seja surpresa, se não se importar.

— Desde que seja uma surpresa boa.

— Prometo que as minhas surpresas sempre serão boas.

Ela não respondeu ao comentário, se concentrou em observar as paisagens através do vidro da janela.

Depois de um tempo, ele colocou para tocar uma playlist brasileira, que montou especialmente para ela.

Ela sorriu e continuou observando o cenário enquanto curtia o som. Acabou cochilando, só acordou quando ele tocou o seu rosto.

— Hora de acordar, bela adormecida!

Ela se endireitou bruscamente e tocou a peruca.

— Graças a Deus! – suspirou ao ver que estava no mesmo lugar.

Diante da interrogação no rosto dele, completou:

— Chegamos? Onde estamos? – olhou pela janela e seus olhos brilharam. — É o mar?! – piscou várias vezes como se aquele cenário fosse desaparecer. — É mesmo o mar!

— Estamos em *Sokcho Beach*. É um pouco longe, mas tive vontade de ver o mar contigo.

— Eu nunca vi o mar. Sempre adiava achando que havia coisas mais urgentes para resolver antes de realizar esse desejo – confessou.

Se dizer nada, Woong saiu do carro e abriu a porta do lado dela. Enquanto segurava a porta, disse:

— Venha! Vamos dar uma volta.

Ela soltou o cinto e desceu.

Ao chegarem na areia, ele se colocou na frente dela e, sem dizer nada, se abaixou e tirou a sua sandália lentamente, aproveitando para tocar os seus pés.

O coração de An-ri batia tão forte que ela acreditou estar prestes a desmaiar.

Quando ela estava pronta para sair correndo, ele se levantou e estendeu as sandálias.

— Não é melhor assim?

Ela só balançou a cabeça concordando. Precisava de tempo para se recompor antes de tentar falar.

Woong se abaixou para tirar os próprios sapatos. Enquanto os tirava, respirava fundo para controlar as batidas do coração e a vontade, quase desesperadora, de voltar a tocar os pés daquela garota misteriosa.

Com os sapatos na mão, ele caminhou pela areia se aproximando do mar até o ponto de molhar os pés nas ondas.

An-ri demorou um pouco para segui-lo. Admirava o mar e esperava o seu coração se acalmar.

Somente quando ele olhou para trás, foi que ela correu em sua direção e começaram a andar juntos.

Havia poucos casais e famílias pela praia. Eles paravam vez ou outra para tirar fotos.

— Parece que realmente acertei na escolha da surpresa – Woong comentou admirado com a forma que ela se virava para todos os lados tentando ver tudo, e em como fazia questão de molhar os pés sempre que as ondas se aproximavam. — É errado dizer que tive sorte por você nunca ter vindo aqui?

— Eu não vou a muitos lugares. Esse lugar é lindo e o som me faz bem, me acalma – sorrindo ela completou: — Decidi que o mar é a coisa mais linda da minha lista de coisas mais lindas, até o castelo perde para ele.

Ela só percebeu que falou demais quando ele perguntou:

— Já esteve no castelo?

— No castelo? – repetiu a pergunta em uma tentativa de ganhar tempo para pensar em uma resposta. Foi quando lembrou que havia visitas agendadas de turistas. — Eu já estive lá algumas vezes. Acho legal deixarem turistas visitarem uma vez ao ano.

— Vou começar a prestar mais atenção aos visitantes – ele brincou.

Ela sorriu em resposta e se concentrou em afundar os pés na areia deixando passos que as ondas apagavam.

Depois de andar um pouco, foram até um pequeno restaurante comer frutos do mar e, depois de saciados, andaram mais um pouco.

Perto do pôr do sol, se sentaram na areia com garrafas de refresco.

— Estou feliz que tenha aceitado o meu contive – ele confessou enquanto encaravam o horizonte.

O pôr do sol estava quase que totalmente coberto por nuvens escuras. Em breve a chuva cairia.

— Me convenceu com o jeito como me convidou – ela brincou também encarando as nuvens. — Pena que o pôr do sol está escondido.

Ele sorriu ao lembrar da mensagem que enviou.

— Desculpe. Eu devia ter checado a previsão do tempo.

Nesse momento, um trovão se fez ouvir. An-ri fechou os olhos e segurou a mão dele instintivamente.

— Você tem medo de trovões? – questionou enquanto apertava a mão dela para deixar claro que estava ao seu lado.

— Acho que sim. Sempre tenho pesadelos em dias de chuva.

— Que coincidência! Eu também tenho, mas é um trauma de algo que aconteceu na minha infância.

Eles permaneceram de mãos dadas sem dizer mais nada. O sol se punha deixando o céu com uma bela cor, como se desafiasse as nuvens a cobrir a sua beleza.

An-ri olhava o cenário enquanto Woong olhava para ela. O cenário era belíssimo, mas para ele apenas ela brilhava.

O vento balançava o cabelo dela com suavidade, nada que a preocupasse com a peruca. Sem os sons dos trovões e sem soltar a mão dele, ela sorria e olhava o pôr do sol.

Antes que as primeiras gotas de chuva caíssem, eles retornaram e se despediram no portão da casa de Park Ho Sook onde An-ri ficou mais alguns minutos contando sobre o passeio e para usá-la como desculpa caso a "rainha" questionasse o tempo em que ficou fora.

Após deixar a garota misteriosa, Woong se viu dirigindo para o hospital. Encontrou o pai saindo do quarto de Hwa-Young.

— O senhor está indo para casa?

— Sim. Se eu dormir mais de um dia por semana aqui acho que a sua mãe coloca fogo no castelo como alerta – brincou.

— Vou ficar um pouco com a minha tia. Diga a minha mãe para não me esperar para o jantar.

— Avisarei. E vou te esperar. Estou necessitado da companhia do meu filho durante algumas doses de soju.

Ele sorriu e Kim Gi-Gook se foi.

Woong entendia o desejo do pai em ficar ao lado da esposa em coma, mas ficava feliz quando ele estava em casa.

Depois que o pai se foi, ele entrou no quarto, puxou uma cadeira para próximo da cama e segurou uma mão de Hwa-Young.

— Oi, tia! Faz alguns dias que não te visito. Peço perdão pela minha ausência. Hoje eu vim aqui te contar que conheci uma mulher misteriosa. Ao vê-la foi como se visse a senhora naquela época em que An-ri e eu éramos crianças. Pode parecer bobagem, mas fico me perguntando se eu ter encontrado essa mulher seja um sinal para que eu siga a minha vida, ao mesmo tempo penso se ela não é a sua filha perdida – enquanto falava ele permanecia sentado e segurando a mão dela. — Não acho que seja. Se fosse ela teria falado alguma coisa, pois todos sabem que continuo procurando por ela.

Uma enfermeira entrou no quarto e analisou os aparelhos rapidamente.

Quando ela saiu, Woong continuou falando com a tia.

— No próximo fim de semana trarei ela para que a senhora conheça – depois de falar ele riu. Sabia que se a tia estivesse acordada diria para ele contar para a mãe primeiro.

Mun-Hee tinha ciúmes da relação do filho com Hwa-Young, mas ele sabia que esse era um assunto que só causaria discussões com a mãe. Ela colocaria pessoas para investigar a mulher misteriosa e se não fosse alguém do nível deles, faria de tudo para interferir.

— Eu vou descobrir primeiro quem é essa garota e o que eu sinto por ela, depois permitirei que a minha mãe saiba. Agora tenho que ir. Estou sujo de areia e louco por um banho – beijou a mão dela e saiu.

Queria ter falado sobre os sentimentos que tinha pelo "primo", mas teve vergonha. E achou que era inútil, pois depois do passeio na praia, havia decidido investir no que sentia pela *mulher misteriosa*.

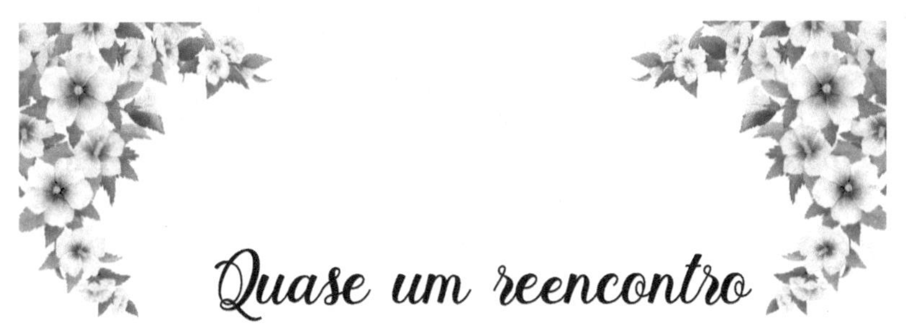

Quase um reencontro

O fim de semana chegou rapidamente. Induzida por Park Ho Sook, An-ri aceitou o convite de Woong para outro passeio surpresa.

Ela se arrumou com uma blusa marrom de mangas longas, uma saia preta pouco acima dos joelhos e colocou a mesma peruca do primeiro encontro para evitar confusões.

Quando Woong a viu, imaginou se estaria saindo corações da sua cabeça como nos desenhos animados.

Ela estava esperando sozinha no portão da casa da amiga.

Quando estavam dentro do carro, Woong disse:

— Se importa de passar em um lugar comigo antes do nosso passeio?

— Onde?

— Quero visitar uma pessoa.

— Tudo bem! Se essa pessoa não se incomodar com a minha presença.

— Não irá.

O trajeto até o hospital foi rápido. Quando ele estacionou, An-ri questionou:

— O que estamos fazendo em um hospital? Se sente mal?

— Prometi a minha tia que a traria para conhecê-la – respondeu e saiu do carro indo em direção ao outro lado do veículo para abrir a porta para ela.

— A sua tia está doente? – insistiu enquanto o seguia para dentro do hospital. Imaginava se ele se referia a rainha em coma.

Ele seguiu em silêncio e só depois que abriu a porta e a levou a beira da cama, foi que respondeu:

— Ela está em coma há quase vinte anos. O meu pai nunca quis desligar os aparelhos – disse confirmando as suas suspeitas.

Ao ver a mulher deitada, An-ri até esqueceu a presença de Woong. Se aproximou lentamente, levou a mão até o rosto da mulher e o acariciou.

Ao tocá-la uma estranha emoção encheu o seu coração. Sentia ternura; a mesma ternura que sentia pelo seu amigo Min-Kyung, porém infinitas vezes mais forte.

Uma lágrima desceu pelo seu rosto.

Woong a virou para si e a abraçou.

— Tudo bem?

An-ri respondeu apenas balançando a cabeça para cima e para baixo.

— Ela está esperando pela filha. Sinto que só irá acordar quando reencontrá-la – comentou sem desfazer o abraço.

— É tão triste! – ela não sabia como expressar o que sentia. Se deixou ser abraçada.

O abraço de Woong trazia conforto. Logo ela se afastou e limpou o rosto.

Ele a segurou pelos ombros delicadamente encarando a sua reação estranha.

— Por que me trouxe aqui? – ela questionou.

— Eu queria que a minha tia te conhecesse.

Ela abriu a boca para questionar o motivo pelo qual ele a levaria para a tia e não a mãe, mas se controlou com medo de estragar o disfarce se ele decidisse levá-la até Mun-Hee.

— Gostaria de conhecê-la quando estiver desperta – comentou olhando para a mulher que parecia em um sono tranquilo.

— Diga a ela para despertar. Quem sabe ela te escuta? – enquanto a induzia, uma voz insistente repetia em sua cabeça: *Diga que você é ela. Diga que a minha busca acabou.*

Olhar para o rosto dela e vê-la perto de Hwa-Young, fazia com sentisse uma emoção indescritível e o seu coração usava o mistério para iludi-lo de que aquela poderia ser a garota que procurava há anos.

An-ri levantou o rosto para encará-lo. Sua expressão dizia: Será? Eu devo?

Ele apenas balançou a cabeça para cima e para baixo lentamente. Não encontrava voz para expressar em palavras.

Ela se aproximou da cama, passou a mão nos cabelos parcialmente grisalhos da mulher e disse:

— A senhora precisa acordar. Já está dormindo tempo demais. Volte para a sua família. Eles precisam do seu amor.

As lágrimas já desciam livremente pelo seu rosto.

Não houve nenhum sinal de que Hwa-Young abriria os olhos.

Angustiada, An-ri se afastou seguindo em direção a porta.

Antes que sua mão tocasse a maçaneta, Woong a alcançou e a puxou pelo braço fazendo ela se virar para ele. Ela estava de cabeça baixa, quando ele levantou o seu rosto, ficou impressionado com o jeito como estava banhado em lágrimas.

— Quem é você? Por favor, me diga que o seu nome é An-ri, me diga que a minha busca acabou – não conseguiu controlar as palavras que o seu coração gritava.

Ela o encarou sem entender como ele tinha chegado a essa conclusão. O olhar dele era tão intenso que dificultava o seu raciocínio, mas ela entendeu que ocultar a sua identidade tinha causado aquilo.

Mais uma confusão em nome das mentiras – pensou triste. — *Ele deve amar demais essa mulher.*

— Desculpe! Eu não sou a pessoa que você procura.

— Não importa. Eu me apaixonei por você no instante em que te vi. Se me disser que sente o mesmo, quebrarei todas as promessas e abandonarei essa busca.

Eu sinto! – ela quis gritar. Mas sabia quem era e o que aconteceria quando ele descobrisse também.

Ao perceber que ela não responderia, ele a puxou até o sofá e começou a limpar o seu rosto com um lenço.

Não pronunciavam nenhuma palavra, apenas seus corações conversavam com batidas cada vez mais frenéticas.

De repente, a mão dele ficou imóvel segurando o lenço. Seus rostos tão próximos que podiam sentir a respiração irregular.

E foi An-ri a primeira a se perder. Fechou os olhos e, meio desajeitada, roçou seus lábios em um beijo tímido.

Ao abrir os olhos, o encontrou encarando-a. Soube naquele instante que aquela era a resposta que evitou. Tinha dito sim ao apelo dele, tinha dito que sentia o mesmo com aquele beijo.

Woong ficou paralisado por alguns segundos, encantado com o gesto, porém logo despertou. Seus lábios queriam mais daquele beijo. Segurou o queixo dela com carinho e se aproximou enquanto encarava em seus olhos.

Antes que seus lábios se tocassem, ela se esquivou. Se sentia uma traidora por fingir que era outra pessoa em tantas vezes. Se sentia uma impostora ao beijá-lo sabendo o que significava. Tinha momentos em que se questionava se perdeu a identidade durante essa bagunça.

Ele a tocou no queixo novamente.

— Você é tão linda! Sinto que preciso protegê-la e amá-la.

— Você não sabe nada sobre mim e quando souber vai me odiar.

— Isso é impossível! – a abraçou com força ao perceber que os olhos dela se enchiam de lágrimas novamente. — Não importa quais sejam os seus medos, irei protegê-la para sempre.

O abraço a fazia se sentir tão bem que An-ri se deixou ficar nele por um longo tempo. Quando finalmente se separaram, ela disse:

— Acho melhor deixarmos o passeio para outro dia, espero que entenda.

— Claro que entendo – se levantou. — Vamos! Eu te levo.

— Não. Quero ir sozinha. Preciso colocar ordem na minha cabeça. Fique aqui com a sua tia um pouco mais.

Sem esperar resposta, ela se levantou e saiu sem olhar para a mulher, pois temia que as emoções se bagunçassem ainda mais.

Woong não a seguiu.

Minutos depois que An-ri se foi, Woong saiu do hospital com uma mistura de sentimentos que envolvia amor, medo e algo mais que não sabia definir. Era como se faltasse alguma coisa.

Ia caminhando pela rua, quando passou perto de uma senhora que vendia coisas em uma pequena banca de madeira. Ele parou quando o seu celular tocou e começou a olhar as peças enquanto atendia.

Seu olhar foi conduzido até uma correntinha dourada com pingente de coroa.

A primeira coisa em que pensou foi na menina que ainda buscava, sua irmã de criação que poderia estar por ai sofrendo sabe-se lá que tipo de coisas, depois ele pensou no rapaz que entrou na vida da sua família de forma estranha e, por último, pensou na mulher misteriosa que mexia com os seus sentimentos.

Pegou a correntinha e se decidiu. Como não poderia dar para An-ri e nunca daria ao rapaz, seria um presente para a *mulher misteriosa*.

— Vejo que o seu coração bate apenas por uma princesa – a vendedora sorriu com simpatia.

Ele sorriu também enquanto pensava: *se ela soubesse que o meu coração fica oscilando entre três pessoas.*

Comprou o objeto e se foi. Precisava trabalhar. Não era porque foi criado como príncipe que fugia da responsabilidade. Ele, além de cuidar da ONG, ajudava a mãe quando ela precisava de alguém, além do secretário Hyun-Shik, para tratar dos imóveis.

Quando chegou na ONG, a sua secretária avisou antes que ele entrasse em sua sala:

— O seu pai está esperando.

— Obrigado, senhorita Han! Por favor, não repasse nenhuma ligação.

— Sim, senhor.

Ele entrou na sala e viu o senhor sentado com uma xicara de chá.

— Quanta honra ter a visita da realeza – brincou. Ver o homem que o criou como filho acalmava o seu coração.

Kim Gi-Gook se levantou e o abraçou.

— Fazia algum tempo que eu não aparecia aqui. Quis corrigir isso.

— É sempre bem-vindo a minha humilde ONG.

— Modesto como sempre.

Eles riram. Woong se sentiu um pouco menos confuso na presença do pai.

— Sente-se! Vamos conversar – ele pediu mais chá a secretária e se sentou com o pai.

— Alguma melhora na situação da tia? – questionou com esperança de que houvesse acontecido alguma melhora depois da visita que fez.

— Continua igual. Eu passei lá mais cedo, mas ela tinha visitas, então decidi te esperar aqui.

— Então o senhor me viu?

Ele sorriu antes de comentar:

— Eu vi você no hospital com uma garota. Espero que não esteja tentando abafar os seus sentimentos por aquele rapaz.

— Eu gostaria que fosse isso – suspirou. — Pai, estou me tornando algo do qual não gosto. Eu devia estar tentando resolver o que sinto por aquele rapaz, porém acabei me apaixonando por uma mulher da qual sequer sei o nome. Qual é o meu problema?

O pai sorriu. Entendia o desespero dele, porém sabia que o filho tinha um coração bom e que tomaria o caminho certo.

— Dê tempo ao tempo. Só não engane ninguém, nem a si mesmo. Faça a sua mente se calar que o seu coração vai dizer o caminho certo – respondeu.

— Simplesmente venero os seus conselhos. É disso mesmo que preciso; parar de pensar e apenas sentir porque se eu pensar mais a minha cabeça vai explodir.

— Faça isso. Resolver coisas do coração racionalmente é inútil – ele colocou a xícara sobre a mesa e continuou: — Talvez eu seja um pai ruim por pensar assim, mas fico feliz que tenha problemas amorosos para te distrair. Estava com medo de que se perdesse em sua busca por An-ri.

— Não desisti de encontrá-la, mas confesso que pensei nisso várias vezes depois que esses dois entraram em minha vida.

— Tenho cada vez mais orgulho do homem em que se transformou. Foi graças a essa ONG que muitas pessoas foram encontradas e estão com os seus entes queridos. Confie em seu julgamento.

— Obrigado, pai!

Depois desse conselho, mudaram de assunto para os últimos casos da ONG.

O presente

A cada hora, a cada dia que passava, Woong se sentia mais atraído pela garota que conheceu, porém isso não mudava em nada o que sentia pelo "primo". Quando estava com a garota misteriosa o seu coração gritava que era por ela que batia naquele ritmo alucinado, porém quando estava com Tae-Yang era como se toda essa convicção fosse por terra. Nem mesmo conseguia pensar na garota.

Em um dia da semana, ele acordou com uma ideia: Vou colocar os dois juntos, assim saberei por quem o meu coração bate mais forte e quando descobrir vou investir no sentimento sem medo.

Pulou da cama pensando: esse é o único jeito.

Quando desceu para tomar o café da manhã, o primo já estava saindo para trabalhar.

— Espere um pouco. Vou passar perto da empresa do seu sogro. Posso te dar uma carona.

An-ri o olhou com desconfiança. Tinha passado as últimas noites quase que em claro tentando descobrir o melhor jeito de não sair como vilã quando a sua história viesse a tona.

— Se apresse com o seu café. Não quero chegar atrasado – tentou fazer ele desistir.

— Não se preocupe. Tenho um café marcado. Vamos! – a puxou pelo braço.

No carro, ela acabou cochilando por causa das noites mal dormidas.

— O que vai fazer no próximo fim de semana? – Woong perguntou sem tirar a atenção da estrada. Ao não ter resposta, olhou para o lado e viu que o seu carona dormia.

Dirigiu até o estacionamento da sede da empresa dos Park, tirou o cinto e ficou observando An-ri dormir.

Por que se parece tanto com ela? Será que são irmãos? Eu sei tão pouco sobre ele e quase nada sobre ela. Será que nem se parecem e estou projetando o rosto dele nela apenas para fugir da possibilidade de ser homossexual?

An-ri despertou e notou que estavam parados no estacionamento.

Woong a encarava tão perto que ela se encolheu no banco.

Essa atitude não o intimidou, ele permaneceu na mesma posição e perguntou:

— Tae-Yang, eu gosto de você, o que vai fazer a respeito?

O rosto de An-ri parecia uma máscara de pânico. Ela engoliu em seco. E começou a tentar abrir a porta antes mesmo de tirar o cinto.

— Vai fugir sem responder?

— Se você destravar a porta, sim – respondeu encolhendo um pouco mais em direção a porta.

Woong acabou rindo, porém logo a sua expressão voltou a ficar séria e ele voltou a se sentar corretamente.

— Comecei a me sentir diferente no momento em que te vi pela primeira vez. Desde aquele dia estou em uma balança pendendo para os lados sem decidir quem eu sou.

— Pensei que você gostasse de mulheres – ela se lembrou de outra declaração dele para a mulher misteriosa.

— É tão complicado! Mas estou disposto a descomplicar e preciso da sua ajuda.

— O que... o que eu posso fazer?

— Preciso que compareça a um lugar no sábado.

— Que lugar?

— Te informarei em breve. Pode fazer isso por mim?

— Tudo bem! Agora destrava a porta. Preciso trabalhar.

Ela se atrapalhou com o cinto de segurança o enganchando no cinto da calça.

Woong se curvou para ajudar, ficando tão próximo que seus lábios quase se tocavam.

— Já tenho a minha resposta – comentou ouvindo o coração disparado dela.

Soltou o cinto e ela desceu do carro correndo. Sem olhar para trás, entrou no elevador. Apenas quando ele começou a subir foi que respirou aliviada.

Durante o horário de trabalho, recebeu uma mensagem dele no telefone que usava como mulher. A mensagem dizia: *"Preciso me encontrar com você no sábado, naquela praia onde te levei. Os termos são os mesmos, não ouse recusar."*

— Idiota! Disse que gostava de mim e manda mensagem para ela – resmungou.

Ao recordar que *mim* e *ela* eram a mesma pessoa, caiu na gargalhada. Só parou quando uma funcionária a encarou com curiosidade.

"Estou livre de manhã. Me encontre no lugar de sempre às nove." – respondeu.

Poucos minutos se passaram após enviar a mensagem, logo recebeu outra, porém no telefone que usava como sobrinho da rainha.

A mensagem dizia: *"Preciso que vá comigo em um lugar no sábado. Esteja pronto às oito e meia."*

— O que esse maluco está aprontando? – questionou como se fosse aparecer uma resposta na tela do seu aparelho.

Como já havia combinado um encontro, não podia ser duas pessoas ao mesmo tempo.

Respondeu: *"Já tenho um compromisso."*

A resposta de Woong veio como uma ligação.

An-ri pensou em ignorar, mas sentia que ele iria insistir.

— Alô!

— Por que se negou quando ainda hoje prometeu me ajudar?

— Em que exatamente você quer que eu ajude?

— A ter certeza de que não te amo.

— Eu vou te ajudar sem precisar sair do lugar – disse irritada. — Saiba que não existe possibilidade de eu gostar de alguém do mesmo sexo.

— Mentiroso!

— Posso garantir que essa é uma das poucas verdades na minha vida. Pode ir atrás da sua *mulher misteriosa* – desligou na cara dele.

O telefone tocou novamente.

— O que foi? – quase gritou.

— Como você sabe dela?

— A minha noiva me falou sobre a amiga. Mais alguma pergunta?

Dessa vez foi Woong que desligou na cara dela.

Sua atitude o irritou.

Se ele não vai, eu a levarei até ele – decretou decidido.

No sábado, An-ri estava novamente com roupas femininas e ao lado de Woong no carro. Ainda sentia raiva pelo jeito como ele a envolvia, mas nada que fosse suficiente para fazê-la se afastar.

— Eu não posso ficar me encontrando com você sempre que me chama – disse enquanto olhava pela janela.

— Claro que pode. Você é minha namorada.

— Quando eu concordei com isso? – se virou para ele.

— Quando me beijou pela primeira vez. Deve assumir a responsabilidade. Nunca ouviu falar que você é responsável pelo que cativa? – ele sorria enquanto falava, sem tirar a atenção da estrada. Sua mente tentava convencê-lo de que não precisava colocar ela e o falso primo frente a frente, pois naquele momento sabia que a amava, porém uma parte dele sabia que seu coração estava dividido, por isso dirigia em direção ao castelo.

— Eu não posso ter cativado você – ela queria se sentir feliz por estar apaixonada pela primeira vez e, mais ainda, por esse amor ser correspondido, mas tudo que conseguia sentir era medo de como ele reagiria se descobrisse a verdade.

Lembrou do senhor Min-Kyung falando sobre contar a verdade antes que fosse descoberta. Deu certo com Park Ho Sook, se perguntava se daria com ele também.

— Eu quero te contar uma coisa. Quero que saiba quem eu sou e decida se vai continuar gostando de mim ou se vai escolher me odiar. Acho que a hora de ser covarde já passou.

— Nada do que disser pode me fazer te amar menos – ele disse aproveitando um sinal fechado para olhar para ela.

— Não diga essas coisas antes de escutar o que tenho para dizer.

— Primeiro quero te dar uma coisa, para demonstrar que o que eu digo é sincero – pegou a correntinha no bolso e colocou na mão dela. — Isto é o símbolo de que quero te chamar para sempre de minha princesa.

Ela olhou a correntinha e o pingente por algum tempo. Uma lágrima molhou o objeto.

— Ei, o que foi? Eu disse algo errado?

Ela apenas balançou a cabeça negando e começou a limpar as lágrimas com a mão. Ele segurou a sua mão afastando-a e secou as lágrimas com os dedos.

De olhos fechados, ela sentiu a suavidade dos dedos dele em seu rosto. Sabia que aquilo se transformaria em um beijo e apesar de desejar com toda sua alma, afastou a mão dele e abriu os olhos.

— Isso não é justo. Por que está fazendo isso comigo? Me faz desejar continuar mentindo – falou baixinho como um lamento.

De repente, o desespero se tornou tão grande que ela apertou a correntinha na palma da mão fechada, destravou e abriu a porta do carro e se afastou correndo e fazendo com o que os motoristas reclamassem através das buzinas.

Woong abandonou o veículo no meio da pista e correu atrás dela ao som de palavras nada agradáveis dos motoristas.

Antes mesmo que ele chegasse à calçada, ela já tinha sumido entre a multidão.

Ele voltou para o castelo e se trancou no quarto. Naquele dia não viu o falso primo. Soube que ele passou o dia com a noiva. Dormiu sem comer, apesar dos protestos da mãe. Amava três pessoas e nenhuma delas era simples, isso o deixava sem fome.

Alguns dias se passaram. Depois de dar a correntinha para a mulher misteriosa, Woong não teve mais contato com ela. Sempre que ligava o telefone tocava até cair na caixa postal e as suas mensagens não eram respondidas.

Ele chegou ao ponto de ir até a casa de Park Ho Sook, porém não teve coragem de tocar a campainha.

Evitava o falso primo e, com essa distância, começou a se sentir mais convicto dos seus sentimentos pela mulher misteriosa. Uma convicção que só durou até um estranho sonho.

No sonho, ele estava perto da fonte no jardim do castelo, suas roupas eram como as dos príncipes dos contos de fadas. A mulher misteriosa estava com ele usando um longo vestido de princesa. Ele estava feliz e colocava a correntinha no pescoço dela e a beijava depois. Tudo ia bem, mas ao abrir os olhos depois do beijo ele viu Tae-Yang vestido como ele e olhando fixamente na direção deles. Pelo seu olhar podia sentir o quanto ele estava magoado.

De repente, Tae-Yang pegou uma espada presa a uma árvore e se matou atravessando o seu corpo com ela. Woong gritou no sonho e correu para ele, mas acabou acordando frustrado antes de alcançá-lo.

— Que droga de sonho idiota! Esse rapaz tem que sair dessa casa.

Decidido, se levantou da cama e foi até o quarto do rapaz. Bateu na porta e não teve retorno.

Ele entrou e não havia ninguém. Levado pela curiosidade começou a mexer nas coisas do rapaz.

Quando puxou um agasalho, algo caiu do bolso chamando a sua atenção. E ao ver o objeto o seu mundo desabou. As coisas começaram a se encaixar de uma maneira sinistra.

Descoberta

No caminho de volta para a casa, depois de passar o dia conversando com Park Ho Sook, An-ri caminhava pensativa. Deixou de lado a carona oferecida pela noiva/amiga e pegou um ônibus até perto do castelo.

"Ele nunca vai me perdoar. Não tem nada para mim aqui."

Tinha passado os últimos dias evitando contato com Woong, seja como o falso primo ou como a mulher misteriosa.

Um carro parou na sua frente e abriu a porta. Quando ela ia passar por ele, ouviu:

— Entre, Tae-Yang.

Ela se virou e viu Hyun-Shik.

Pensou em se negar a entrar, mas não tinha forças para fugir.

Entrou no carro e colocou o cinto.

— Passeando pela cidade? A rainha permitiu? – o homem questionou cínico.

— Só uma volta. Não sabia que o acordo incluía prisão – estava esgotada ao ponto de sequer conseguir pensar em ser educada ou ter medo.

— Muitas visitas a casa da sua noiva e ainda não decidiram uma data para o casamento. Tem algo que queira nos contar? Está tentando nos passar a perna? – sua voz era ameaçadora.

— Eu estou cansado de tudo isso. Por favor, me liberte. Aquelas pessoas são boas. Não merecem ser enganadas. O que pretendem fazer depois que eu me casar e conseguir as benditas assinaturas passando os poderes da empresa deles para Mun-Hee?

— Impossível parar o que já começamos. Quanto ao pretendemos fazer não é problema seu. Estará com o seu pagamento e com aquele idoso, bem longe da Coreia.

— Por que insistem nisso? Pelo amor de Deus! Essa senhora mora em um castelo, é chamada de rainha. O que mais ela quer?

— Que você cumpra a sua parte.

— Isso não está certo – insistiu.

O homem ficou em silêncio fazendo com que An-ri acreditasse que estava pensando sobre o que ela falou. Ledo engano.

De repente, ele a segurou pelo braço com tanta força que ficaria a marca dos seus dedos e ameaçou:

— Sabe o que eu posso fazer com você? Estou tentado a testemunhar um acidente. Talvez um em que você perde um dedo ou dois. Desde que não seja o dedo da aliança.

An-ri o olhava assustada enquanto ouvia as palavras ameaçadoras, mas se virou para a janela para que ele não visse a dor em sua expressão. O seu coração batia descompassado de puro medo.

Hyun-Shik não deixou escapar que conseguiu assustar a sua presa e a soltou satisfeito. Logo estavam estacionando no castelo.

An-ri desceu do carro quase correndo e, chorando, se esquivou de todos até entrar no quarto. Decidiu que sumiria da vida daquelas pessoas para sempre. Park Ho Sook já tinha se oferecido para levar o senhor Min-Kyung para viver no interior, de forma a tirá-lo da bagunça ao mesmo tempo em que realizava o sonho dele. Era hora de aceitar.

Quando ela entrou no quarto, quase desmaiou de susto. Se apoiou na parede ao ver Woong sentado em sua cama. Ele segurava o colar com pingente de coroa que deu a ela.

— Quem é você e o que faz com isso? – ele questionou com uma voz que a fez sentir frio.

— Eu... eu... – gaguejou. Podia dizer a verdade, mas aquilo poderia acabar com os seus planos de fugir e viver em paz no interior. — Eu estou guardando para a minha noiva. Ela disse que é de uma amiga – disse a primeira desculpa que veio a sua mente.

— Isso é mentira! – ele pegou o telefone e ligou para o número que recebeu de Park Ho Sook. O telefone dela começou a tocar dentro da mochila que carregava. — Tenho certeza de que se eu encerrar a ligação ele vai parar de tocar – Woong andou ameaçadoramente até ela.

An-ri prendeu a respiração e fechou os olhos temendo uma agressão. Naquele momento, não tinha força para revidar.

Woong simplesmente fechou a porta e se apoiou nela.

— Você não vai sair daqui enquanto não me disser a verdade. Quem é você? Por que se fingiu de mulher para me confundir ainda mais?

Ela abriu os olhos ao perceber que ele entendeu tudo errado.

— Não tem jeito de viver em paz! – resmungou baixinho. Depois o olhou e declarou. — Eu nunca fingi ser mulher. Passei a vida inteira fingindo ser homem.

Ele a segurou pelos braços e a puxou a ponto de quase baterem testa com testa. Segurou exatamente onde Hyun-Shik havia apertado.

— Você quer mesmo me enlouquecer, não é?

— Por favor, me escute – ignorou a dor nos braços. — Quero te contar a verdade mesmo sabendo que o seu ódio pode aumentar.

Que verdade poderia ser pior do que descobrir que estava sendo enganado? Que verdade poderia ser pior do que saber que as duas pessoas que mexiam com o seu coração era a mesma pessoa sem escrúpulos?

O medo de descobrir as respostas para essas perguntas foi mais forte e ele a soltou.

— Não quero ouvir mais nada de você – começou a abrir a porta, mas ela o segurou pelo braço.

— Vai se arrepender e vai passar a vida toda me culpando por me odiar.

Ele puxou o braço bruscamente.

— Não. Eu vou te esquecer como homem e como mulher. Seja lá o que você for, não me importa mais.

Sem esperar uma reação, ele jogou o colar no chão e saiu do quarto, não queria que ela o visse chorar. Não queria fazer papel de idiota aceitando qualquer mentira apenas porque sentia que não podia ficar longe daquela pessoa.

Ao mesmo tempo em que ela fechava a porta e escorregava nela chorando, ele fazia o mesmo no seu quarto.

Porém ela se levantou em poucos minutos. Estava na hora de deixar o castelo. Temia que ele estivesse contando para a mãe.

Pegou o colar no chão e colocou no pescoço.

— Você pode me esquecer, mas eu nunca o esquecerei – ela pegou só algumas peças de roupa e a sua coroa escondida em um armário e colocou na mochila. — Esse foi o pior jeito de descobrir o amor! – lamentou com um sorriso cheio de amargura.

Se esquivando para não ser vista, saiu do castelo e ligou para Park Ho Sook.

— Chegou a hora. Vou te esperar no lugar de sempre. Por favor, cuide do meu amigo antes de qualquer coisa – disse e desligou o aparelho. Não sabia se eles poderiam rastrear e não queria atender ou receber nenhuma mensagem. Queria pelo menos algumas horas na ilusão de que poderia ser feliz.

Não se preocupou com o jeito com o qual falou com amiga. Ela sabia o que significava.

Despertar

No dia em que An-ri saiu do castelo disposta a nunca mais voltar, Mun-Hee chegou no hospital exatamente quando Kim Gi-Gook saiu. Em todos os anos em que a rainha esteve em coma, ela nunca a visitou.

Parada ao lado da cama, ela limpou uma lágrima imaginária e começou um discurso sobre como sentia muito por ela estar naquela situação e como nunca a visitou porque não queria vê-la mal.

Enquanto falava ela se controlava para não rir. Tudo naquele quarto era gravado.

A porta se abriu e uma enfermeira entrou.

— Olá, senhora!

Mun-Hee a cumprimentou com um aceno.

Observou enquanto a mulher mexia nos equipamentos. O seu coração estava acelerado de empolgação. A mulher ficou na frente dos aparelhos para impedir a visão, porém Mun-Hee sabia exatamente o que ela estava fazendo, hackeando os aparelhos.

A enfermeira saiu poucos minutos depois de entrar.

Mun-Hee ainda fez mais alguns discursos e, antes de sair, sussurrou no ouvido da rival:

— Dessa vez você vai ser enterrada. E vou acabar com qualquer esperança da sua filha aparecer. Já passou da hora de nos livrarmos de vocês e sermos apenas a família que éramos antes.

Enquanto falava, ela estava tão concentrada que não notou o movimento. A mão direita de Hwa-Yomg se moveu fechando o punho lentamente.

Ela saiu do hospital sob o olhar admirado das pessoas. Muitos conheciam a sua figura e admiravam a forma como ela ajudava a família real.

Mun-Hee estava no castelo jantando com o rei quando os aparelhos da rainha foram desligados remotamente.

Todos os aparelhos se desligaram ao mesmo tempo.

Não havia ninguém no quarto. Por alguns instantes, o coração de Hwa-Yong parou, mas retomou as batidas lentamente como se lutasse contra a maldade dos que queriam destrui-la.

Hwa-Young abriu os olhos e demorou para entender onde estava. A luz intensa incomodava as suas retinas.

Abriu a boca para chamar alguém, porém teve que ensaiar algumas vezes antes de conseguir pronunciar algumas poucas palavras quase em um sussurro.

Uma enfermeira estava entrando no quarto com uma prancheta e se assustou ao ouvir:

— Onde estou?

A prancheta caiu da sua mão.

— Oh, meu Deus! – a mulher se aproximou e a analisou antes de chamar o médico.

— Doutor, venha rápido. A rainha acordou! – ligou para o médico, não satisfeita em apenas bipar.

— Eu quero ver a minha filha! – Hwa-Young exigiu ainda com a voz fraca. Sua última lembrança era de estar chamando a filha de volta para não se molhar na chuva e o golpe em sua cabeça.

— O médico já vai chegar e responderá todas as suas perguntas.

Como em um passe de mágica, o médico apareceu assim que ela terminou de falar.

— A nossa bela adormecida está de volta – disse sorrindo.

— Bela adormecida? Quanto tempo eu dormi?

— Você esteve em coma tempo o suficiente para nos deixar com saudades da sua voz.

— Eu quero saber exatamente quanto tempo estive aqui.

O médico olhou os aparelhos para confirmar se ela receberia bem a notícia. Estavam todos ligados novamente, havia ficado poucos minutos desligados, apenas o tempo que acharam suficiente para a rainha desistir de viver.

Ele percebeu que havia alterações em seus sinais devido a ansiedade e explicou:

— Tudo bem! Só precisa me prometer que vai ouvir tudo com calma porque se a senhora se alterar teremos que aplicar um sedativo e voltará a dormir.

Ela balançou a cabeça concordando.

Quando o médico começou a falar, ela teve dificuldades em se manter calma, porém usou toda a força de vontade que possuía para se manter firme. Precisava ficar acordada, pois recordava muito bem as pessoas que a atacaram. Eles precisavam pagar.

Enquanto isso, no castelo, Kim Gi-Gook questionava:

— Woong não virá jantar?

— Creio que não. Uma empregada já foi chamá-lo e ele disse que não vai descer.

— Será que está se sentindo mal?

— Ultimamente ele anda fazendo coisas estranhas. Precisamos casá-lo de uma vez para que ocupe os espaços vazios em sua mente. Deixe que fique no quarto, logo vou fazê-lo cair em si.

Kim Gi-Gook abriu a boca para responder ao comentário, mas foi interrompido por uma empregada que entrou na sala de jantar com uma expressão, que deixava claro o seu medo de ser repreendida por Mun-Hee ao interromper.

— Senhor, desculpe...

— Não importa o que seja, volte após terminarmos o jantar – Mun-Hee disse antes que Kim Gi-Gook pudesse se manifestar.

— Sinto muito por incomodar, mas é uma ligação urgente do hospital.

— Por que não disse logo? Fica gaguejando. O que aconteceu?

Enquanto Mun-Hee exigia saber o que aconteceu, Kim Gi-Gook tirou o telefone da mão da empregada e se afastou um pouco da mesa.

— O que aconteceu? – perguntou para a pessoa do outro lado da linha.

— Uma coisa maravilhosa! – uma voz feminina respondeu.

Ele estava apreensivo de um lado e a enfermeira eufórica do outro.

— A sua esposa acordou.

Ele demorou alguns segundos para absorver a informação.

— Oh, meu Deus! Obrigado! Estou indo para o hospital agora.

— O que houve? – Mun-Hee já não cabia em si de ansiedade para ouvir a notícia da morte da rival.

— Hwa-Young saiu do coma – ele respondeu com um sorriso.

Ela segurou na cadeira para não cair. *"Acordou? Como assim acordou? Aquela infeliz devia estar morta. Quantas vidas tem essa miserável?"*

— Vá! Ela precisa te ver – disse com os dentes cerrados. Naquele momento se segurava para não quebrar tudo ao redor.

— Sim – ele disse já saindo em direção as escadas. — Vou avisar ao Woong.

Kim Woong ainda estava sentado no chão perto da porta quando começaram a bater. Imaginou que fosse a empregada novamente e estava pronto para dizer para deixá-lo em paz quando ouviu a voz de Kim Gi-Gook:

— Filho, você está aí? A sua tia acordou. Estou indo vê-la.

Ele se levantou rapidamente, surpreso com a excelente notícia. Limpou as lágrimas o máximo que pode.

Quando abriu a porta abraçou o pai de criação.

— Estou feliz demais com essa notícia.

Kim Gi-Gook se surpreendeu com os olhos vermelhos do filho, mas estava tão contente que associou ao fato de ter acontecido algo tão maravilhoso. Naquele momento, não conseguiu fazer as contas para descobrir que o filho passou as últimas horas chorando pelo coração partido.

Seguiram para o hospital.

Woong pensava em como diria a mãe que o noivo com o qual ela armou um golpe, era na verdade uma garota.

Chegaram ao hospital, onde o comentário geral era sobre o despertar da rainha.

— Você está diferente, meu amor! – Hwa-Young olhou Kim Gi--Gook analisando-o.

Kim Gi-Gook segurou a mão dela.

— Envelheci. Você continua linda como na primeira vez que a vi.

— Eu também envelheci – ela sorriu. — Quem é esse rapaz?

— Kim Woong, não fique aí parado, diga oi a sua tia.

— Woong? O principezinho?

— Olá, tia! Estou feliz que tenha acordado.

— Venha aqui! – estendeu os braços. — Você cresceu tão bem. Agora não é mais um principezinho, é um príncipe.

Ver o quanto Woong cresceu, a fez recordar da filha.

— Amor, me diga que é mentira o que o médico disse sobre a nossa filha.

— Infelizmente é verdade, querida. Nunca a encontramos depois daquele dia.

— Mas eu a senti a presença dela. Eu a ouvi dizendo que eu precisava acordar, que a minha família precisava de mim – sua voz demonstrava certo desespero.

— Uma garota disse isso, mas não era An-ri – enquanto falava Woong se perguntava se realmente não era. Ele não sabia nada sobre a garota e aquelas lágrimas dela não saiam da sua cabeça.

— Eu quero ver essa garota! Preciso ficar cara a cara com ela. Só assim, meu coração vai acreditar – Hwa-Young se apegou ao fio de esperança que a garota representava.

— Primeiro, vamos cuidar de sair desse hospital, então trate de seguir tudo que o médico ordenar, vossa majestade – Kim Gi-Gook disse entre brincalhão e sério.

— Woong, querido, pode tentar trazê-la aqui? – Hwa-Yong insistiu.

— Vou tentar. Agora descanse. A senhora precisa voltar para o castelo logo.

— Eu acho que já descansei demais – ela fez biquinho. Estava ansiosa para ver a moça, pois tinha certeza que era a sua filha.

Woong e Kim Gi-Gook riram.

Passaram mais alguns minutos juntos. Depois Kim Gi-Gook decidiu ficar a noite com ela e pediu que o filho providenciasse algumas roupas.

Policiais vieram conversar com a rainha para coletar o seu depoimento sobre o que aconteceu naquele dia, porém ela pouco soube dizer, pois a pancada a pegou de surpresa. A única coisa que ela tinha certeza é que naquele momento só havia o secretário Hyun-Shik e o motorista por perto. Eles passaram a ser os únicos suspeitos para os policiais. Para Hwa-Yong eles eram os culpados e ela estava disposta a não descansar enquanto eles não pagassem.

Woong voltou para o castelo e a primeira coisa que fez foi subir até o quarto do falso primo.

O quarto estava vazio.

— O que eu esperava? Que ele estivesse aguardando para ser confrontado? – resmungava enquanto andava pelo quarto recordando os momentos em que esteve com ele e com a garota misteriosa. — Nem sei se devo chamar de ele ou de ela. Mas agora quero te confrontar ainda mais porque realmente só teremos paz ao descobrir quem é você.

Depois de algum tempo perdido em lembranças, ele saiu do quarto, pegou algumas coisas para o pai e saiu depois de ser informado que a mãe havia ido encontrar algumas amigas. Ele tinha ficado um pouco decepcionado por a mãe não ir até o hospital, mas já sabia da rivalidade das duas, apesar de se mostrarem amigas, e não forcaria a barra.

A prioridade agora era descobrir a verdade sobre o misterioso Tae-Yang.

Ao contrário do que eles pensavam, Mun-Hee não estava em nenhum encontro com amigas. Estava com Hyun-Shik seguindo Park Ho Sook.

Hyun-Shik havia descoberto a nova amiga da garota e mostrou através de uma foto o quanto ela era parecida com Hwa-Young. Também contou que ela andava por ai com Woong.

Mun Hee ficou desesperada diante da semelhança entre as duas. Temia que An-ri tivesse voltado dos mortos para atormentá-la.

Como algo assim poderia acontecer justamente quando aquela imbecil acorda? – se questionava por que não acabou com a rainha de uma vez, mesmo com câmeras.

— O que faço em relação ao despertar de Hwa-Young? – Hyun-Shik questionou tirando-a das lamentações.

— Por enquanto você continua com a versão de que foram atacados. Se as coisas ficarem piores providenciaremos que fuja.

— Sim, senhora – ele estava preparado para escapar diante de qualquer situação. Mas o medo de se afastar de Mun-Hee fazia com que se tornasse imprudente. — E o que faço com a garota?

— Descubra se ela é a filha daquela sonsa – ordenou. — E mesmo que não seja, faça com que desapareça. Não quero alguém que sequer lembre aquela garota, perto do meu filho.

Hyun-Shik assentiu. Dessa vez pretendia garantir o fim da sua presa.

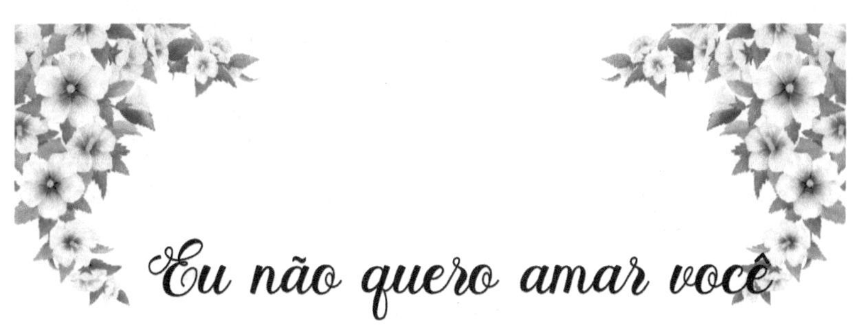

Eu não quero amar você

Mais de uma semana se passou depois que An-ri fugiu do castelo.

Woong não contou para a mãe o que aconteceu e Mun-Hee, depois de confirmar que o amigo idoso do garoto também havia sumido, desistiu provisoriamente. Para ela, se livrar da rainha e da garota que surgiu, passou a ser mais importante que usar um rapaz qualquer para conseguir dinheiro e poder.

An-ri estava passando alguns dias na casa de Park Ho Sook, onde não se vestia mais como homem. Havia deixado isso no passado. E achava que era a melhor forma de se livrar da chantagem de Mun-Hee. Ela em breve, teria uma nova identidade. Uma que pudesse usar sem medo.

Pensava em continuar usando o nome com o qual se apresentou aos pais de Park Ho Sook, An-ri. Ela havia escutado várias vezes esse nome, durante o tempo em que esteve no castelo, e foi o primeiro que veio a sua cabeça quando pensaram em um nome novo. Gostava do som da pronúncia. Havia passado longos minutos repetindo-o na frente do espelho.

Woong ligava constantemente no telefone que ela usava como mulher. A desculpa que ele usava para si mesmo era o fato de precisar levar a garota até a tia. Também ligava no número que ela usava como homem. Em nenhum deles era atendido.

Até que em certa tarde, Park Ho Sook tirou o telefone que a amiga olhava como que hipnotizada, vendo a tela iluminada com mais uma ligação de Woong.

— Pare de fingir que está tudo bem. Não desista assim tão fácil.

— Acabou! Ele disse que queria me esquecer. Eu devo apenas respeitar isso e seguir a minha vida.

— Atenda esse telefone. Se ele quisesse esquecer não ficaria ligando tão insistentemente.

— Aposto que as ligações são por causa das armações da mãe dele.

— Pois digo que não são. Você acha que ele vai ficar feliz só porque está fazendo o que disse em um momento de raiva? Ele também está sofrendo e como você foi a culpada, deve pelo menos tentar mais uma vez.

Eu sei que fui a culpada por toda essa bagunça, mas é tão difícil tentar corrigir – pensou abaixando a cabeça ao mesmo tempo em que o telefone parava de tocar.

— Dói olhar para ele e ver raiva e decepção – confessou.

— O amor que ele sentia não se apagou apenas porque está com raiva. Resolva isso logo – ao dizer isso Park Ho Sook saiu do quarto. Queria dar privacidade para a amiga fazer o que o coração pedia.

An-ri ficou olhando o telefone sobre a cama durante vários minutos antes de se decidir.

Sentou-se na cama, respirou fundo e discou o número de Woong.

Somente após o quinto toque, foi que ele atendeu.

— Achei que estivesse morto... morta... sei lá – disse demonstrando ainda estar mais que irritado.

— O que queria me dizer? – ela ignorou o comentário.

— Prefiro dizer pessoalmente. Podemos nos encontrar agora?

Ela ficou alguns segundos em silêncio. Tinha dúvidas se era uma boa ideia, mas queria vê-lo independente do motivo.

— Tem um café perto da empresa onde eu trabalhava. Me encontre lá em uma hora.

— Estarei lá – depois dessas duas palavras, os dois ficaram em um silêncio constrangedor por vários segundos, até que Woong decidiu encerrar a ligação.

An-ri colocou o telefone de lado, disposta a procurar a amiga para informar sobre o encontro, porém não foi necessário ir muito longe, Park Ho Sook estava prestes a bater na porta quando ela abriu.

— Você adivinha pensamentos? – Park Ho Sook brincou entrando no quarto.

— Eu ia te procurar para dizer que liguei para ele e vamos nos encontrar.

— Ele te quer de volta – afirmou batendo palmas.

— Não falamos sobre isso. Ele só disse que precisava conversar comigo pessoalmente.

— Pois aposto que ele quer que você se desculpe novamente, para dessa vez poder aceitar.

— Contos de fadas não existem. Sai dessa! Lembre-se que o seu príncipe encantado acabou sendo apenas uma borralheira disfarçada – resmungou se referindo ao noivado fajuto.

— Vamos parar de conversa e transformar essa borralheira em uma princesa que vai ao encontro de seu príncipe – declarou indo em direção ao guarda-roupa onde tinha enchido de coisas novas para a amiga que reclamou, mas acabou aceitando.

Revirando os olhos, An-ri se colocou nas mãos dela, como uma boneca nas mãos de uma menina.

Na hora marcada, Woong estava esperando no café. Da sua mesa tinha uma visão privilegiada de quem entrava e saia do lugar. Ele não acreditou em seus olhos quando viu An-ri entrar no local. Ela não usava os cabelos longos dos outros encontros, no seu lugar estava o cabelo curto, porém com um corte feminino que combinava com o vestido. Ela usava pouca maquiagem, mas era o bastante para não deixar dúvidas de que era a mulher com a qual ele se encontrou.

Agora não tem mais como negar, são a mesma pessoa – pensou enquanto encarava cada passo dela.

Quando mais ela se aproximava mais ele desejava beijar novamente aqueles lábios cobertos por um batom clarinho.

Teve que limpar a garganta com o suco para conseguir falar com ela sem denunciar como estava afetado.

— Sente-se – disse vendo que ela pretendia ficar parada perto da mesa, até ser convidada. — Deseja alguma coisa?

— Não, obrigada!

Ignorando sua negativa, ele se virou para uma garçonete e pediu:

— Traga a sua melhor bebida de chocolate.

A mulher assentiu e, depois de poucos minutos, nos quais nenhum dos dois pronunciaram sequer uma palavra, trouxe chocolate quente com caramelo.

An-ri provou. Não resistia a chocolate. Só depois de grandes goles foi que ela quebrou o silêncio:

— Você disse que queria falar comigo. Se for por causa da sua mãe, adianto que não voltarei. Eu já contei a verdade para Park Ho Sook e a sua mãe não pode mais me chantagear. Diga a ela que Tae-Yang não existe mais.

E quem é você agora? – pensou em questionar, mas sua atenção foi guiada para a palavra chantagear.

— Quer me convencer que a minha mãe usou de chantagem para te convencer a se passar por homem? – ele até esqueceu o motivo pelo qual estava ali, ao ouvir tamanho absurdo sobre sua mãe.

— Ela não sabia que eu não era homem. Me usou por isso.

— E como ela poderia te chantagear?

— Por que me pergunta isso se pelo tom da sua voz percebo que não acredita em mim? – antes que ele pudesse responder, ela completou: — Em vários momentos, eu estive pronta para te contar a verdade, mas tive medo. Medo da sua reação, medo do que aconteceria se contasse para a sua mãe. A vida do meu amigo estava em jogo. Talvez nada disso sirva como justificativa, porém se eu pudesse voltar atrás a única coisa que evitaria era me apaixonar por você.

— Só se arrepende disso?

— Sei que se não te amasse, não doeria tanto.

— Você fala sobre o que sentiu e o que sente; mas parece não dar a mínima para o que fez comigo – o pedido da tia já era um assunto distante em sua mente. Naquele momento, tudo que ele queria era acordar e se descobrir ao lado dela, que tudo fosse um sonho e que nada tivesse acontecido na sua infância, que ela fosse o seu primeiro amor, com o qual cresceu e se casou. Criava essa cena na sua cabeça enquanto a encarava esperando que dissesse algo. Como ela permaneceu muda, olhando o copo da bebida de chocolate, ele disse em quase um lamento: — O que você quer?

"Por favor, diga que quer o meu perdão" – completou em pensamento.

— Sinto muito por ter mentido para você – foi tudo que An-ri conseguiu dizer. Sentia que palavras não iriam resolver toda aquela bagunça.

"Eu vou deixar você em paz. Vou te deixar me esquecer e ser feliz, mesmo tendo a certeza de que nunca vou te esquecer e que vou sofrer até os meus últimos dias."

— Já disse que estou cansado de ouvir isso – "Devia apenas dizer que me ama e implorar por perdão." — Em algum momento você me amou?

— Eu nunca vou deixar de amar você, mas não vou implorar perdão – ela disse olhando em seus olhos.

Ele se perguntou se ela ouviu os seus pensamentos ou se se distraiu e os deixou sair como palavras.

— Eu não quero viver a sombra do que fiz. Agora eu sei disso. Não quero que olhe para mim com esse olhar acusador. Se não me ama mais, eu vou entender. É suficiente saber que não vai sofrer por um sentimento ferido, que vai buscar a sua felicidade. Deixe que dos cacos do meu coração, eu cuidarei.

— Eu não te amo mais – "Mentira! Estou desesperado para te abraçar."

Ela sorriu em meio as lágrimas traiçoeiras que derramaram.

— Certo. Vou fazer o possível para nunca mais aparecer na sua frente.

— Não se preocupe tanto. A sua presença só me incomoda da mesma forma que a presença de outras pessoas falsas, mas sou educado, não irei te destratar.

Ela abriu a boca para responder, mas as palavras duras e frias foram demais para o seu coração.

Quase cega pelas lágrimas, An-ri se levantou e saiu rapidamente do café.

"Como a conversa tinha seguido por tal caminho?" – Woong se perguntava enquanto cerrava os punhos para não ir atrás dela.

"Sinto falta de ser homem. A minha tia estava certa em dizer que ser mulher é mais difícil." – An-ri pensou enquanto entrava no primeiro táxi que encontrou. Uma voz dentro dela a corrigia dizendo: "O problema não é o sexo, é se apaixonar do jeito errado, com mentiras."

Woong sentiu a lágrima solitária descendo pelo seu rosto. Não aguentou e correu para fora do café disposto a obrigá-la a pedir perdão e dizer que o amava, mas era tarde demais. Ela já havia partido.

O baile

O despertar da rainha Hwa-Young foi comemorado por pessoas no mundo inteiro.

Apesar de ela não ter ânimo, foi marcado um baile em sua homenagem.

Tudo que ela queria era o encontro com a garota que Woong levou ao hospital, pois ver uma foto deles do dia na praia a fez ter mais certeza de que era a sua filha. O problema é que Woong não conseguiu mais contato em nenhum dos telefones, eles foram desativados. Na empresa, disseram que Tae-Yang pediu demissão e Park Ho Sook dizia que não tinha mais notícias depois de descobrir que o noivo era uma garota e desligou o telefone dizendo que Woong e a mãe eram uma quadrilha de aproveitadores.

Ela estava com raiva por ele ter dado o fora na amiga.

Mun-Hee também não conseguia achar nenhuma pista. Tudo que ela sabia é que a menina desconhecida estava passando alguns dias com a família Park e que eles a chamavam de An-ri. O bastante para decidir desaparecer com a garota.

— Desapareça com ela no dia do baile – ordenou a Hyun-Shik. — Vou providenciar que não seja permitido acompanhantes e que não incluam o nome dela na lista, assim a família Park a deixará sozinha. Vai ser o momento perfeito.

— Sim, minha rainha – ele estava tranquilo porque conseguiu manter o seu depoimento sobre o ataque sem suspeitas. O fato de Hwa--Young ter recebido a pancada na cabeça por trás, sem ver o agressor, fez com que as autoridades duvidassem da certeza que ela tinha sobre o envolvimento dele. Mun-Hee conseguiu que ele ficasse no castelo desde que não se encontrasse com Hwa-Young ou Kim Gi-Gook que não aceitaram a sua palavra.

— Dessa vez, eu imploro, que desapareça até com os ossos dessa garota. Não temos direito a erros.

— Eu garanto que jamais encontraram o corpo dela.

— Assim espero.

An-ri arrumava as suas coisas em uma mala. Estava pronta para ir trabalhar no interior com o senhor Min-Kyung, quando Park Ho Sook entrou no quarto animada.

— Vai ter um baile! – rodopiou como se dançasse em um salão.

— Você parece muito animada com isso – comentou sem parar de colocar as coisas, que ganhou da amiga, na mala.

— Lembra-se da rainha que estava em coma? – An-ri balançou a cabeça afirmando e ela continuou: — Vai ser um baile tipo aqueles dos contos de fadas, em homenagem ao despertar da rainha que foi como o de Cinderela.

O coração de An-ri errava o ritmo toda vez que ouvia falar da rainha.

— Eu posso ir? – se ouviu perguntando. Depois se arrependeu. Seria muito arriscado ser vista, pois poderia ser reconhecida. — Esquece.

— Não. Claro que deve ir. Pense nisso como o seu baile de despedida – disse escondendo o convite atrás das costas. Não queria que a amiga visse que não era permitido levá-la, se ela visse poderia se negar a ir como penetra.

— Eu quero ir, mas é perigoso – An-ri deixou a mala de lado. Imaginava como seria um baile.

— Você vai e ponto final. Vou cuidar para que ninguém te ameace.

Vencida pelo entusiasmo da amiga, An-ri abandonou completamente a mala e foram fazer planos de como seria a festa.

No dia do baile, elas passaram horas cuidando da beleza.

Park Ho Sook já havia dito aos pais que a levaria, mesmo depois de receber a negativa de Mun-Hee, de incluir a amiga no convite.

Estavam as duas no quarto de Park Ho Sook dando os últimos retoques.

Depois de se olhar no espelho, An-ri rodopiou segurando o vestido. Sentia-se livre depois de começar a se vestir como mulher. Se não fosse a dor de perder Woong, se sentiria completamente feliz.

— Você está parecendo uma princesa – Park Ho Sook comentou. Também usava um vestido longo, porém vermelho e moderno. Não gostava de parecer uma princesa da Disney. Diferente de An-ri, que estava disposta a usar roupas o mais feminina e fofa que pudesse. Seu vestido era lilás, com uma saia que chegava aos seus pés e com detalhes em rendas e bordados em forma de flores e borboletas. O decote era coberto por uma fina renda que finalizava em pequenas pedras ao redor dos ombros e do pescoço.

— Falta uma coisa – ela abriu a mala e tirou a coroa.

— Que linda! – Park Ho Sook disse se aproximando para ver o objeto de perto. — Quando você a comprou?

— Eu a tenho desde criança – colocou na cabeça. — Acho que ninguém vai perceber que é infantil.

— Não. Ficou perfeita! Combinou com o vestido.

Nessa hora bateram na porta.

— Meninas, estamos atrasados! – o senhor Park anunciou.

— Estamos prontas – Park Ho Sook anunciou.

Elas desceram com ele e seguiram para o castelo.

Entrar na festa não foi nenhuma dificuldade. Park Ho Sook se adiantou e subornou a pessoa que ficaria conferindo a entrada e saída dos convidados.

Mesmo sem saber que estava como penetra, An-ri tremia de medo e expectativa quando desceu do carro ao lado da amiga.

Ela entrou no salão e todos os olhares se voltaram em sua direção. Ela se sentiu como um animal no zoológico. Segurou com força o braço da amiga enquanto andava pelo local.

Por onde passavam, elas ouviam: *quem é essa? É tão linda! Nunca vi antes.*

Park Ho Sook viu algumas pessoas conhecidas e a apresentou. Eram pessoas boas que logo deixaram An-ri à vontade.

Em um canto do salão, Mun Hee praguejou e lançou um olhar mortal em direção ao secretário Hyun-Shik que simplesmente abaixou a cabeça por terem falhado em impedir a presença da garota.

Hyun-Shik, que estava só esperando a chegada dos Park para atacar, decidiu que faria o que planejou mesmo que acabasse sobrando para aquela família de intrometidos. Passou a seguir os passos da garota que parecia um fantasma de tanto que parecia com a rainha Hwa-Young de anos atrás.

Durante a festa, An-ri chegou a esquecer de que estava no lugar onde havia pessoas que a odiavam e pessoas más. Os amigos da família Park a tratavam muito bem e passavam o tempo conversando na mesa reservada a eles.

Depois de alguns minutos, cansada de ficar sentada, ela pediu licença e se levantou se aproximando de algumas rosas próximas a sua mesa. Tinha se afastado para ir ao toalhete justamente quando a rainha Hwa-Young apareceu e cumprimentou os Park, perdendo a chance de vê-la de perto.

Quando ela voltou, a rainha já estava distante, cumprimentando outros convidados ao lado do rei e de Kim Woong.

"Ele parece que nem notou a minha presença." – An-ri pensou enquanto cheirava uma rosa sem tocá-la.

Ao contrário do que ela imaginava, Woong a observava disfarçadamente de longe. Ele tentou se manter longe, mas não resistiu ao vê-la tal qual uma pintura ao lado da roseira. Se aproximou ignorando os olhares que o seguiam e fez uma reverencia ao chegar perto dela.

— Dance comigo, minha dama – disse chamando a sua atenção.

An-ri tentou não sorrir ao virar na sua direção, mas foi impossível. Ele estava em uma pose como a dos príncipes dos contos de fadas.

O amor foi mais forte e guiou sua mão na direção da dele. Era como se nunca houvesse ocorrido mal-entendidos em suas vidas.

Todos olhavam na direção dos dois, de empregados a convidados, inclusive o rei e a rainha que tinham se dado conta de como a garota realmente se parecia com a Hwa-Young de anos atrás.

Woong não se importava nem um pouco com os olhares. Chamaria a atenção em atitudes ridículas quantas vezes fossem necessárias se a fizesse sorrir com sorria, ao ser levada por sua mão.

A conduziu até perto da banda que começou a tocar uma bela música, repleta de promessas de amor eterno.

Enquanto dançavam, ele perguntou:

— Onde comprou essa coroa? – recordava o momento em que presentou a *irmã* com uma igual.

— É uma daquelas coisas que prefiro guardar para mim, se não se importa – respondeu sem conseguir parar de sorrir.

— E posso saber o seu verdadeiro nome? – ele já havia escutado alguns convidados dizendo que ela se apresentou como An-ri.

Hipnotizada pelo olhar dele, ela respondeu com sinceridade:

— Acho que nunca tive a chance de ter um nome de verdade. Agora que estou determinada a ser alguém, escolhi o nome da sua irmã. Espero que não se importe. Eu gosto do som quando as pessoas me chamam por ele. An-ri... – pronunciou o nome fechando os olhos por pouco mais de um segundo.

— Combina com você – ele respondeu simplesmente.

Ele já estava mais do que desconfiado de que ela era a filha perdida de Hwa-Young. Depois que ela acordou e o jeito como olhou para a garota ao entrar no salão, ajudou ainda mais nessa desconfiança.

Ela deve ter perdido a memória e foi criada por pessoas estranhas que nem mesmo se preocuparam com o seu futuro, deixando que ela andasse por aí como homem – pensou triste.

Decidiu que depois do baile conversaria com ela e colocaria tudo a limpo, inclusive através de um exame de DNA.

An-ri sorriu feliz por Woong não ter implicado por ela ter usurpado o nome de alguém que era importante para ele.

— Você é realmente a mulher mais linda que já vi – ele mudou de assunto.

— Agora tem certeza de que sou uma mulher? – ela riu.

— Sim. Você é uma mulher cruel que me fez duvidar da minha sexualidade mesmo sabendo que eu não poderia me tornar homossexual, quando isso é algo que nasce conosco. Você me fez duvidar disso.

— Sinto muito – o sorriso sumiu do seu rosto.

Ele não gostou. Queria que aquele sorriso ficasse ali para sempre.

— Só vai dizer isso? Sinto muito. Sinto muito – se curvou e sussurrou perto da sua orelha. — Não é o bastante. Precisa de bem mais que isso. Precisa de um escândalo para pagar pelos seus pecados.

O corpo de An-ri ficou mole diante das sensações que eram despertadas pelo som baixo da voz dele, perto da sua orelha.

Woong a segurou com firmeza.

— Um escândalo? – perguntou tentando encontrar uma certa lucidez. Não entendeu o que ele quis dizer.

— Algo assim – ele guiou as mãos dela até o seu pescoço, fazendo com que ela quase ficasse nas pontas dos pés.

Ela abaixou a cabeça consciente de que aquilo era mesmo um escândalo, tanto quanto o beijo que ele roubou quando achava que ela era um homem.

Ele a fez levantar a cabeça e repetiu:

— Algo assim.

Se curvou e a beijou nos lábios suavemente.

Os murmúrios das pessoas não os alcançavam.

Os poucos instantes que durou o beijo foram mágicos, mas quando se afastaram, a primeira coisa que An-ri viu foi o olhar de desaprovação de Mun Hee. Assustada com a possibilidade de ser perseguida pela mulher, ela se afastou de Woong e correu para o jardim.

Woong, surpreso com a atitude dela, ficou parado no meio do salão, por longos segundos, até decidir que precisava de uma bebida e voltar para a mesa do rei.

Ao chegar à mesa, percebeu que Kim Gi-Gook estava tentando controlar a esposa.

— O que houve? – perguntou se servindo de champanhe.

— Sua tia quer ir atrás da sua namorada.

— É a minha filha. Eu sei que é! – ela tentou puxar o braço que o marido segurava discretamente.

— Também acredito que seja ela – Woong confessou. — Fique tranquila que vou pedir aos Park para que possamos conversar após a festa. Vai ser menos tumultuado assim.

— Ele está certo, querida. Prometo que ela não sai daqui sem conversarmos.

— Está bem! Mas ninguém vai me impedir de pelo menos dizer oi a namorada do Woong – disse decidida.

Eles sorriram. Não tinham nenhuma esperança de que ela esperaria até o fim do evento para conversar com a garota.

Alheia ao que acontecia na mesa dos anfitriões, Park Ho Sook foi atrás de An-ri.

A encontrou perto da fonte.

— Oi, fujona! Ele beija tão mal assim? – comentou fazendo graça.

— Foi um erro vir a essa festa.

— Pela cena que vi, não acho que foi um erro – continuou fazendo graça. — Só não entendo por que fugiu igual mocinha em romance meloso.

— Aquela *olho de serpente* estava nos encarando com ódio no olhar. Tive medo de procurar mais problemas. Eu quero uma vida de paz.

— O destino está te oferecendo uma vida de amor e não vou deixar que fuja dessa oportunidade – segurou a mão dela e começou a puxar em direção ao salão improvisado no jardim. — Vamos que a chuva já está chegando.

Ao voltar para festa, An-ri se manteve afastada de Woong. Nem mesmo sabia o que dizer para ele depois de deixá-lo no meio da pista, sozinho.

Ela começou a se sentir incomodada. Parecia se dar conta de que estava em uma festa onde todos da alta sociedade marcaram presença. Se dava conta que era a primeira vez que participava de uma festa vestida como mulher.

Apesar de não se aproximar de Woong, ela o observava de longe. Se perguntava o significado daquele beijo, se ele ainda estava cheio de mágoa.

Woong evitava olhá-la, temendo perder o controle e agarrá-la outra vez. Depois de vê-la entrar no recinto tão linda, esqueceu completamente qualquer mágoa. O seu coração dizia que era bobagem lutar contra o amor e ele estava cansado de lutar contra os próprios sentimentos.

A chuva começou forte. De onde os convidados estavam podiam ver o belo cenário em que a chuva transformava o jardim.

Tudo ia bem, até que o barulho de um trovão paralisou An-ri.

— O que houve? – Park Ho Sook questionou preocupada, ao ver a amiga fixar o olhar em uma direção onde supostamente não havia nenhum conhecido.

An-ri sequer a escutava, sua mente estava presa nos pesadelos que a chuva trazia. O flash de uma foto a fez fechar os olhos e, quando os abriu, viu a imagem de Hyun-Shik vindo da área descoberta, segurando um guarda-chuva. Essa imagem fez a sua memória se abrir com um livro pronto para ser lido.

Kim Gi-Gook foi na direção da garota praticamente puxado pela esposa que a mantinha sob vigilância.

An-ri não os via se aproximar. Tudo que ela via era Hyun-Shik segurando um bastão enquanto um homem estranho batia no pequeno Kim Woong.

— *Homem-Aranha!* – sussurrou dando dois passos para trás. — *Homem-Aranha!* Foi você! – ela se afastava cada vez mais apontando na direção do secretário Hyun-Shik.

As pessoas olhavam a cena e comentavam, se questionando sobre o que estava acontecendo.

Tudo começou a girar na cabeça confusa de An-ri e ela estava prestes a cair, porém Woong foi mais rápido que os pais e os Park e a amparou, terminando de joelhos com elas nos braços.

A coroa caiu no chão.

— Ele matou o meu irmão – ela começou a chorar nos braços dele. — Tira ele de perto de mim. Salve a minha mãe! Salve o meu irmão! – uma enxurrada de lembranças confusas atropelava os seus pensamentos e tudo que ela conseguia fazer era reviver as cenas de violência, se agarrar a Woong e repetir, implorando que salvasse o seu irmão.

— Está tudo bem! Ninguém vai te ferir, eu prometo – ele disse suavemente e beijou a testa dela.

— Me salve! – ela sussurrou fracamente antes de desmaiar.

— Acorde, por favor! Não me assuste assim – ele acariciou o rosto dela. Tentava se mostrar calmo para não alarmar a rainha e o rei, que já haviam chegado até eles.

— An-ri?! – a rainha se abaixou. — É você, minha filha? – acariciava os cabelos curtos da garota enquanto lágrimas desciam pelos seus olhos.

Woong se levantou com ela nos braços e, ao ver a coroa, a rainha pegou o objeto e levou ao peito.

— Essa coroa foi o presente que ela mais amou naquele dia.

Hyun-Shik tentou aproveitar a oportunidade dizendo:

— A senhorita está evidentemente passando mal. Podem continuar a festa que a levo a um hospital.

— Fique longe dela! – Woong praticamente rosnou. Lembrava do pavor nos olhos dela ao ouvir aquele trovão e olhar para o secretário.

A aconchegou ainda mais no colo e chamou o pai que tentava acalmar a esposa.

— Vou levá-la para dentro do castelo. Podem vir comigo?

— Pode levá-la ao nosso quarto – o rei disse seguindo atrás deles, amparando a esposa.

Depois que eles saíram, Mun-Hee ignorou completamente os convidados, que ainda comentavam o ocorrido, e chamou o secretário em um canto.

— Acho que ela é realmente a filha deles e me reconheceu. Devemos fugir enquanto é tempo – ele se adiantou antes que ela falasse qualquer coisa. Não suportava a ideia de serem presos, pois sabia que isso os separaria em definitivo.

— Você é que precisa fugir – Mun-Hee o corrigiu. — Ninguém sabe do meu envolvimento naquele episódio trágico e espero que continue assim. Foi um ataque de rebeldes que são contra o fato de existir realeza.

Ele se ofendeu. Sentiu como se ela o estivesse avisando para não dizer nada.

— Eu nunca a trairia. O meu amor pela senhora é maior que a minha vida e que a vida de qualquer um. Não importa quantos mais eu tenha que matar desde que ninguém a deixe triste.

— Tem certeza que ninguém mais sabe dessa história? Já foram erros demais – ele ignorou as suas palavras e os seus sentimentos.

— Absoluta. O motorista morreu no local.

— Ótimo! Melhor assim – apesar dessas palavras, ela não parecia satisfeita, o que ficou evidente quando completou: — Eu vou pensar com calma no que faremos. Preciso confirmar se ela realmente se lembrou. Enquanto isso é melhor que se esconda.

— Sim, minha rainha. Vou me livrar de qualquer coisa que possa me rastrear. Aguarde o meu contato.

— Sim. Vá! Aquela infeliz já pode ter contado tudo.

Ele se virou para partir e ela disse como uma promessa:

— Mesmo que eu tenha que fugir, só o farei após acabar com ela – o ódio que sentia por An-ri ultrapassou o que sentia pela rainha. Nunca deixaria alguém como ela perto do seu filho. — Vou acabar com a raça daquela mosca morta – resmungou colocando um sorriso no rosto e voltando para perto dos convidados.

O que ela não sabia é que Park Ho Sook estava atrás da coluna gravando a conversa com o celular.

A verdade

Woong colocou An-ri na cama e nada de ela despertar.

A rainha torcia as mãos de nervosismo. Quando se deu conta já estava com o sapato da garota nas mãos e dizia:

— A marca.

Eles olharam para ela e para o local que ela encarava. Os pés pequenos de An-ri estavam expostos e a marca em forma de meia lua, onde ela cortou o pé quando criança, estava lá.

— Meu Deus é a nossa filha! – o rei por fim perdeu qualquer dúvida.

— Ela não está acordando. É melhor chamar o médico – Woong estava preocupado demais para pensar em confirmações sobre a identidade dela.

Kim Gi-Gook ligou para o médico da família enquanto o filho andava de um lado para o outro e Hwa-Young segurava a mão da filha implorando que ela acordasse.

Poucos minutos após chamarem o médico, An-ri começou a delirar. Parecia estar revivendo o pesadelo da infância.

Ao ouvir a filha lamentando pelo garoto, a rainha abraçou Woong.

— Sinto muito. Eu não sabia que você estava no carro. Sinto muito.

Ele se esforçou para não chorar, enquanto dizia:

— A senhora não tem culpa de nada do que aconteceu. Os miseráveis que fizeram aquilo vão pagar.

O médico chegou e examinou An-ri.

— Fisicamente ela está bem, mas está sob um forte ataque de pânico. Vou aplicar um sedativo para ela se desligar do que a assustou – ele abriu uma caixinha na maleta, mas antes de aplicar perguntou: — Ela tem alergia a alguma coisa?

— Ela nunca precisou de calmante, mas que eu saiba não é alérgica a nada. A minha menina nunca ficava doente – Hwa-Young respondeu torcendo as mãos de ansiedade.

— Excelente – o médico não entendeu o que acontecia, mas aplicou o sedativo. — Ela vai dormir até amanhã. Quando acordar, por favor me chame para examiná-la novamente.

— Obrigada doutor!

Assim que o médico saiu, Kim Gi-Gook pediu ao filho:

— Pode pedir a sua mãe para cuidar dos convidados e pedir aos seguranças para manter Hyun-Shik dentro do castelo até entendermos o que aconteceu?

— Sim, senhor. Depois posso voltar para ficar com An-ri?

— Claro, meu filho! Estaremos aqui quando você voltar.

Ele saiu do quarto somente depois de se aproximar de An-ri, beijar a sua mão e sussurrar:

— Só tenha bons sonhos.

Saiu um pouco satisfeito. A expressão dela era serena. Parecia que o calmante trouxe um sono tão pesado que ela não sonhava com nada.

Encontrou a mãe conversando com duas senhoras.

— Mamãe, pode me dar um minuto?

— Com licença, o meu príncipe me requisita – ela brincou fazendo as senhoras rirem e a invejarem.

Ele explicou a situação e pediu para ela cuidar dos convidados.

— Claro! Farei com que pensem que Kim Gi-Gook e Hwa-Young estão cuidando de uma convidada especial que não se sente bem – ela se mostrou surpresa com a revelação de que a garota podia ser a princesa perdida. — Hoje vai ser um dia muito mais festivo se confirmarmos essa suspeita.

Naquele momento ela estava tão irritada que teve dificuldade em manter o sorriso.

— Obrigado, mamãe! Enfim a nossa família voltará a ser completa – ele olhou para os lados. — Onde está o Hyun-Shik?

— Também gostaria de saber. Não o vejo desde aquele incidente. Acho que ele nos deve uma explicação.

— Nos deve muito mais que isso. Se a senhora o vir, me avise imediatamente, por favor. Não podemos deixar que ele saia do castelo.

— Devo ficar preocupada?

— Não. É só precaução.

— Tudo bem! Me de licença que agora vou fazer o meu papel de anfitriã. Qualquer novidade não deixe de me avisar – ao dizer isso ela se afastou, indo de encontro a um grupo de pessoas influentes que conversavam entre si.

Woong voltou para o quarto e se sentou em uma poltrona olhando, de longe, An-ri que dormia.

O rei e a rainha estavam sentados na parte inferior da cama. Queriam ficar o máximo de tempo perto da filha, tanto que acabaram adormecendo aos pés dela.

Woong também acabou adormecendo. Em seu sono, ele sonhou novamente com o dia em que foram atacados, mas dessa vez não havia máscaras de monstros. Via claramente o rosto do motorista e o rosto do secretário Hyun-Shik enquanto era violentamente atacado.

Ele acordou com o rei o chamando.

— Meu filho, está tudo bem? Você estava falando durante o sono.

Ele se sentou direito na poltrona antes de dizer:

— Eu estava sonhando com aquele dia. Dessa vez vi o rosto de todos e o Hyun-Shik estava lá. Me pergunto se estou sendo influenciado pelo que aconteceu durante o baile.

— Me conte o que viu.

— Foi quase a mesma coisa das outras vezes, mas vi claramente os rostos do motorista e do Hyun-Shik. E me lembro que Hyun-Shik é que parecia mandar. O motorista bateu na cabeça da rainha e a deixou caída, nem se deu ao trabalho de ver se estava viva. Talvez fosse conferir depois de dar cabo de An-ri, mas não esperavam intromissão e quando eu apareci bagunçou os planos deles.

— Depois de saber o que aconteceu com você naquele dia, não fico mais tão feliz em ter sido salva. Preferia morrer se soubesse que isso salvaria você e a minha menina – Hwa-Young falou enquanto se sentava na cama. Acordou com a conversa dos dois.

— Ambos estão vivos. Eu prefiro assim – Kim Gi-Gook se aproximou e segurou a mão da esposa. Ia dizer mais alguma coisa, porém pararam ao notar que An-ri se mexia na cama.

Ela abriu os olhos e se sentou puxando o lençol sobre o corpo, ao não reconhecer o lugar.

Hwa-Young se adiantou e se sentou mais perto dela.

— Se sente melhor, minha filha? – questionou.

No quarto havia uma pintura onde retratava todos que o rei considerava da família. Ao se virar para a rainha, os olhos de An-ri bateram na pintura e ela reconheceu sua tia.

— É a minha tia – ela se levantou, ignorando a pergunta da rainha, e foi até o quadro tocando a imagem de Yun-Hee. — Por que tem uma foto da minha tia aqui?

— Yun-Hee te criou? – Kim Gi-Gook perguntou.

— O nome dela não é esse. Ela se chama In-Na e me criou desde que me entendo por gente. E o meu nome não é An-ri, eu me chamo Tae-Yang – fez questão de esclarecer ao ser chamada de filha.

— Para os Park você disse que se chamava An-ri – Hwa-Young estava desesperada. Não conseguia admitir que a filha não se lembrava dela.

An-ri passou as mãos na cabeça bagunçando os cabelos, foi quando percebeu que não estava com a sua coroa.

Voltou para a cama e começou a procurar entre os lençóis, enquanto dizia:

— Eu expliquei a minha situação – levantava as pontas dos lençóis, olhava debaixo da cama. — O que querem comigo? Se querem me denunciar por me fingir de homem, podem ir em frente, mas não vou ficar calada.

— Está procurando por isso? – Woong balançou a mão onde segurava a coroa.

Ela olhou para o objeto como se tivesse medo que Woong o quebrasse.

— Você se lembra de quando era criança? – Kim Gi-Gook perguntou se aproximando dela.

— Não antes de ir morar na *Sky*. É como uma grande escuridão. A minha tia dizia que era melhor assim porque muitas pessoas estavam atrás de nós.

— Onde ela está?

— Morreu há alguns anos. Ela sentia falta de alguém, nunca me disse quem e, depois que pude começar a me cuidar sozinha, ela passou a abafar essa saudade na bebida. O seu corpo não aguentou.

— Ela era a minha tia – Woong revelou, levado pela emoção.

Será mesmo que sou essa pessoa? Por que minha tia me afastaria de um pai amoroso e de uma mãe que precisava de mim? Não pode ser verdade. Não posso ter perdido tantos anos assim.

— Não! Não! Não! – An-ri começou a repetir sem parar, antes de sair correndo do quarto.

Woong ia segui-la, mas Kim Gi-Gook o segurou pelo braço.

— Dê um tempo para ela.

— Não posso – ele tirou a mão do pai do seu braço. — Ninguém vai nos devolver o tempo que perdemos. Então me recuso a perder ainda mais.

Sem esperar que eles se manifestassem, Woong seguiu os passos de An-ri, guiado pelas informações dos empregados.

Viu quando ela entrou em um carro e um dos motoristas do castelo a levou para fora do lugar.

Ele pegou a moto de um colega, que veio para a festa e voltou de motorista depois de beber mais do que devia, e os seguiu.

O carro parou antes da ponte que levava a favela.

An-ri desceu e andou descalça até metade da ponte, indecisa se entrava ou voltava e enfrentava as pessoas que diziam ser sua família.

Por ser domingo, havia poucas pessoas perambulando pela favela, e nenhuma perto da ponte. Domingo era o dia em que aproveitavam para descansar em suas casas ou passear longe dali.

Ela encostou na madeira e, ao sentir o peso de tudo que viveu, caiu de joelhos sem se importar com o vestido caro.

As lágrimas turvavam sua visão. Era difícil apenas ficar feliz por descobrir que havia pais esperando por ela. Era mais fácil sentir dor por todos os anos que foi privada de ser quem realmente era. Como recuperaria os anos em que não foi a escola? Como recuperaria os anos em que não abraçou os seus pais? Como recuperaria os anos em que não foi menina ou mulher? Eram questionamentos que a mantinha no chão, chorando cada vez mais copiosamente.

Perto o bastante para ver as suas lágrimas, porém escondido, Woong observava sem saber como chegar até ela.

Ver que o motorista ainda esperava fez An-ri tomar a sua decisão. Ela caminhou lentamente de volta ao carro.

— Me leve para o castelo, por favor.

Durante o trajeto ela tentou limpar o rosto, mas as lágrimas insistiam em voltar; acabou desistindo.

Woong os seguia e, ao ver que voltavam para o castelo, ele acelerou para chegar antes.

Quando An-ri entrou no castelo encontrou os pais e Woong na sala. Eles estavam com a pintura, prontos para fazê-la aceitar que eram uma família.

Se encheram de expectativa ao vê-la.

Hwa-Young foi a primeira a se aproximar. Estavam todos em silêncio, até que ela pediu:

— Posso abraçá-la? – abriu os braços e esperou.

An-ri se aproximou lentamente e, quando os seus braços envolveram a mãe, as lágrimas voltaram com mais força.

Quando finalmente se separaram, Kim Gi-Gook sugeriu:

— É melhor sentarmos e conversamos para entender tudo o que aconteceu – ele também queria abraçar a filha, mas se sentia culpado por ter desistido de procurá-la.

— As coisas estão confusas demais. Acho que é hora de ler aquela carta – An-ri tinha outros planos. Já tinha pensado nessa carta várias vezes, mas sempre adiava de ir atrás. Imaginava que continha somente uma despedida de uma mulher cheia de arrependimentos, mas no momento queria apostar todas as fichas em acreditar que a carta esclareceria tudo aquilo.

— Que carta? – os três perguntaram juntos.

Ela não respondeu. Foi até a pintura que estava sobre o sofá e tocou a imagem da mulher que a criou, enquanto se perguntava se errou em não ter lido aquela carta antes. Estava tão chateada por a tia ter se entregado a bebida que a deixou com o senhor Min-Kyung.

Ela sorriu tentando esconder que se sentia uma bola sendo chutada para todos os lados, e disse:

— Se querem saber sobre o meu passado apagado, vamos precisar fazer uma pequena viagem. Não garanto que teremos respostas, mas só posso oferecer isso.

— Precisamos trocar de roupa antes de ir – a rainha sugeriu.

— Eu não tenho outra roupa no momento.

— Venha comigo. Empresto algo para você.

As duas subiram, mas Kim Gi-Gook e Woong permaneceram na sala em um silêncio pesado. Não tinham ânimo para trocar de roupa. Um estava afogado em uma culpa sem sentido, enquanto o outro sequer entendia os próprios sentimentos.

Quando as duas mulheres voltaram com vestidos leves e coloridos, eles partiram em busca da misteriosa carta.

A casa onde o senhor Min-Kyung estava, depois de ser resgatado por Park Ho Sook, era a poucas horas de carro.

O lugar era praticamente uma cabana feita de madeira, nos fundos de uma fazenda. Ele simplesmente não aceitou viver na fazenda e ocupou uma das casas de empregados que estava vazia.

— Esta fazenda é da família Park, não é? – Hwa-Young perguntou para o marido.

— Sim. É um dos imóveis deles – ele respondeu ao passarem pela casa principal.

Min-Kyung estava sentado em uma cadeira de madeira na porta da cabana, ouvindo música em seu velho rádio de pilha. Ele não se moveu quando o carro parou, porém sorriu ao ver An-ri descendo dele em uma roupa feminina.

Ela se aproximou e se abraçaram.

— Senti a sua falta Tae-Yang. Vejo que não está seguindo os conselhos da sua tia – brincou, se referindo a roupa dela. — Já estava na hora.

— É hora de deixar Tae-Yang para trás, por isso gostaria de ver aquela carta e descobrir quem realmente sou. Espero que ela ajude.

— Faz bem. Eu vou pegar. Tenho certeza que vai te ajudar. Vocês podem esperar aqui fora um pouco, por favor. Não estava esperando visitas.

Ele entrou na cabana e voltou rapidamente com um envelope velho.

An-ri abriu o envelope e ia começar a ler, mas o velho tirou das suas mãos e, depois de colocar os óculos, começou a ler em voz alta:

Querida An-ri, te chamo assim porque esse é o seu nome verdadeiro. Quero te pedir desculpas por ter escondido tantas coisas de você por tanto tempo, quero que me perdoe por ter te privado de viver como uma menina. Eu tinha medo de que eles te encontrassem. Busquei saber o que aconteceu com a sua mãe porque não conseguia encontrar notícias. Acabei descobrindo que ela estava no hospital e não tinha morrido como imaginei. Foi um alívio, mas não podia deixar você voltar para aquelas pessoas quando sabia que aqueles monstros ainda estavam lá e sem provas para afastá-los. Naquele dia você veio correndo até onde eu estava, sangrando e chorando. E por dentro eu estava sangrando e chorando também. Acho que no fundo te usei para amar como o filho que perdi por causa da tristeza. Quando estiver pronta, pode ir atrás da sua verdadeira família, mas vá sabendo quem são os seus verdadeiros inimigos. Tenha medo e seja forte. Nunca confie em Mun-Hee ou no secretário Hyun-Shik: eles são serpentes prontas para dar o bote.

Boa sorte, minha filha.

An-ri olhou para todos com a estranha sensação de que estava em um globo de neve que foi sacudido.

— Vocês são mesmo... são... não, está errado. Eu sou uma pessoa normal. Não faço parte dessa novela – ela balançava a cabeça como se quisesse acordar.

Woong ainda absorvia as palavras de advertência sobre a sua mãe. Não conseguia admitir que ela pudesse ser capaz de algo tão cruel. Porém o seu coração batia acelerado como se soubesse que, quando tudo fosse esclarecido, teria surpresas desagradáveis.

— Não tenha medo – Kim Gi-Gook tentou tocá-la, mas An-ri se afastou.

— Eu estou confusa – disse nervosa. — Feliz e confusa. Parece que a minha cabeça vai explodir.

— No fim dessa trilha tem um rio – Min-Kyung apontou. Sabia que ela precisava de natureza e solidão quando estava confusa. A conhecia tão bem. — Vá até lá clarear a mente. Leve o tempo que precisar.

Sem sequer olhar para trás, ela caminhou na direção indicada.

Os pais tentaram segui-la, mas foram impedidos por Woong. Ele se lembrou de quando conversaram sobre o mar e o quanto a água a deixava feliz.

— Dê um tempo para ela. Foram quase vinte anos acreditando ser alguém totalmente diferente.

— Na verdade, ela nunca soube quem era. Sua tia se esforçava para que ela ficasse segura, mas nunca entendeu que não se consegue fugir de destino – Min-Kyung comentou observando os passos lentos de An-ri.

— Pode nos contar um pouco sobre a vida da nossa filha?

— Claro! – olhou para Woong. — Rapaz, pegue alguns bancos de madeira e uma caixa em cima do armário.

Woong entrou na casa e pegou bancos para o rei e a esposa e a pequena caixa de papel colorido. Só tinha dois bancos, mas ele não se importava em ficar de pé.

Ouviu enquanto o homem relatava a vida de An-ri. Ele abriu a caixa e revelou um vestido infantil, que fez com que Hwa-Young chorasse com as lembranças. Era o vestido do dia em que elas foram atacadas. Min-Kyung o guardou junto com a carta.

Depois de um tempo, Woong não aguentou mais e foi atrás de An-ri. Andou pela trilha até encontrá-la sentada em uma pedra, olhando fixamente a água do riacho que molhava os seus pés descalços. Os sapatos estavam jogados em um canto.

Naquele momento ele a viu como mulher, como homem e como a menina que tanto procurou.

Se aproximou e se sentou perto dela.

— O destino é mesmo uma loucura. Você é o homem que confundiu a minha sexualidade e a menina que procuro desde os meus oito anos, além de ser uma mulher que me conquistou a primeira vista.

Ela pareceu não ouvir, mas depois de um tempo em silêncio, disse:

— Eu tinha uma mãe e um pai que me amavam e que eu amava. Por que tiraram isso de mim?

— Pelo que eu soube, foi ação de pessoas que não acreditam em reis e rainhas. Agora as coisas mudaram. Parece que a traição veio de dentro do castelo.

— Eu queria não ter descoberto. Preferia que ainda fossem apenas pesadelos. Você realmente se machucou por mim naquele dia? - ela fechou os olhos por alguns segundos, enquanto falava. — Os pesadelos eram apenas lembranças?

— Sinto muito - ele segurou as mãos pequenas dela entre as suas. — Se eu pudesse apagaria essas lembranças totalmente da sua memória.

Ela o encarou.

— Obrigada! Você salvou a minha vida - um sorriso apareceu em sua face. — E eu achava que você era apenas um riquinho idiota que estava me usando para ficar mais riquinho.

— Eu não pensei algo melhor de você. Achei que era um oportunista se aproveitando de uma sociedade desonesta para encher os bolsos.

O sorriso dela se transformou em uma risadinha, ao dizer:

— Eu sempre soube que não ia dar certo, que o casamento no máximo chegaria até a primeira noite. Me falta algo essencial para a lua de mel.

— Não acho. Para mim está completa - disse encarando-a com intensidade.

Ela virou o rosto para a água, envergonhada com o significado das palavras dele.

— Olhe para mim! - Woong disse baixinho. — Eu quero te beijar.

Ela balançou a cabeça negando. Com o coração disparado e cheio de expectativa, já nem lembrava dos pais que reencontrou.

Ele a segurou pelo braço para virá-la e, ao tentar se levantar e se esquivar, ela perdeu o equilíbrio, e ao tentar segurá-la, ele também se desequilibrou, e ambos acabaram no rio.

Ao se levantarem, perceberam que a água mal passava da cintura de An-ri.

Riram, mas o sorriso sumiu quando seus olhares se encontraram. An-ri levou a mão ao rosto de Woong e ele fechou os olhos. Esperou que ela o beijasse, porém, ao contrário de beijá-lo, ela tirou a mão e perguntou:

— Não se arrepende de nada do que fez?

— Nada. Nem mesmo de ter me calado quando a minha mãe inventou a história do seu casamento com Park Ho Sook. Faria tudo novamente. Faria repetidas vezes, se soubesse que acabaria aqui com você.

— Isso não deve estar certo.

— Eu não ligo – dessa vez foi ele que levou a mão ao rosto dela, mas não fez perguntas, simplesmente se curvou e provou dos seus lábios.

Depois do beijo, ficaram se encarando com a testa apoiada uma na outra e disseram juntos:

— Eu te amo.

Woong a apertou em seus braços em um beijo de tirar o fôlego.

Somente depois de muitos beijos, ele se afastou o suficiente para perguntar:

— Está pronta para os seus pais? – empurrava alguns fios do cabelo curto dela, colocando-os atrás da orelha.

— Sim. Não quero perder mais nenhum minuto longe deles ou de você.

Ele a ajudou a sair da água e voltaram.

Foram recebidos por exclamações devido ao estado em que estavam. Sem perceberem, eles já agiam como a família que eram.

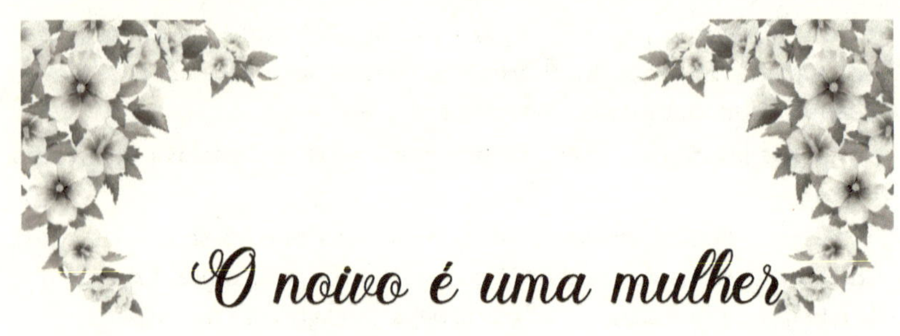

O noivo é uma mulher

Depois de gravar a conversa mais assustadora que já ouviu, Park Ho Sook saiu da festa sem se despedir. Queria saber como a amiga estava, mas precisava garantir que aquela gravação estaria nas mãos das pessoas certas, os policiais.

Ela foi direto para casa, pedir apoio aos pais.

— Você voltou cedo. A festa não estava boa? – seu pai questionou enquanto servia chá para a esposa, que estava resfriada e havia deixado a festa logo após a confusão.

— Eu voltei agora porque preciso de vocês – sua expressão revelava todo nojo que sentia do que ouviu.

— Aconteceu alguma coisa? Diga, não nos mate de preocupação! – a senhora Park se levantou do sofá.

Park Ho Sook respirou fundo.

— Mãe, pai, primeiro tenho que contar uma coisa. Quero que conheça a minha amiga Tae-Yang – Se sentou chamando os pais para se sentarem ao seu lado, pegou uma foto dela com An-ri no celular e mostrou aos pais.

— Como assim, filha? Já conhecemos essa garota. É a que está passando alguns dias conosco, mas você não a apresentou com outro nome antes... – a senhora Park se sentiu confusa.

— É uma história muito complicada e que eu quero evitar que tenha um final trágico. Escutem até o final, por favor.

Ela contou toda a história sobre o noivo ser uma mulher, até a parte em gravou a conversa, e finalizou dizendo:

— Ainda tem muita coisa que precisa ser esclarecida, mas o mais importante é parar essas pessoas.

— Me deixe ouvir a gravação – o senhor Park pediu. Estava indignado por ter sido enganado, porém temia pela vida da garota.

Park Ho Sook colocou o arquivo para reproduzir.

— Isso é um absurdo! – ele ficou mais indignado ao terminar a gravação.

A senhora Park apenas mantinha uma expressão de tristeza com a mão no peito. Todos conheciam a história do ataque a família real e se compadeciam por eles. Saber que foi uma armação cruel a deixava sem ação.

— Me envie essa gravação e cuide da sua mãe. Vou agora mesmo acabar com essa farsa.

— Espere, querido! O que vai fazer?

— Levar essa gravação ao meu amigo delegado – respondeu sem olhar para trás.

Logo, mãe e filha estavam apenas na companhia da preocupação. Deram as mãos e começaram a pedir ajuda aos céus para que a tormenta acabasse logo.

Enquanto o senhor Park não retornava, elas conversaram sobre o relacionamento de Park Ho Sook com An-ri. A senhora Park ficou feliz pela filha, ao descobrir que no lugar da tristeza, ao descobrir a mentira do noivo, nasceu uma bela amizade.

Tokyo – Japão

Doh Yon deixou de lado os esboços que estudava e pegou a foto sobre a mesa. A foto o retratava na adolescência, ao lado de uma menina sorridente.

— Park Ho Sook o que você está fazendo agora? – disse pensativo.

A descoberta de que ela se casaria o fez tomar uma atitude. Comprou passagem para Seul e decidiu que a faria desistir do casamento, nem que fosse preciso invadir a cerimônia como nos filmes românticos.

Não acreditava que ela o tivesse esquecido, pois nunca a esqueceu.

— Meu primeiro amor – sussurrou nostálgico.

Sua mente vagou pelos momentos felizes ao lado dela.

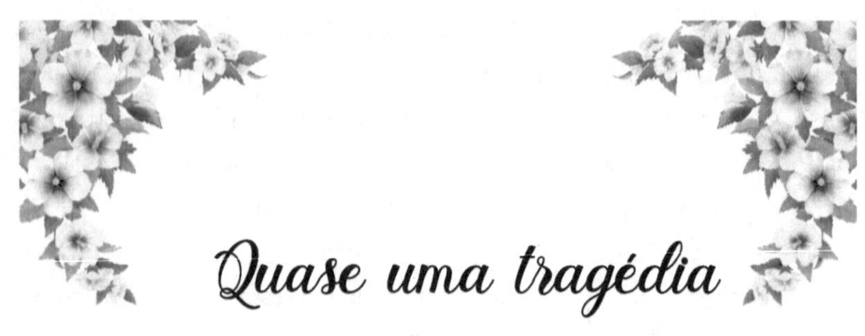

Quase uma tragédia

Com o Hyun-Shik escondido, Mun Hee se sentia cada vez mais excluída. O filho não estava do seu lado e Kim Gi-Gook vivia para recuperar o tempo perdido ao lado da filha e da esposa. Todos estavam em festa, menos ela, que vivia com medo de aparecerem provas reais sobre os seus crimes.

Todos pareciam acreditar que a culpa era exclusivamente de Hyun-Shik. O que era um disfarce, pois o amigo do senhor Park já estava preparado para uma prisão, só não a tinha feito porque queria o maior número de evidências possíveis antes de levar mais essa tragédia a família real. Ele conversou com Hwa-Young e com An-ri. Também conversou com Mun-Hee, mas sem deixá-la desconfiar. Focava apenas em Hyun-Shik.

Presa em seu quarto, vivendo momentos de fúria, ela recebeu um telefonema de Hyun-Shik.

— A senhora precisa fugir antes que seja tarde – ele estava ansioso. Depois de dias sem nenhum contato dela, chegou a pensar que foi descartado, mas ao ouvir ela dizer alô, esqueceu qualquer dúvida.

— Não vou passar o resto da minha vida como uma fugitiva – imaginar viver em lugares sem luxo, apenas para se esconder, a deixava com náuseas.

— Posso te levar para uma dessas ilhas onde o dinheiro fala mais que o dever. Tenho esse dinheiro – evitou dizer que o dinheiro vinha de clientes que ele subornava, usando o seu lugar ao lado dela. Ele dizia que se pagassem ajudaria em renovações de contrato, caso contrário faria a cabeça dela para que não renovasse os contratos. Não havia ninguém que duvidasse do seu poder.

— Eu posso até ter perdido tudo, mas não vou cair sem levar pelo menos aquela garota desgraçada! – lembrar que trouxe o inimigo para dentro do castelo a deixava com os nervos em frangalhos. Tinha escutado a história através de Woong.

Hyun-Shik não respondeu ao comentário. Já estava cansado da obsessão dela.

"Mesmo que eu fique aqui, não tenho mais ninguém em que confie para me ajudar a recuperar o meu lugar." "O melhor é sair de campo depois de derrubar alguns jogadores." "Mas Woong nunca fugiria comigo." "Posso deixar a única pessoa que amo para trás?" – Mun-Hee se questionava.

Uma ideia se formou na sua cabeça.

— Me dê dois dias e ligue novamente. Dessa vez esteja com tudo pronto para sairmos do país no dia seguinte – disse e desligou.

Ela nem chegou a comentar que seriam três; ele, Woong e ela. Sua mente começava a perder para a obsessão e o amor doentio ao filho.

A sua brilhante ideia era acabar com a vida da garota enquanto dormiam. Achava suficiente para destruir aqueles que atrapalharam os seus planos. Eles jamais seriam os mesmos após perder a bendita filha. Ou talvez matasse os três durante a noite. Ainda estava indecisa sobre qual opção a deixaria mais satisfeita.

Sairia da casa durante a madrugada e levaria todo o dinheiro em espécie que desse conta, além do filho, que a loucura a fez crer que a seguiria.

Esses pensamentos colocaram um sorriso em seu rosto.

Acariciou a arma sobre a cama, antes de colocá-la na bolsa. Desde que ganhou a arma de Hyun-Shik que tinha dificuldade de se separar do objeto.

Será com você que vou acabar com esses vermes.

Cheia de disposição, desceu para jantar entre os inimigos. Levava a bolsa, pois tinha intenção de fazer algumas visitas depois do jantar. Também pretendia começar a transformar o dinheiro em sua conta em espécie.

Quando ela desceu, todos estavam na sala como se a esperassem.

— Quem bom que está aqui. Pretendia te chamar. Acho que é hora de conversamos – Kim Gi-Gook declarou.

— Como quiser – disse sem deixar o sorriso desaparecer.

"Eu vou mentir o quanto for necessário. Vocês não perdem por esperar, principalmente você, criatura asquerosa." – ver An-ri ao lado do seu filho a fez ter ímpetos de agredir a garota.

— Me explique essa história de forçar a minha filha a se casar com uma mulher – Hwa-Young começou a cobrar as explicações. Ainda não o tinha feito devido a várias coisas que precisaram resolver nos últimos e tumultuados dias.

— Eu não sabia que era a sua filha. Sequer imaginei que não fosse homem. Ela nos enganou. Pergunte ao Woong – respondeu calmamente.

— Você queria o que? Vocês vieram atrás de mim com uma proposta que mais parecia uma ameaça – An-ri não conseguiu ficar calada. Se sentia culpada por enganar as pessoas, mas não estava disposta a carregar a culpa sozinha.

Nervoso, Woong não disse nada. Escutava tudo em silêncio, mas a verdade insistia em martelar em sua cabeça: ele nunca deu a chance de An-ri dizer não ou confessar qualquer coisa.

Desde o primeiro dia em que ela chegou no castelo, tudo que fiz foi ser hostil com ela e depois que me apaixonei, as coisas só pioraram. Mas por que ela tinha tanto medo de dizer a verdade?

Não conseguia acreditar que sua mãe fosse capaz das crueldades que estava sendo acusada, mesmo que tantas evidências apontassem para ela.

— Só dissemos o que precisávamos e você aceitou os termos e continuou a farsa. Não vou mentir e dizer que não foi um plano meu, mas você aceitou e mentiu não só para a família Park, mas para todos aqui nesse castelo.

— Se eu menti, vocês fizeram algo muito pior. E eu sinto muito pelo que fiz, mas sinto mais ainda por um dia ter conhecido vocês. Espero nunca mais ter que olhar para vocês – estava com tanta raiva que Woong teve que segurá-la pelos braços, para ela não atacar Mun-Hee.

Ele teve vontade de perguntar se esses "vocês" o incluía. Se sentia cúmplice em tudo aquilo que a mãe preparou. Deveria ter dito não quando ela veio com a ideia. Devia ter impedido.

As lembranças dos últimos dias com An-ri o fez mudar de ideia. *Não, eu não me arrependo. Se tivesse feito o certo talvez nunca a reencontrasse.*

— Mãe, a senhora foi a culpada pelo que aconteceu conosco? – Woong se ouvir questionar.

Mun-Hee o encarou, sentindo como se algo afiado atravessasse o seu peito. O tom de acusação era evidente.

— Nada disso é culpa minha! A culpa é dela! – apontou Hwa-Young. — Essa mulher tirou tudo que era meu. Até você parece preferir ela.

— Não diga bobagens! Todos nós sabemos que o Woong a ama – Kim Gi-Gook falou exasperado.

Woong não ouviu o que ele disse. As palavras da sua mãe fizeram sentido em sua mente.

— Você fez... – disse como se falasse sozinho. — Fez aquilo por sentimentos mesquinhos. Fez aquilo por sentir que um homem, que nunca te amou, foi tirado de você.

— Mas ela me disse que amava outra pessoa – Hwa-Young disse em um lamento.

— Por favor! O único homem a quem amo é o meu filho. Desse rei eu só quero o poder – as acusações tiraram o seu controle. Não tinha mais volta. — Woong, não fique ao lado deles. Por favor! Eles querem afastar você de mim. Querem tirar tudo que tenho – passava a mão na cabeça descontroladamente, bagunçando os cabelos.

Ouvir Mun-Hee falando de tal forma, deixou An-ri congelada. *Então ela é a culpada por tudo isso. Aquele secretário é só um peão.*

Ela não queria mais ficar ali. Não queria mais ouvir nada.

Como vou olhar nos olhos do homem que amo se a mãe dele me odeia tanto? Teria que fazê-lo escolher entre nós duas?

Se soltou de Woong e começou a se afastar. Precisava de ar. Se sentia sufocada.

Mun-Hee a olhava se afastando, enquanto ouvia Kim Gi-Gook:

— O seu filho quase morreu naquele dia e você nem parece se arrepender.

Sem tirar o olhar da direção de An-ri, ela resmungou enquanto tirava a arma da bolsa:

— Vocês vão pagar pelo que aconteceu com o meu filho!

Foi tudo rápido, porém todos na sala se sentiram como se estivessem em câmera lenta.

Woong viu a arma apontada na direção de An-ri e se desesperou. Não sabia se a mãe teria coragem de atirar como prometia, mas sabia que precisava proteger aquela mulher.

— Oh, meu Deus! – Hwa-Young cobriu a boca com as mãos, sem saber o que fazer.

— Mun-Hee, vamos conversar! Não faça nada de que possa se arrepender – Kim Gi-Gook tentou trazer lucidez para a ex-esposa..

As vozes alcançavam Woong, porém não faziam sentido. O barulho do seu coração desesperado era mais alto.

Seus movimentos pareciam não seguir a pressa da sua vontade. Ele sentia o medo tomar conta do seu ser a cada passo em direção a An-ri. Quando finalmente chegou até ela, não teve tempo de muita coisa. Mun-Hee, desacostumada a usar armas e nervosa com a atitude do filho, acabou se descuidando e atirando. A bala seguiu o seu caminho se alojando perto do coração de Woong.

An-ri virou na direção deles exatamente quando a bala alcançava Woong.

Ela o amparou, mas ele escorregou e, na tentativa de segurá-lo, ela caiu de joelhos.

Kim Gi-Gook e Hwa-Young estavam paralisados de pavor. Quando viram a arma, estavam prontos para dar qualquer coisa que Mun-Hee pedisse, desde que poupasse a sua família, porém não tiveram tempo de negociar.

Tudo virou um caos. Mun-Hee gritava desesperada por ter atingido a única pessoa que realmente amava.

Ela deixou a arma cair.

Kim Gi-Gook e Hwa-Young se adiantaram para ajudar Woong.

Fora do castelo, a entrada da polícia era liberada pela governanta. Eles já estavam com uma ordem de prisão preventiva para Mun-Hee.

Quando ouviram o tiro, se apressaram entrando sem serem anunciados.

Um deles tratou de algemar Mun-Hee, enquanto o outro providenciava uma ambulância para Woong.

Woong levantou sua mão suja de sangue e tocou o rosto de An-ri. Ele sorria, apesar de tudo. Havia uma bela lembrança que o fazia querer sorrir.

— Fui ferido! – repetiu uma fala da sua infância. — Vou morrer, doutora?

An-ri chorava. O medo de perdê-lo massacrava o seu coração.

— Eu vou te salvar – segurou a mão dele. — Você vai sobreviver!

Ele sorriu e os seus olhos se fecharam.

— Por favor, não morra! Não me deixe! – An-ri o abraçava em desespero.

Rapidamente a ambulância chegou para buscá-lo. Mas antes, Mun-Hee foi levada por alguns policiais.

Enquanto eles diziam:

— A senhora está presa por ser a mandante da tentativa de assassinato de Hwa-Young e An-ri. Qualquer coisa que disser poderá ser usada contra você no tribunal e tem direito a um advogado.

Mun-Hee simplesmente implorava a todos os deuses que salvassem o seu filho. Prometia que passaria o resto da vida presa e pobre, em troca dele ser salvo.

O barulho da ambulância passando pelo carro de polícia a fez lamentar todas as suas escolhas.

"Me perdoe, meu Woong."

E pela primeira vez, uma lágrima verdadeira desceu pelo seu rosto.

Não morra

Os meios de comunicação estavam em polvorosa. *Família real* era o termo mais procurado nas buscas online. Muitos queriam saber sobre os últimos acontecimentos, entre eles a recente entrada de Kim Woong no hospital. Os envolvidos já não tinham mais como esconder o passado, e as pessoas passaram a chamá-lo de *príncipe impostor,* quando descobriram que ele não era filho do rei e que a mãe dele foi a responsável pelo desaparecimento da princesa.

An-ri não sabia desses acontecimentos. O mundo dela era o hospital. Não saia para nada. Seus pais traziam roupas e comida.

Fazia dois dias que Woong tinha passado por uma cirurgia para retirar a bala alojada próximo ao seu peito. O tiro não causou maiores estragos, porém ele não acordava depois da cirurgia.

Em um dos momentos em que estavam no castelo preparando algumas coisas para levar para o hospital, Hwa-Young perguntou ao marido:

— Com todos esses acontecimentos, não tivemos tempo para conversar direito sobre as crianças. Sinto que Woong está muito envolvido pela nossa menina.

— Ele se apaixonou por ela mesmo quando ela se passava por homem - ele comentou pensativo.

— Como assim? Mesmo achando que ela era homem? - ela se surpreendeu. Nunca imaginou que Woong poderia se apaixonar por um rapaz.

— Foram momentos difíceis para eles, principalmente para ele que inevitavelmente começou a questionar sua sexualidade.

— Entendo - ela o encarou, também pensativa. - Acha errado deixarmos eles se casarem como prometemos quando eram crianças?

— Sinceramente, querida, acho que se tentarmos impedir eles acabam se rebelando ou sofrerão como aconteceu conosco. Não quero que as crianças passem pelo mesmo que nós.

— Você está certo! Vamos pensar na nossa felicidade e na felicidade dos nossos filhos. Danem-se as pessoas idiotas que inventam calunias! Eles nem são irmãos.

Kim Gi-Gook riu da forma como ela falou e repetiu:

— Dane-se as pessoas idiotas!

Foram quatro dias em que Woong permaneceu em coma. Ele despertou de madrugada. Abriu os olhos aos poucos, incomodado com a claridade. Quando finalmente conseguiu mantê-los abertos, foi quando a viu; An-ri dormia sentada em uma cadeira ao lado da sua cama, a cabeça apoiada próxima a ele.

Ele estendeu a mão e acariciou os cabelos curtos dela. O toque foi tão suave que não a fez acordar. Woong queria ver os seus olhos, queria ouvir a sua voz. Permaneceu acariciando os seus cabelos e a chamou:

— Acorde, minha princesa adormecida – sua voz saiu mais fraca do que planejava. Ele tossiu e repetiu mais firme. — Acorde, minha princesa!

Dessa vez, ela despertou. Não disse nada por alguns instantes, apenas o olhava sem piscar ou desviar o olhar até que lágrimas começaram a escapar rolando pelo seu rosto.

— Ei, o que foi? – ele segurou a mão dela.

— Eu pensei que tinha perdido você. Mesmo com o médico dizendo que o ferimento não foi tão grave, eu não conseguia parar de pensar que não posso viver sem você. Por que não acordou antes, seu imbecil?

Ele sorriu. Apesar da circunstância, gostou da revelação.

— Você nunca vai me perder. Se um dia eu morrer ficarei ao seu lado como um fantasma protetor – brincou.

— Não diga essas coisas! Quero você na minha vida e nos meus sonhos, não nos meus pesadelos.

— Desculpe! Prometo que nunca mais vou assustá-la assim – levou a mão dela aos lábios.

Nessa hora Kim Gi-Gook chegou com uma caixa de chocolates que havia comprado especialmente para animar a filha. Ele viu que suas vidas caminhavam para o "felizes para sempre", quando se deparou com Woong acordado.

— Olha só! Nosso belo adormecido despertou – comentou sorridente enquanto se aproximava.

— Estão todos bem? – Woong perguntou ao se recordar do pesadelo que viveram.

— Sim – Kim Gi-Gook respondeu um pouco cabisbaixo.

Ele tentou não mencionar sobre a prisão de Mun-Hee, porém Woong questionou:

— O que houve com a minha mãe?

— Ela foi detida, sinto muito. O julgamento será marcado em breve.

— Me diga quais foram as acusações?

Além de atirar em mim – completou em pensamento.

— É melhor conversar sobre isso quando você estiver recuperado. O médico disse que não poderia se estressar logo que acordasse. Um trauma pode fazer você voltar ao coma.

— Eu já estou estressado. Só consigo pensar nos desastres que andam rondando a nossa família. Se não me disser, tenho a sensação de que vou fugir e perguntar a ela na prisão.

— Calma, meu filho – sem opção, ele se sentou e relatou sobre as acusações que iam desde a morte do marido de Yun-Hee até o tiro que ele levou no lugar de An-ri. – O secretário Hyun-Shik confessou tudo quando foi pego. O delegado disse que a sua mãe os ajudou a localizá-lo e, por causa, disso ele a acusou.

Woong nem conseguia falar. Estava sufocado em decepção.

— No mesmo dia em que confessou, ele foi assassinado. Desconfiamos que tenha sido a mando de um daqueles rebeldes que ficaram sob suspeita todos esses anos.

— Como não percebi essas coisas acontecendo? Como pude ser tão cego? A minha mãe foi capaz de tais atrocidades e eu nem me dei conta – raiva e decepção se misturavam em seu interior.

— Você não foi o único cego – Kim Gi-Gook lamentou.

— Eu fui o único que foi cúmplice. Deixei que ela seguisse com um plano idiota de casar um estranho com uma estranha e tirar vantagem disso. Eu sou o único que ainda espera que ela se arrependa – uma lágrima solitária desceu pelo seu rosto.

— Sinto muito, meu filho, mas nunca perdoarei Mun-Hee por ter ferido vocês três.

— Eu sei. Isso é algo que jamais poderei perdoar, mesmo que eu nunca deixe de amá-la.

O médico entrou no quarto acabando com a conversa.

— Como está o meu paciente?

— Irritado por ser tratado como uma criança ferida – Woong decidiu deixar esse assunto morrer e focar em sair do hospital. Tinha consciência de que nada que conversassem mudaria o passado. O jeito era cuidar do presente o do futuro.

— Criança, é hora de descansar – o médico riu. — As visitas podem voltar amanhã – olhando para An-ri, ele se corrigiu. — Exceto pela senhorita que nem o exército consegue tirar desse hospital.

— Eu vou sair quando ele sair – ela resmungou.

— Você esteve aqui esse tempo todo? – Woong se assustou com a revelação.

— Durante esses quatro dias, soube que ela nunca saiu do hospital. É a nossa mascote.

— Vá para casa! Me espere lá – ordenou.

— Mas... - ela começou a reclamar, porém ele a interrompeu.

— Se você estiver em casa, vou ter mais força de vontade de sair daqui. Se ficar aqui comigo, esse lugar vai se tornar o paraíso.

Kim Gi-Gook e o médico se entreolharam e riram como se dissessem: "Que casal grudento!".

An-ri demorou um pouco, mas acabou cedendo. Quando estavam saindo para deixar Woong descansar, o ouviram resmungando:

— Odeio hospital!

O médico se virou e disse:

— Então siga tudo que eu disser para sair logo daqui. Lembre-se de quem te espera em casa.

Foram suas últimas palavras antes de sair e deixar Woong com seus pensamentos.

Depois de um tempo, ele se mexeu na cama e sentiu algo incomodá-lo. Ao verificar descobriu se tratar da correntinha que deu para An-ri. Segurou o objeto e ficou encarando-o.

— O que você está fazendo aqui? – questionou ao confirmar que não estava quebrado. — Vai me fazer companhia até voltarmos para a nossa dona – decidiu e o guardou embaixo do travesseiro.

Depois que saiu do hospital, Kim Gi-Gook deixou An-ri no castelo com a mãe e foi até a delegacia onde Mun-Hee estava detida até o julgamento.

Foi a primeira vez que a viu sem maquiagem, mas ele nem conseguia dar atenção a isso; o olhar de desafio dela era o mais assustador. Se perguntava se ela sempre teve esse olhar ou se só apareceu após ter a máscara retirada.

— O que veio fazer aqui? Como está Woong? – enquanto falava, uma sombra de tristeza se fez presente, porém por poucos segundos, logo o desafio voltou a ser nítido em seu olhar.

— Como pode deixar aquilo acontecer com o seu próprio filho? – ele ignorou a sua pergunta, assim como ignorou a vontade que tinha de estapeá-la, ao recordar o estado em que Woong e Hwa-Young voltaram para casa naquele dia terrível.

— Eu não sabia que ele estava no carro com elas – respondeu sem titubear.

Ele a encarou por alguns segundos, antes de dizer:

— O mais incrível é que você parece acreditar que essa justificativa é válida.

— Você tirou tudo de mim. Eu só queria ter de volta o respeito das pessoas ao meu redor. Depois que aquela mulher entrou em nossas vidas, até o meu filho parecia preferir ela a mim. Eu queria a minha família de volta e faria tudo novamente sem arrependimentos. Apenas garantiria que o meu filho não entrasse naquele carro.

— Não consigo sentir nem pena de você. Posso parecer duro em dizer isso, mas me alegro em saber que vai ficar presa pelo resto dos seus dias, sem luxo e longe de Woong. Ele não merece uma mãe como você.

— Como ele está? – insistiu.

— Vai sobreviver. Graças a Deus, a sua maldade não o matou.

— Isso era tudo que eu precisava saber de você – ela se levantou e foi em direção ao guarda, mas antes de ir muito longe, se virou e disse: — Não precisa voltar para me ver. Só espero que cuide dele como seu filho.

Kim Gi-Gook não disse nada. A deixou partir. Aquela era uma promessa que não precisava fazer, pois em seu coração Woong sempre seria seu filho.

Em casa

Woong permaneceu no hospital por mais dois dias. Quando recebeu a notícia que poderia ir para casa era noite. Ele até tentou esperar até o dia amanhecer, mas não teve sucesso. Estava desesperado para estar com An-ri.

Na primeira oportunidade, ele se enfiou nas roupas que usaria no dia seguinte e se esgueirou pelo hospital passando por pacientes, funcionários e paparazzi que aguardavam um furo sobre a família real.

Não teve dificuldades em conseguir um táxi e chegar ao castelo.

O segurança o viu e estava pronto para avisar a família, mas ele pediu:

— Não diga nada, por favor. Quero fazer uma surpresa logo que acordarem.

— Sim, senhor – o homem concordou com um sorriso. — Não direi nada a ninguém. Tenha cuidado ao entrar. Alguns funcionários ainda estão trabalhando e podem vê-lo.

— Ficarei atento. Obrigado!

Esgueirando-se para não ser visto, ele seguiu em direção a varanda do quarto de An-ri. Nem em um milhão de anos conseguiria esperar até de manhã para vê-la.

Ele subiu pela grade e, aproveitando a janela aberta, entrou sorrateiramente.

An-ri, demorou para dormir, animada porque no dia seguinte Woong teria alta do hospital. Ela revirou na cama sorrindo e sonhando acordada até que finalmente o sono a dominou.

Era alta madrugada quando uma sensação estranha a acordou e, ao abrir os olhos, ela o viu sentado na cama, velando o seu sono.

— Você é real? – perguntou sonolenta. Usava apenas uma camisa da sua época como homem. Tinha se acostumado a dormir no conforto que esse tipo de rua proporcionava, quando não precisava usar faixas para esconder os seios.

— E você é real ou um sonho? – ele disse sorrindo.

O som da voz dele a despertou completamente. Ela praticamente saltou em seus braços em um abraço que deixava evidente toda a sua saudade.

— Me disseram que você só sairia amanhã – ela, ao perceber que não estava com uma roupa decente, se afastou e se sentou puxando o cobertor e apoiando as costas na grade da cama.

— Não pude esperar para te dar isso – abriu a mão mostrando uma correntinha onde havia um pingente dourado em forma de coroa com pedrinhas cor de rosa.

— Você a encontrou! – tocou o pingente sorrindo, sem tirar da mão dele. — Eu a tirei por um momento e cochilei com ela na mão.

— Vire-se. Vou colocar em você.

Ela se virou e ele colocou o colar. Continuaram na mesma posição pensativos, até que ele apoiou a cabeça em suas costas, suspirando.

Ela quebrou o silêncio dizendo:

— Um dia os meus cabelos vão ficar longos, ai vai poder afastá-los para colocar o colar. Como nos romances que vi na TV.

— Eles estão lindos agora e vão continuar lindos depois que crescerem – ele respondeu sem afastar o rosto do pescoço dela.

Ela sorriu.

— Se eu pudesse escolher, a minha vida seria uma comédia bem divertida, não esse drama cheio de mentiras e desencontros.

— O importante é que estamos na parte do *felizes para sempre*.

— Espero que sim. Mas confesso que tenho medo de acordar sem você ou os meus pais.

— Isso não vai acontecer. Eu prometo.

Woong não resistiu, a virou e beijou a cabeça dela. Era um beijo casto, mas despertou os dois de tal forma que, por alguns longos segundos, ficaram se encarando intensamente com as respirações suspensas e os corações acelerados.

O momento não precisava mais de palavras, tudo que sentiam transbordava dos olhos deles.

Se aproximaram lentamente até que os seus lábios se encontraram. E como se no mundo só existissem eles, se esqueceram de tudo e todos.

O beijo foi se tornando mais intenso e deixando de se limitar aos lábios. A necessidade de sentir tomou conta deles. Suas mãos vagavam com certa timidez, curiosidade e, principalmente, paixão.

Nem mesmo a recente cirurgia foi capaz de diminuir a paixão que os dominou, levando-os a se descobrirem completamente, consumando o amor que os acompanhava desde o primeiro momento em que seus olhos se encontraram.

Algumas horas depois...

Com An-ri aconchegada em seus braços, Woong olhou o relógio e resmungou:

— Tenho que ir para o meu quarto. Não vai ser nada agradável ser pego aqui pelos seus pais.

— Não vá! – ela reclamou abraçando-o com força.

Por um instante, sentiu vergonha de estarem nus e se afastou bruscamente quase caindo da cama.

Woong a puxou de volta, sorrindo.

— Não pode mais fugir. Você é minha! Sempre foi.

Ela decidiu deixar a vergonha de lado e se aconchegou novamente nos braços dele.

— E quando vai me pedir em casamento? – se sentia sonolenta, mas não queria dormir.

— Não sei se quero me casar com você – brincou.

Ela se levantou novamente. Dessa vez saiu da cama puxando o lençol. Pretendia discutir, mas tirar o lençol o deixou exposto e ela acabou virando as costas para ele.

Woong a segurou pela cintura a puxando e fazendo com que caísse de volta na cama.

A pressionando sob o seu corpo, declarou:

— O meu coração está dividido entre uma princesa e um certo rapaz.

Ela sorriu.

— Eu posso ser os dois. Também posso ser uma mulher solteira que vai em encontro às cegas em busca de um marido ideal. Os meus pais são da realeza, sabia? Podem me arranjar um ótimo casamento – brincou.

— Não se atreva sequer a pensar em outro homem. Lembre-se que você é minha!

Ela aproveitou a posição e roubou um beijo, antes de dizer:

— E você é meu. Somente e todo meu.

Como resposta, ele puxou o lençol sobre eles e a encheu de beijos e caricias, antes de resolver realmente voltar para o próprio quarto.

Eles passaram em claro as poucas horas que faltavam para amanhecer. Além da alegria que mantinha suas mentes em turbilhão ainda havia um pequeno medo de que ao dormir, poderiam acordar e descobrir que a felicidade não era real.

Terei muito tempo para dormir – pensaram ao mesmo tempo e abraçaram os travesseiros recordando as últimas horas.

Próximo ao horário em que costumavam tomar café, Woong se levantou e ajudou a cozinheira a colocar a mesa onde esperou pelos pais.

An-ri chegou primeiro. Ao vê-lo, suspirou.

Foi real – pensaram ao mesmo tempo.

Woong deixou de lado as coisas que arrumava na mesa e caminhou em direção a ela.

Era como se estivessem hipnotizados e um imã os guiassem.

An-ri fechou os olhos quando as pontas dos dedos de Woong tocaram a sua face.

— Não consegui dormir sequer um minuto – ele confessou.

— Eu também não.

Uma tosse discreta fez com que percebessem que não estavam sozinhos.

— Bom dia! – saudaram Kim Gi-Gook e Hwa-Young que entravam na sala.

— Fugiu do hospital? – Kim Gi-Gook brincou.

— A minha alta seria hoje de qualquer forma. Decidi fazer uma surpresa.

— E acabou com qualquer chance de eu fazer a minha surpresa – Hwa-Young reclamou.

Enquanto conversavam, seguiam para a mesa.

— Eu não sabia. Desculpe! – disse, porém ao olhar para An-ri soube que não se arrependia nem um pouco.

— Eu o perdoo – ela disse e se virou para a filha. — Sabia que hoje é o seu aniversário?

— Nossa! É verdade. Com tanta confusão acabei me esquecendo que...

— Você comemorava nessa data? – a interrompeu. — Se lembrava disso?

— A tia In-Na ... não... a tia Yun-Hee me contou que essa era a data do meu aniversário. Inclusive está na minha identidade falsa – contou enquanto recordava momentos felizes com a tia.

— Identidade que você nunca mais vai precisar – um sorriso travesso nasceu no rosto dela. — Esse aniversário vamos comemorar apenas em família com um almoço especial, mas nos próximos, se prepare, que vou compensar todos os que perdi.

Enquanto elas conversavam Woong pensava em como a encontrou antes do aniversário e cumpriu a promessa feita ao pai. Por incrível que pareça, esse também era o pensamento do rei.

Continuaram o café da manhã em silêncio por alguns instantes, até que...

— Quando vão pedir a nossa permissão para casar? – Hwa-Young perguntou com uma expressão séria.

Todos pararam o que estavam fazendo. O rei e a filha olharam para ela e Woong engasgou com o suco.

Ela riu e completou:

— É melhor que seja logo. Estou com pressa de ser avó. Se não pude ter a chance de ver a minha filha crescer, espero que o destino me compense com os meus netos.

— Expliquem-se! – Kim Gi-Gook olhou para os dois tentando manter uma expressão séria, quando já sabia que os dois se amavam. Depois das conversas que teve com o filho sobre o que ele sentia pelo rapaz e depois pela moça, que na verdade era a mesma pessoa, ele entendeu que ele a amaria mesmo se lhe tirassem a memória e os separassem por milhares de quilômetros. Certamente ele buscaria uma forma de encontrá-la e se apaixonar.

— Apesar de não ser o seu filho biológico, o considero um pai. E seria ingênuo em achar que depois de tantos anos juntos não conhece os meus sentimentos – Woong disse depois de recuperar a voz.

— Eu não sou cego. E me lembro muito bem das nossas conversas sobre um certo rapaz e depois sobre uma certa moça. Deve estar feliz por não ter que escolher entre eles.

An-ri abaixou a cabeça envergonhada por suas mentiras.

Diante da reação dela, Woong se levantou e, ficando atrás da cadeira dela, declarou:

— Eu amo Kim An-ri, seja em qual versão ela estiver. Peço que aprovem e abençoem o nosso casamento. Prometo que a felicidade dela será a minha prioridade.

Hwa-Young também se levantou e foi até ele. Segurou a mão do rapaz e da filha.

— Você salvou a vida da nossa princesa duas vezes. Isso é mais que suficiente para provar o quanto a ama. Estamos extremamente felizes com esse casamento.

Kim Gi-Gook também se levantou e abraçou Woong dizendo:

— Nem consigo expressar o quanto estou feliz por estarmos juntos.

Woong aceitou o abraço. Tentava não pensar em sua mãe. Não podia culpar ninguém pelas escolhas dela e nem deixar de ser feliz.

Logo voltaram ao café da manhã, enquanto planejavam detalhes do casamento.

Aquele foi um dia em que passaram em família. A tarde já estava quase no fim quando An-ri entrou na biblioteca.

— Leia essa história para mim – disse e se deitou no tapete, próximo a poltrona onde Woong estava lendo um jornal dos dias em que esteve no hospital.

Ele desviou o olhar para a direção do livro que ela estendia em sua direção.

— A bela adormecida? – levantou uma sobrancelha.

— Eu só quero ouvir a sua voz até dormir.

Ele começou a ler o livro devagar. Já não tinha mais nada que o interessasse no jornal. O apelido de *Príncipe Impostor* não causou nenhum impacto em sua vida. Tinha coisas mais importantes para pensar. O mundo poderia chamá-lo como quisesse desde que sua princesa o chamasse de *Oppa*.

Poucos minutos depois, abandonou a leitura ao perceber que ela dormia profundamente.

Ele se sentou no tapete, encostado na poltrona, velando o sono dela. Tentou controlar o próprio sono, mas logo estavam dormindo de mãos dadas.

Aquele foi o momento em que descobriram que não sabiam mais dormir separados. Woong passou a fugir para o quarto de An-ri todas as noites. Sempre saindo antes do amanhecer.

O castelo em festa

Ainda era estranho para An-ri chamar o rei e a rainha de pais. Mesmo assim, toda vez que o fazia sentia o coração se encher de calor.

— Mãe, pai, não acham que esse castelo precisa de mais vida? – uma ideia, nascida da saudade, se formava em sua mente.

— Estamos contando com a chegada de alguns netos para alegrar esse lugar – Hwa-Young respondeu.

— Eu acho que não deviam esperar. Existe uma pequena princesa que adoraria morar em um castelo.

— Quem?

— Uma amiguinha muito especial.

— Explique-se.

— Com o projeto que a família Park está colocando em prática, todos na *Sky* serão realocados para o condomínio que está sendo construído e o lugar vai virar um parque.

— Sim. Estamos acompanhando isso.

— Então... Existe três pessoas que são de lá que eu acho que se dariam bem vivendo no castelo. Se trata daquele senhor que vocês conheceram, de uma mãe e uma filha – antes que os pais dissessem qualquer coisa, ela se adiantou. — São pessoas honestas e trabalhadoras, garanto. Depois do casamento, Woong e eu vamos morar na casa de campo, seria bom vocês terem companhia de pessoas boas e comuns.

— O senhor Min-Kyung me parece uma pessoa honesta, mas nem conhecemos essa mulher – sua mãe ponderou.

— Dê uma chance. Se vocês não se sentirem a vontade com eles, eu os levarei comigo ou encontro outro lugar para eles. Só acho que precisam estar com pessoas comuns – An-ri insistiu.

— Certo. Avise que serão bem-vindos, mas se eles não forem como você descreve devolveremos sem nenhum constrangimento – Kim Gi--Gook foi firme, apesar de se sentir disposto a fazer qualquer coisa que a filha pedisse.

— Vamos começar com a minha amiguinha Choi In Ha e sua mãe – disse animada. — Posso pedir ao motorista para buscá-las?

— Claro, querida!

Empolgada, ela pediu ao motorista para buscar as amigas para almoçarem juntas.

Passaram-se apenas três horas antes do carro entrar no castelo trazendo Choi In Ha e sua mãe.

Quando Hwa-Young viu a criança descendo do carro já se sentiu uma avó. Foi amor à primeira vista.

Choi In Ha olhava para todos os lados procurando por An-ri. Fazia tempo que não se viam.

Ela pensou em perguntar onde estava a amiga, mas tinha uma pergunta mais urgente.

— A senhora é uma rainha de verdade? – se virou para Hwa-Young.

— Sim, querida.

Mal ela terminou de responder, a menina se virou para Kim Gi-Gook.

— E o senhor é um rei de verdade?

— Sim – respondeu sorrindo. Fazia tanto tempo que não via a alegria de crianças no castelo. Nem mesmo durante as visitas turísticas, pois nesses momentos ele estava no hospital ou trabalhando para não deixar tudo nos ombros de Mun-Hee.

— Então onde estão as coroas? – Choi In Ha insistiu.

— As coroas são pesadas demais para usar todos os dias. Eles só usam em momentos especiais – An-ri respondeu ao entrar na sala ao lado de Woong.

Choi In Ha a olhou como se visse um fantasma. Assim como a mãe dela, que ficou parada enquanto a filha se aproximava e tocava o vestido da recém chegada. An-ri tinha escolhido o vestido mais parecido com um de uma princesa, mas sem exageros. Sabia que a amiga ia gostar de vê-la assim.

— Você parece uma menina de verdade. Não é mais segredo?

An-ri riu.

— Não. Resolvi contar a verdade para todos.

— Fez bem. Vida de menino é muito complicada – disse seriamente, arrancando sorrisos de todos.

Enquanto as observava conversando, Woong lembrou do momento em que tentou subornar a menina com uma boneca para saber mais sobre o garoto que mexia com os seus sentimentos. A recordação o fez sorrir.

A visita de Choi In Ha fez o dia ficar bem mais divertido. O convite para elas morarem no castelo foi aceito depois de muita insistência dos moradores do lugar.

Hwa-Young já começou a fazer planos para transformar um dos quartos de hóspedes totalmente em um espaço infantil.

A mãe da garotinha até começou a se opor a tudo que a outra planejava, porém ao saber a história por trás de todo aquele excesso de mimos, parou de se opor. Sentia pena da mulher por perder o crescimento da filha única. Se isso a faria feliz, estaria mais que disposta a dividir sua pequena Choi In Ha. Não era momento para orgulho tolo, era momento de compaixão. Se isso os beneficiaria, ela só tinha a agradecer.

Enquanto isso, na casa dos Park...

Park Ho Sook, deitada no sofá, zapeava os canais da TV enquanto seu pai tentava ler o jornal em uma poltrona próxima.

— Quando vai visitar a sua amiga? – ele perguntou incomodado com a inquietude da filha.

— Não sei. Estou dando um tempo para ela curtir a família.

— Vocês brigaram?

— Claro que não! Eu só acho que se eu estivesse no lugar dela iria querer ficar grudadinha na minha família, nada de visitas. Nem mesmo de melhores amigas.

Seu pai apenas balançou a cabeça. A entendia tão bem. Só de se imaginar na pele da família real já sentia ímpetos de abraçar a filha e nunca mais soltar, para que ninguém conseguisse fazer mal a ela.

Seus pensamentos foram interrompidos com a chegada da governanta.

— Com licença, gostaria de avisar que o senhor Doh Yon deseja falar com a senhorita.

Park Ho Sook rolou do sofá.

Ainda estava com os cabelos cobrindo o rosto quando questionou:

— Quem?

— O senhor Doh Yon – a mulher repetiu pacientemente.

— Não é aquele seu amigo de infância? – seu pai recordou.

— Só conheço ele com esse nome – ela disse quase em um sussurro.

— Peça que entre – o senhor Park se adiantou.

— Sim senhor.

A governanta se foi e logo retornou ao lado de Doh Yon.

Ele estava muito diferente de quando se separou de Park Ho Sook, mas ela o reconheceria mesmo se tivesse feito plástica.

Ele os cumprimentou, conversou um pouco com o senhor Park e pediu permissão para fazer um passeio com Park Ho Sook.

Foram em silêncio no carro dele até um lago. Antes de descer do carro, Park Ho Sook questionou:

— Por que me trouxe aqui?

Ao contrário de responder, ele fez outra pergunta:

— Ainda sente o mesmo por mim?

Ela o encarou e ele completou:

— Eu nunca te esqueci.

— O seu jeito de demonstrar é estranho. Eu nunca me mudei, nunca sai das redes sociais, sequer mudei o meu telefone. Onde estava esse tempo todo, que não pode sequer mandar um sinal de fumaça?

— Me encontrando.

Rindo com amargura, Park Ho Sook aproveitou que ele havia destravado a porta e desceu do carro. Mas antes disse:

— E me perdendo.

Doh Yon a alcançou na beira do lago. Ela se sentou na grama e ficou olhando as águas. Estava com muita raiva, ao mesmo tempo em que se sentia eufórica por ele ter voltado.

— Eu não te perdi. Como poderia? Você nunca foi minha. Eu é quem fui inteiramente seu.

— Foi por ser inteiramente meu que foi embora? – disse com um tom cínico.

— Sim. Além de precisar ficar ao lado dos meus pais naquele momento, eu precisava te merecer. Se ficasse aqui, eu não teria as mesmas oportunidades que tive na Argentina e depois no Japão. Não podia me tornar um empregado da empresa do seu pai. Eu é que devo cuidar de você depois que nos casarmos, não o contrário.

— Machista! – bufou curvando o corpo e se deitando.

"Devia ter me pedido para te esperar." – completou em pensamento.

— Eu percebi que nada disso valia a pena quando soube do seu noivado.

— Se o meu noivo não fosse uma mulher, se o meu noivado não fosse uma armação; eu já estaria casada.

— Provavelmente não. Eu invadiria o casamento e te sequestraria – por fim, ele se deitou ao lado dela.

Ficaram um longo tempo observando as nuvens no céu.

Doh Yon sabia que teria que suportar desprezo e frieza por algum tempo, mas no fim Park Ho Sook o perdoaria. Sempre foi assim nas vezes em que brigaram na adolescência, não importava de quem era a culpa. E continuaria assim porque o que sentia era mais forte que tudo, até mesmo que o amor que ela sentiu por um(a) certo(a) impostor(a). Amor que se transformou em uma bela amizade.

Felizes para sempre

An-ri estava sozinha diante do espelho. Usava um vestido de noiva branco que arrastava no chão.

Custava acreditar que estava prestes a se casar com o homem que amava e que os seus verdadeiros pais estariam presentes. Depois de tanto sofrimento a felicidade parecia algo tão surreal.

Fechou os olhos por alguns instantes e quando os abriu, a imagem de Woong estava no espelho olhando para ela. Era como se o seu reflexo virasse o dele, ele sorriu por alguns segundos e ela tocou o espelho. Ao tocá-lo o reflexo parou de sorrir e na camisa apareceu uma mancha de sangue exatamente no lugar onde Mun-Hee o atingiu. O sangue foi se espalhando e a imagem sumindo enquanto An-ri gritava e batia no espelho chorando.

O espelho começou a derramar sangue e quando o sangue tocou o seu vestido branco ela acordou.

Não gritou como nos sonhos com o menino. Simplesmente abriu os olhos e se sentou na cama.

Percebeu que chorava.

Um movimento na cama a fez olhar; Woong ainda dormia. Parecia não compartilhar aquele pesadelo como os outros.

O pesadelo estava tão vivido em sua mente que ela imaginou sangue no lençol branco que o cobria. Não pensou duas vezes, puxou o lençol revelando a cicatriz onde a bala o atingiu. Nada de sangue. Depois de quase cinco meses era impossível.

O ato de puxar o cobertor, o despertou.

— Que horas são? Eu não quero ir – reclamou ao imaginar que teria que voltar ao seu quarto.

An-ri não respondeu. Ainda estava abalada pelo sonho.

O seu silêncio o fez ficar alerta e ele se sentou na cama a abraçando, ao perceber que ela chorava.

— O que houve, meu amor? Teve aquele pesadelo novamente?

Ela apenas balançou a cabeça negando.

— Está se sentindo mal?

— Não. Foi apenas um pesadelo. Um pesadelo diferente, mas tão ruim quanto aquele.

Enquanto limpava suas lágrimas com as pontas dos polegares, ele pediu:

— Conte-me.

Ela contou o sonho e concluiu:

— Acho que o tive por causa do nosso casamento amanhã. Tenho medo de que algo ruim aconteça.

— Onde está a sua fé em mim? Prometi que a protegerei – reclamou sem demonstrar que realmente estava chateado.

— Eu sei. Prometo que não vou mais sonhar com coisas assim – brincou. — Depois do casamento quero ver o mar, esse sonho aguçou a minha vontade.

— Iremos. Vai ser a nossa primeira vez no mar como casados. Agora vamos aproveitar esses poucos momentos que nos restam como noivos, pois em algumas horas seremos marido e mulher.

Ele se deitou puxando-a para que se aconchegasse em seus braços. Como faltava pouco para amanhecer, eles permaneceram acordados conversando até chegar momento de Woong voltar para o próprio quarto.

O grande momento de Kim Woong e An-ri chegou com um dia ensolarado. Como os pais previram, houve questionamentos de algumas pessoas sobre o casamento alegando o fato deles terem sido criados como irmãos, porém foram poucos. A maioria se emocionava com a história de amor deles, história que Park Ho Sook, sem maiores intenções, postou nas redes sociais.

A festa e a cerimônia seriam no castelo, onde todos corriam como loucos para deixar tudo perfeito.

An-ri permanecia presa no quarto, que se transformou em um salão de beleza. Não queriam que ela saísse para não correr o risco de o noivo vê-la e dar azar, uma tradição que Park Ho Sook repetiu tanto que acabou sendo levada a sério.

Depois de deixá-la a noiva mais linda que já existiu, todos saíram em busca da rainha para que pudesse vê-la.

Poucos minutos depois, quem entrou no quarto com um largo sorriso foi Park Ho Sook.

— Você está linda! Tem certeza que quer se casar com ele? Ainda temos tempo para fugir juntas.

— Você não faz o meu tipo – An-ri brincou. — E pelo seu sorriso, acredito que já perdoou o seu grande amor de infância. Sua paixão por mim já passou – lembrou do belo rapaz que a amiga apresentou como aquele homem que ela amou há muito tempo.

Ao terminar de falar, An-ri olhou para a porta e uma voz masculina disse:

— Olá, boneca de vidro!

Park Ho Sook sentiu o corpo todo vibrar e se virou devagar, sem perder o sorriso.

Doh Yon estava parado na porta com um buque de rosas coloridas. Ele era o único que a chamava assim.

Por alguns instantes, Park Ho Sook ficou olhando o homem que ele se tornou. Estava indecisa se brigava um pouco mais com ele ou se simplesmente pulava em seu pescoço e roubava o beijo que tanto queria. A lembrança dos momentos que viveram juntos aos poucos ofuscava sua mágoa por ter sido deixada para trás.

— Trouxe de todas as cores que encontrei. Me lembro que você nunca conseguiu escolher uma cor favorita – ele estendeu as rosas em sua direção.

— Hoje é o dia da An-ri, não meu – fingiu não ter interesse nas flores.

— Já tenho flores suficientes. Pode me presentear com uma bela cena de amor – An-ri sorria olhando de um para o outro. — Ou podem dar uma volta. Ainda falta um tempo para começar a cerimônia.

Park Ho Sook estava prestes a fazer um comentário sarcástico quando Doh Yon a puxou pelo braço, levando-a para fora do quarto.

— Eu a entrego antes da cerimônia começar – disse da porta.

Passaram por algumas pessoas que os olharam com curiosidade e ele a levou até o chafariz principal. Apenas quando estavam afastados dos olhares curiosos, ele a soltou.

— Não acha que já me castigou o bastante? Realmente não sente nada por mim? – irritado por ela evitar olhá-lo, ele exigiu. — Olhe para mim!

Park Ho Sook levantou a cabeça, revelando um rosto banhado em lágrimas.

Isso o pegou de surpresa.

— Eu te machuquei? Sinto muito – começou a analisar os braços dela onde havia algumas manchas vermelhas deixadas pelos seus dedos.

Park Ho Sook deixou a emoção falar mais forte e o abraçou.

— Oppa! Senti a sua falta.

A atitude o surpreendeu por alguns instantes, porém logo seus braços a envolviam.

— Eu também senti a sua. Sinto muito por fazê-la sofrer.

— Eu não sabia como te encontrar. Foram os piores dias da minha vida. Não devia ter demorado tanto para voltar.

— Eu sei. No fundo tive medo de ter perdido você. De voltar e descobrir que você não me amava mais. Sou um idiota medroso.

— Devia saber que eu não me importava com a sua situação financeira. Que não ligaria mesmo se você morasse sob um viaduto.

— Exagerada! – sorriu levantando o rosto dela. Seus olhares se encontraram e a conversa foi deixada de lado, quando seus lábios se tocaram.

Park Ho Sook sabia bem que Doh Yon precisava se encontrar. Ele era orgulhoso e não aceitaria ser taxado como alguém sustentado pela família da esposa.

No fundo, sentia orgulho por ele ter alcançado o objetivo se tornando um advogado famoso.

O beijo foi o fim da sua *pirraça*, foi o símbolo do seu perdão.

Quando Park Ho Sook retornou para o quarto de An-ri, onde pretendia retocar a maquiagem e ver a amiga, ela ouviu um burburinho.

— A noiva não está em lugar nenhum. É o fim! O que vamos fazer? – o responsável pela cerimônia olhou para Woong, Hwa-Young e Kim Gi-Gook na sua frente.

— O que será que aconteceu? – Kim Gi-Gook questionou.

Uma empregada apareceu e disse:

— A senhorita An-ri foi vista saindo no carro com o motorista.

— Por que não nos avisaram? – Kim Gi-Gook reclamou.

A empregada não ousou responder, apenas se desculpou e abaixou a cabeça.

Woong pegou o celular e, depois de olhar algumas coisas, disse:

— Basta se acalmarem. Eu sei onde ela está e vou buscá-la.

— Nós vamos também – Hwa-Young declarou.

Eles seguiram durante algumas poucas horas até chegar na praia mais próxima.

An-ri estava sentada observando o mar. O vestido de noiva a destacava chamando a atenção de quem passava.

— Como soube que eu estaria aqui? – perguntou sem se virar, ao sentir Woong se sentando ao seu lado. Conhecia o perfume dele e a sensação de euforia que tomava conta do seu corpo ao ficar perto dele, também denunciava.

— Certa vez uma impostora me contou que o mar se tornou a coisa mais linda em sua lista de coisas mais lindas, e que o som a acalmava. A minha noiva também mencionou o mar na noite anterior. Lembrar dessas coisas me fez pensar em procurar aqui – ele riu um pouco e confessou: — Isso e o fato de que coloquei um rastreador no seu celular e no colar. Nunca mais vou perder você.

— Se não fosse por você eu estaria morta – ela se virou para ele. — E aquele pesadelo horrível com você se machucando por minha causa não sai da minha cabeça.

— O meu trabalho como seu príncipe é te proteger.

Ela não se convenceu que poderia simplesmente ser feliz e viver em paz. Era como se o medo que sentiu durante toda sua vida voltasse ao mesmo tempo.

— Eu me olhei no espelho e tive medo de que aquele sonho realmente fosse um presságio. – segurou a mão dele sujando-a de areia. — Estou com medo de que a nossa felicidade desperte a maldade nas pessoas. Não suportaria te ver ferido outra vez. Você já foi espancado por mim, já levou um tiro por mim.

— Você não confia em mim como seu príncipe e seu cavalheiro?

— Eu confio em você como meu primeiro e único amor – confessou com um sorriso fraco.

Ela entrelaçou os dedos e ele aproveitou para levar a mão dela aos lábios.

— Então, vamos. Está na hora de iniciarmos o nosso *felizes para sempre*. Chega de dor e medo. Simplesmente vamos aceitar que ninguém conseguiu evitar que chegássemos a esse momento.

— Você está certo! – ela sorriu. Estar perto dele era reconfortante. Sequer lembrou das superstições de Park Ho Sook sobre ser vista por ele com o vestido antes da cerimônia. — Estou pronta. Considere essa pequena fuga com uma crise de noiva nervosa.

— Às vezes acho que eu devia ter me casado com um tal Tae-Yang – brincou sentindo uma imensa felicidade.

Ela riu. Todas as preocupações evaporaram completamente, como mágica.

Ele a ajudou a levantar e, de mãos dadas, seguiram até o carro onde o rei e a rainha esperavam ansiosos.

Vendo-os caminhando, vindo encontrá-los, fazia a mente dos dois vagarem e, por alguns instantes, eles viram a An-ri de seis anos e o Woong de oito, sorrindo como quando brincavam de contos de fadas.

Hwa-Young limpou disfarçadamente uma lágrima que escapou.

Entre família novamente

Quatro anos depois...

O sol da felicidade não deixou mais de brilhar para Woong e An-ri. Eles cuidavam juntos da ONG, que continuava ajudando pessoas desaparecidas a reencontrarem seus familiares.

A favela *Sky* se tornou um belo parque, sumindo com a mancha que maculava o cenário em Seul. Os moradores agora residiam no condomínio que levava o mesmo nome.

Min-Kyung aceitou morar no castelo, com a condição de que trabalhasse como jardineiro, assim como a mãe de Choi In Ha também não aceitou ficar de graça e ajudava na cozinha do castelo.

Mun-Hee, depois de ser condenada a quinze anos em regime fechado, começou a ver todos os seus pecados e acabou entrando para um grupo de religiosos na prisão. Woong a visitava esporadicamente. Era o único. Ele não conseguia abandoná-la, apesar de tudo.

Após o casamento, Woong e An-ri passaram a morar na casa de campo onde se beijaram pela primeira vez. Foi nessa casa onde, certa madrugada, Woong acordou e, ainda de olhos fechados, estendeu a mão para puxar a esposa, mas apenas encontrou o lugar vazio.

Um som de trovão se fez ouvir. Ele levantou e foi procurar a esposa. Desde o casamento que ela não tinha pesadelos, mas ele se preocupou que eles pudessem ter voltado.

Sem se preocupar em se vestir, desceu as escadas, usando apenas a calça preta do pijama. Antes chamou para confirmar se ela estava no banheiro, não houve resposta.

Estava na sala, pronto para começar a chamar por ela, quando percebeu a luz da cozinha acesa.

Foi em direção a cozinha e a viu sobre um banquinho de madeira. Ela estava colocando algo na parte mais alta do armário.

— O que está aprontando? – perguntou admirando-a na camisola longa de seda.

Ela se virou assustada pela chegada repentina e se desequilibrou, mas ele foi mais rápido e a amparou, caindo no chão com ela em seus braços.

— Desculpe. Não devia ter te assustado dessa forma. Acordei e fiquei preocupado por não te encontrar na cama.

— Mentiroso! Queria me ver cair. Se lembra que já me bateu uma vez? Eu nunca vou esquecer – tentou ficar séria, mas não conseguia conter o riso.

— Sua malvada! Aquilo não foi bater. Estávamos lutando e eu acertei o Tae-Yang, não a minha princesa.

— Eu te perdoo! – se virou e beijou a ponta do nariz dele.

— O que estava aprontando? – voltou ao assunto inicial.

— Eu só queria fazer uma surpresa – ela abriu a mão revelando o que guardava. — Ia colocar dentro da caneca que você sempre usa.

— O que é isso? – ele pegou o papel dobrado e o abriu. — É sério? – lia e relia sem acreditar.

Como resposta, ela passou a mão na barriga. Sorria sem parar.

Ele a abraçou com força.

— Os seus pais vão enlouquecer de felicidade.

— Nossa família vai enlouquecer. Não é porque estamos casados que você vai deixar de chamá-los como antes. Não gosto quando se refere ao nosso pai dizendo "seu" pai.

— Você que manda, meu amor – a mão dele deslizava pela sua barriga. — Agora vamos voltar para a cama. Não quero a minha mulher grávida dormindo mal.

— Ei, pode parar de pensar que vai me tratar como se eu fosse feita de cristal!

— Tente me impedir – rindo, ele a pegou no colo e subiu as escadas, voltando para o quarto.

Algumas semanas depois

A sala onde seria feito o ultrassom parecia mais um local de festa. Hwa-Young, Kim Gi-Gook, Woong, Park Ho Sook, e Choi In Ha, esperavam ansiosos enquanto a médica fazia os procedimentos para que vissem o feto e ouvissem o seu coração pela primeira vez.

Não houve como evitar o tumulto. Todos queriam estar presentes.

— Vamos poder saber se é um príncipe ou uma princesa? – Park Ho Sook se manifestou quase tão ansiosa quanto Choi In Ha.

Ela tinha voltado a Seul quando soube da gravidez da amiga. Tinha viajado com Doh Yon logo após o casamento, que aconteceu poucos meses após o de An-ri e Woong.

— Vamos ver se é possível saber – a médica fez um pouquinho de suspense.

— Vai ser uma menina porque eu quero fazer ela se vestir de menina – An-ri brincou. Para ela não fazia diferença, já amava o seu bebê incondicionalmente.

Depois de um tempo analisando, a médica finalmente respondeu aos curiosos:

— Um príncipe e uma princesa. São gêmeos.

— Ah, meu Deus! Estou tão emocionada! – Hwa-Young se aproximou e segurou a mão livre da filha. A outra mão estava monopolizada por Woong, desde o momento em que ela se deitou para o exame.

— Eu vou ser a tia mais grudenta do mundo – Park Ho Sook ninou a bolsa, como se fosse um bebê. — E já vou avisar Doh Yon que quero nossos filhos logo para crescerem juntos – presenciar a felicidade da amiga despertou nela o desejo de ser mãe.

Todos começaram a falar ao mesmo tempo sobre tudo que fariam após a chegada dos gêmeos. Esse tumulto maior fez a médica expulsá-los deixando no quarto apenas Woong e An-ri.

Enquanto a médica colocava os curiosos para fora, Woong apertou a mão de An-ri e disse:

— Isso significa que em breve a nossa filha vai tirar o seu cargo de princesa. Você será a minha rainha.

— Você também irá perder o posto para o nosso filho. Quando ele nascer, passarei a te chamar de meu rei – ela beijou a mão dele.

Woong se curvou beijando a sua cabeça.

Não pensavam que poderiam ser mais felizes do que já eram, porém a proximidade da chegada dos filhos mudou isso completamente.

Epílogo

Era um domingo ensolarado. Woong e An-ri seguiam para o castelo levando os gêmeos de cinco anos para visitar os avós. Assim que entraram no lugar, foi uma festa; as crianças esqueceram completamente dos pais porque Park Ho Sook já havia chegado com seu filho quase da mesma idade que eles.

— Vamos deixar eles nas mãos de Park Ho Sook e dos avós. Quero te levar a um lugar – Woong anunciou.

— Onde? – questionou curiosa.

Ele apenas a olhou com um olhar que transbordava mistério. Avisaram que estavam saindo, mas ninguém parecia interessado neles, diante dos anjinhos que corriam atrás dos dálmatas no jardim.

Eles voltaram para o carro e Woong dirigiu até uma praça em frente a um hospital infantil.

— Por que me trouxe aqui? – An-ri questionou ao perceber que ele estacionava.

— Reconhece esse lugar?

Ela reconhecia.

— Eu sempre vinha aqui quando os pesadelos se tornavam mais intensos. Não sabia o motivo, mas sempre vinha. A minha mãe me contou que foi aqui que nos separamos. Aquele prédio estava em construção – apontou o hospital. — Foi aqui que você quase morreu, que todos nós quase morremos, então por que estamos aqui?

— Porque eu quero substituir aquela lembrança. Talvez seja bobagem – ele sorriu envergonhado. — Venha! Vamos conhecer o hospital.

Eles haviam recentemente, unido a ONG ao hospital para ajudá-los.

An-ri aproveitou que já estava sem o cinto e roubou um beijo.

— Vamos! – disse se afastando.

Mesmo relutante, porque queria mais beijos, Woong saiu do carro e abriu a porta para ela.

Seguiram de mãos dadas para dentro do hospital. Por onde passavam chamavam a atenção das pessoas que reconheciam o casal da realeza.

No elevador, Woong sussurrou no ouvido de An-ri:

— Ainda tem medo de elevadores?

Ela sorriu ao recordar da primeira vez que entrou em um elevador com ele. Também se lembrou da confusão quando o chamou de oppa pela primeira vez, como Tae-Yang.

— Não quando você está comigo, oppa – adorava chamá-lo assim. — Você prometeu me proteger, então se algo acontecer terá que se virar para resolver.

— Pode deixar! – riu abraçando-a por trás sem se importar com quem os via através do vidro do elevador.

Fazia muito que não se importavam mais com a opinião de outros. Fazia muito que não recordavam o significado da palavra tristeza.

Eram apenas um príncipe e uma princesa vivendo o *felizes para sempre*.

Para saber mais sobre os títulos e autores do
GRUPO EDITORIAL THE BOOKS, visite nosso site
WWW. THEBOOKSEDITORA.COM
e curta as nossas redes sociais.

Sonha em publicar um livro? Envie para:
THEBOOKSEDITORA@GMAIL.COM
E receba um parecer gratuito de nosso conselho editorial.